KB046272

불평없이
살아보기

불평없이 살아보기

인생이 달라지는 21일의 기적

월 보웬 지음 | 이종인, 신예용 옮김

A COMPLAINT FREE WORLD

SUN
THU   WED
MON   SUN
FRI   THU
TUE WED   MON FRI
SAT   SUN MON
TUE WED THU FRI
SAT SUN MON TUE
WED THU FRI SAT
SUN MON TUE WED
THU FRI SAT

세종

나의 빛이자 친구,

그리고 미래 세대를 위해 불평 제로 챌린지를 펼쳐나갈

나의 딸 리아에게

한국의 독자들에게 나의 새로운 책을 전할 수 있게 되어 영광입니다. 또한 오래전부터 『불평 없이 살아보기』를 읽으며 불평 제로 챌린지에 동참해온 한국의 10만 독자들에게 감사 인사를 전합니다.

　나는 개인적으로 태권도를 수련과 명상의 방법으로 선택해 오랫동안 심신을 단련해왔습니다. 오늘도 한국 그리고 한국의 독자들과 연결되는 느낌을 받으며 내 어깨 위의 태극 문양을 바라봅니다.

　내가 이제껏 만나고 소통한 한국인들은 강인하고, 자부심이 강하고, 부지런하며 이 세상을 밝히는 빛과 같은 사람들이었습니다. 또한 불만이 건강과 행복, 성공을 추구하는 데 결코 도움이 되지 않으며 인생을 불평한다고 삶이 더 나아지지 않는다는 사실을 잘 알고 있었습니다.

　여러분, 저는 이번 원고를 개정하며 새로운 연구 결과와 다양한 사례, 불평하는 습관이 가진 파괴적 본질, 그리고 우리 자신과 주변 사람들이 불평을 멈추게 하는 보다 명확한 방법을 공유하고자 합니다.

불평의 반대는 감사라는 사실을 기억하십시오. 불평은 부족하고 결핍되고 잘못된 것에만 집중합니다. 하지만 감사는 현재 가지고 있는 것, 지금 나에게 긍정적인 영향을 미치는 것에 초점을 맞춥니다.

행복하고 사랑스럽고 성공적인 삶을 살기 위해서는 결핍된 것보다 이미 가진 것을 바탕으로 인생의 기초를 탄탄하게 세워야 합니다. 불평하는 시간이 줄어들수록 우리의 마음은 감사하는 방향으로 자연스레 바뀌고 이러한 변화는 우주의 풍요로움에 더 가깝게 연결될 것입니다.

우리가 직접 만나는 행운이 찾아올 때까지 불평 없는 삶을 통해 늘 행복하고 건강한 하루하루를 보내기를, 또한 행운 가득한 일들이 넘쳐나기를 기원합니다.

조만간 한국을 방문해 당신의 눈앞에서 직접 강연할 수 있기를 바랍니다.

2024년 3월

윌 보웬

차례

PART 1

의식하지 못하고 불평하는 단계

PART 2

의식하면서 불평하는 단계

불평 제로 밴드

보라색 밴드를 받기 위해 늘어선 줄
「캔자스시티 스타」지의 허가를 받아 전재함. © 2007 *The Kansas City Star*.
그림 형태는 원본과 약간 다르며, 광고가 아님.

우리의 목표는 전 세계 인구의 1퍼센트에 해당하는 7,400만 명이 21일간 '불평 제로 챌린지'에 참여하는 것이다. 1퍼센트의 사람들만 태도를 바꾸어도, 지구상 모든 사람에게 긍정적인 영향을 미치게 된다고 믿기 때문이다.

내가 이 글을 쓰고 있는 지금도 전 세계 1,500만 명이 우리의 보라색 밴드를 착용하고 불평 제로 챌린지를 실천하고 있다.

2009년, 오직 한 가지 목표에 집중하다 끝내 그 바람을 실현하게 만드는 힘을 경험한 일이 있었다. 나는 기념비적인 600만 번째 보라색 밴드를 우리의 운동에 영감을 준 사람에게 선물하고 싶었다. 바로 자신의 말과 행동으로써 불평 없는 삶을 온전히 보여준, 마야 안젤루Maya Angelou 박사다. 그녀는 대통령 자유 훈장을 받은 미국 계관시인이자 베스트셀러 작가이며, 오프라 윈프리의 멘토다.

처음 '불평 없는 세상' 운동을 시작했을 때 안젤루 박사가 한, "무언가가 마음에 들지 않는다면 바꿔라. 바꿀 수 없다면 당신의 태도를 바꿔라. 불평하지 마라"라는 말을 좌우명으로 삼았던 우리였다.

문제는 우리 중 누구도 안젤루 박사를 개인적으로 알지 못한다는 사실이었다. 여러 작가와 비영리 단체를 통해 안젤루 박사에게 연락을 취해보았지만 운이 따르지 않았다. 출판업자나 에이전트와 이야기를 해봐도 아무런 소득이 없었다.

이쯤 해서 포기하거나 다른 선택지를 고려해볼 수도 있었다. 하지만 우리는 물러서지 않기로 했다. 오히려 나는 600만 번째 불평 제로 밴드를 마야 안젤루에게 주고 싶다고 사람들에게 말하고 다니기 시작했다. 내 말을 들은 사람들이 물었다. "그분을 어떻게 만날 건데요?" 나는 솔직하게 대답했다. "모릅니다."

"그런데 어떻게 만나서 밴드를 주죠?"

나는 다시 한번 솔직하게 말했다.

"저도 몰라요. 하지만 그렇게 될 겁니다."

나는 시간이 생길 때마다 마야 안젤루와 만나는 상상을 했

> "불평은 가해자에게 피해자가 옆에 있다고 알리는 행위다."
> 마야 안젤루

다. 언젠가 텔레비전을 통해 마야 안젤루가 빌 클린턴 대통령의 1993년 취임식에서 자신의 시 「아침의 맥박On the Pulse of Morning」을 읽는 모습을 본 적이 있다. 나는 그녀가 오프라 윈프리의 멘토라는 사실을 인지하고 있었으며, 유명한 작가이자 교육자라는 것도 알고 있었다. 하지만 그녀를 사적으로 알지도, 혹은 건너 알지도 못했다. 그런데도 사람들이 '불평 없는 세상'이 어떻게 진행되고 있느냐고 물으면 나는 잔뜩 들떠서 600만 번째 보라색 밴드를 마야 안젤루에게 선물하겠다고 말하곤 했다. 그야말로 밑도 끝도 없는 믿음이었다.

그러던 어느 날, 캔자스시티의 한 학회에서 우연히 옛 친구를 만난 나는 마야 안젤루에게 밴드를 선물하려 한다고 말했다. 친구는 내게 어떻게 마야 안젤루를 만날 것이냐고 묻지 않았다. 어떻게 내 의도를 실현할 것이냐고도 묻지 않았다. 다만 헤어지기 전 미소를 지으며 가볍게 말했다. "안젤루에게 내가 안부 전한다고 해주세요."

나는 흥분하며 소리를 지르다시피 물었다. "마야 안젤루를 알고 있군요?"

그녀가 대답했다. "그분이 시내에 강연하러 오면 제가 예약을 해드리곤 했어요. 조카와는 계속 연락하고 지내고요."

그 대답을 듣자마자 나는 그동안 안젤루 박사에게 연락하려고 백방으로 노력했지만 모두 수포로 돌아갔던 지금까지의 이야기를 쏟아냈다. 그녀는 이렇게 말했다.

"아무것도 장담할 수는 없지만, 제가 할 수 있는 일이 있는지 찾아볼게요."

몇 주 후 나는 안젤루 박사를 만났을 뿐 아니라 노스캐롤라이나주 윈스턴세일럼에 있는 그녀의 집에서 함께 즐거운 시간을 보내기까지 했다.

어쩌다 이렇게 된 걸까?

알게 뭐람!

나는 내 힘으로는 도저히 안 될 것 같은 일을 하겠다고 결심했다. 그리고 끝까지 그 결심을 밀고 나갔으며 반드시 이루어질 것이라고 믿었기에, 실제로 그 일이 일어날 수 있었다.

나는 안젤루 박사를 만나 600만 번째 밴드를 선물한다는 비전을 이루었을 뿐 아니라, 누구에게나 이와 같은 일이 일어날 수 있음을 강조하고 다니며 주변에 긍정적인 에너지를 전달했다.

안젤루 박사와 우리는 불평 없는 세상이라는 비전에 대해 이야기했다. 나는 박사에게 전 세계 인구의 단 1퍼센트라도 불평하는 습관을 버린다면 세상이 어떻게 달라질 것이라고 생각하는지 물었다.

그녀는 이렇게 대답했다.

한 가지만 말씀드리죠. 전쟁은 비웃음거리가 될 겁니다. '전쟁'

이라는 단어만 들어도 사람들이 웃음을 터트릴 겁니다. 네, 저는 지금 '전쟁'이라고 말했어요. 누군가는 이렇게 말할 거예요. '전쟁이라고요? 내 의견에 동의하지 않는다고 다른 사람을 죽여야 한다는 건가요? 이런! 제 생각은 다른데요!'

사람들이 서로에게 더 친절하게 말한다고 상상해보세요. 그렇게 되면 거실과 침실에서, 아이들 방과 부엌에서 예의가 되살아날 거예요.

전 세계의 1퍼센트가 불평하지 않는 세상이 된다면, 우리는 아이들에게 더 많은 관심을 기울이겠죠. 흑인 아이든 백인 아이든, 예쁜 아이든 평범한 아이든, 아시아인이든 무슬림이든 일본인이든 유대인이든 모든 아이가 우리의 아이라는 사실을 깨닫게 될 겁니다.

우리 중 단 1퍼센트만 불평을 하지 않아도 내가 실수한 것은 다른 사람들 때문이라고 탓하면서 상대방을 미워하는 일은 없어질 거예요.

우리가 더 자주 웃고 서로 배려하는 용기를 낸다면, 지금 이곳이 바로 천국이 될 거랍니다."

들어가는 글

* * *

당신 마음에 들지 않는 것이 있다면 그것을 바꿔라.
그것을 바꿀 수 없다면 당신 마음을 바꿔라. 불평하지 마라.
마야 안젤루

저는 네브래스카주의 오마하 노스웨스트 고등학교에 다니는
2학년 학생입니다. 어제 저희 학교에서 출발의 신호탄이 울렸
습니다. 그래서 저와 제 친구들은 21일간 '불평 없이 살아보기
운동'에 동참하고자 합니다. 저희에게 보라색 밴드 다섯 개를
보내주실 수 있나요?

익명의 학생

'당신의 두 손에 인생을 바꿀 수 있는 비결이 있다.'

약 15년 전 처음 쓴 문장이다. 나는 요즘 이 말의 진정한 뜻
을 전보다 더 명확하게 깨닫고 있다.

지난 15년 동안 전 세계 106개국에서 1,500만 명 이상의 사람들이 '불평 없이 살아보기 운동'을 시작했다. 이 경험은 가정과 직장, 교회, 학교는 물론 그들의 인생까지 바꾸었다.

비결은 간단하다. 한쪽 손목에 보라색 실리콘 밴드를 차고 21일 동안 불평하거나 비판하거나, 다른 사람을 헐뜯지 않고 생활하는 것이다. 불평을 하면 밴드를 반대쪽 손목에 옮겨 차고 처음부터 다시 21일을 시작해야 한다. 그렇게 함으로써 참가자들은 새로운 습관을 가지게 되었고, 말하는 방식을 의식함으로써 생각이 바뀌었으며, 삶을 자신이 뜻하는 방향으로 이끌 수 있게 되었다.

아마 이 모든 일이 어떻게 시작되었는지 궁금할 것이다. 공을 전부 내 몫으로 돌리고 싶지만 내가 불평 없이 살아보기 운동을 만든 것은 아니다. 오히려 불평 없이 살아보기 운동이 나를 만들었다!

2006년 내가 미주리주 캔자스시티에서 어느 교회의 목사로 있었을 때, 에드윈 게인스Edwene Gaines의 감동적인 책『부의 네 가지 영적 법칙The Four Spiritual Laws of Prosperity』에 대하여 설교한 적

주어진 일에 불평하기보다 감사하기는 언제라도 가능하다.
불평과 감사 어느 쪽이든 그것은 삶의 습관이 된다.

엘리자베스 엘리엇Elisabeth Elliot

이 있다. 이 책에서 저자는 '대부분의 사람들이 풍요로운 삶을 원하지만, 깨어 있는 거의 모든 시간 동안 가진 것을 불평하며 지낸다'고 지적했다. 그렇게 함으로써 사람들은 부를 불러들이는 것이 아니라 쫓아버린다는 것이다.

불평은 원하는 것을 가져다주기는커녕 원하지 않는 상태에 계속 머물게 만든다.

더 많은 부를 원하는 인간의 욕망은 정상적이면서도 보편적이다. 사람들에게 '더 많은 부'가 무엇을 의미하는지 물어보면 대다수는 종종 '더 많은 것'을 다른 표현으로 바꾸어 대답한다. 사람들은 "더 많은 돈, 더 많은 사랑, 더 많은 건강, 더 많은 자유 시간을 원해요"라고 말한다. 그렇게 '더 많은 것'을 외치면서도, 정작 이미 가지고 있는 것에 대해서는 불평한다.

'동기부여와 자기계발의 아버지'라고 불리는 미국의 심리학자 웨인 다이어Wayne Dyer 박사는 이렇게 말했다. "이미 가지고 있는 것에 만족하지 않으면서, 왜 더 많은 것을 가지려 하는가?" 풍요로움으로 가는 첫걸음은 가진 것에 만족하는 것이다. 가진 것에 대해 불평하지 않으면 자연히 감사하게 된다.

이 책의 초판이 출간된 이후 많은 일이 벌어졌다. 전 세계 106개국에서 1,500만 명이 넘는 사람들의 손목에 보라색 불평 제로 밴드가 자리하게 되었다. 또한 불평 없이 살아보기 운동은 〈오프라 윈프리 쇼〉, ABC 〈월드 뉴스 투나이트〉, NBC 〈투데이

쇼〉(2회), CBS 〈선데이 모닝〉, 내셔널 퍼블릭 라디오 등에도 소개되었다. 뿐만 아니라 《뉴스위크》, 《월스트리트 저널》, 《피플》, 《굿 하우스키핑Good Housekeeping》 등의 매체에서도 소개했고, 『영혼을 위한 닭고기 수프』를 비롯한 책과 정기 간행물은 너무 많아 일일이 열거하기 어려울 정도다.

코미디언이자 TV쇼 진행자인 스티븐 콜베어Stephen Colbert는 토크쇼 〈콜베어 리포트The Colbert Report〉에서 소개하기 위해 우리 프로젝트를 촬영해갔다. 마찬가지로 배우이자 TV쇼 진행자인 데니스 밀러Dennis Miller는 우리 밴드의 색깔이 마음에 들지 않는다고 농담을 했다. 불평 제로 밴드에 그런 불평을 하다니, 전형적인 밀러식 농담이었다. 사회 고발 프로그램인 〈60분60 Minutes〉의 진행자인 앤디 루니Andy Rooney는 "이 친구(나)가 목적을 달성하면 나는 실업자가 되겠군요"라고 했다.

오프라 윈프리는 자신의 메이크업 아티스트에게 우리의 밴드를 건네주면서 21일 동안 불평 없이 살아보기를 실천하라고 권했으며, 그녀가 발행하는 잡지 《오O》의 남아프리카판을 발행할 때 밴드 5만 개를 함께 배포했다.

미국 의회는 추수감사절 바로 전날을 '불평 없는 수요일'로 선포하는 법안을 두 번이나 검토했다. 이에 더해 수십 개의 크고 작은 자치 당국에서도 '불평 없는 수요일'을 채택하는 결의안을 통과시켰다.

또한 우리는 학교에서 쓸 수 있도록 '불평 없는 학교' 커리큘럼을 만들어 배포했다. 전 세계의 교사들은 이 커리큘럼을 통해 학생과 학교를 변화시켜왔다.

'불평 없이 살아보기'를 회사 철학으로 채택한 기업들은 지난 15년간 경제적으로 수많은 부침을 경험하면서도 직원들의 사기가 높아지고 이익이 증가하는 경험을 했다. 교회들은 종파를 가리지 않고 불평 없는 삶에 대한 세미나와 강의를 개최했다. 심지어 얼마 전 다른 도시로 출장을 가는 길에 인도 식당에서 저녁을 먹었는데, 놀랍게도 그 식당의 종업원 모두가 불평 제로 밴드를 차고 있었다. 웨이터에게 그 밴드를 어디서 구했냐고 묻자, 그는 "힌두교 사원에서 나누어주었습니다"라고 대답했다.

그동안 나는 전 세계를 돌아다니며 수많은 강연회를 통해 불평 없이 살아보기 운동의 취지를 설명해왔다. 《포천》지 선정 20대 기업, 소프트웨어 회사, 마케팅 회사, 자동차 회사, 거대 회계법인, 학교심리상담사협회, 정부 기관, 공익 기업, 병원, 은행의 직원능력개발 프로그램에 이르기까지 5,000명 이상의 대중을

> 고상함은 남들보다 우월한 데서 오는 것이 아니라,
> 자신의 예전 모습보다 더 우월해지는 데서 온다.
>
> **힌두 격언**

대상으로 연사로 나설 기회를 갖게 되었다. 게다가 내가 쓴 다섯 권의 책이 모두 세계적인 베스트셀러가 되는 행운까지 누렸다.

내가 제일 많이 받는 질문은 이것이다. "처음 시작할 때부터 이 운동이 이렇게 커지리라고 생각했습니까?"

대답은 "아니요"다.

미주리주 캔자스시티의 작은 교회에서 떠올린 간단한 아이디어가 전 세계 곳곳에 영향을 미치고, 그것이 지금까지도 계속되는 이유는 무엇일까? 오랫동안 이 질문에 대해 생각한 결과, 나는 그 이유를 다음의 두 가지로 압축할 수 있었다.

1. 세상은 불평으로 넘쳐난다.
2. 우리가 원했던 세상은 지금과 같은 세상이 아니다.

나는 이 두 가지가 서로 관련되어 있다고 생각한다. 우리의 불평이 보여주듯이 사람들이 세상의 '잘못된 것'에 초점을 맞추느라 바쁘다. 그리하여 그런 문제를 영원히 지속되게 만든다.

우리는 잘못된 것에 사로잡힌다. 모든 것에 불평하고, 그 결과 문제에만 주의를 집중한다. 일반적인 통념과 달리 불평은 문제 해결에 전혀 도움이 되지 않는다. 오히려 문제를 구체화하고 일을 더 잘해 나가려는 우리의 의도를 무력하게 만든다.

2008년 이 책의 초판을 쓴 후로 불평이 우리 삶과 사회에 미치는 부정적인 영향에 대해 훨씬 더 많은 연구가 이루어졌다. 그 중 눈여겨볼 만한 연구 결과는 이 모든 불만이 야기하는 재정적 비용이다.

미국 직장인 1,300명을 대상으로 한 연구에 따르면, 응답자의 78퍼센트가 매주 평균 4시간 30분 동안 그저 자리에 앉아서 동료의 불평을 듣기만 한다고 인정했다. 일주일 근무 시간의 10분의 1이 넘는 시간 동안 아무 일도 하지 않고 그냥 불평만 한다는 뜻이다!

현재 미국의 시간당 임금인 33.77달러를 기준으로 직원이 100명 정도인 중소기업의 불평 비용을 계산해보자.

직원 100명에 78퍼센트를 곱하고, 주당 4.5시간에 시간당 33.77달러를 곱하고, 여기에 또 52주를 곱해서 산출한 연간 생산성 손실 비용은 무려 61만 6,370.04달러에 달한다! 물론 이러한 불평이 직원들의 사기를 저하시켜 생산성을 더욱 떨어뜨리는 효과는 고려하지 않은 수치다.

이 연구에서 가장 소름 끼치는 통계는 퇴사자 10명 중 1명이 불평하는 동료의 부정적인 태도 때문에 직장을 그만둔다는 것이

어떤 사람들은 불평하는 것이 자신의 직업인 것처럼 일에 대해 불평한다.
프랭크 소넨버그Frank Sonnenberg

다. 이 연구 결과가 놀랍고도 두렵다는 데는 이유가 있다. 바로 이런 사람들이야말로 최고의 직원인 경우가 대부분이기 때문이다! 뛰어난 직원들은 언제든 만족스러운 급여를 받고 다른 직장을 구할 수 있으며, 스스로도 이를 알고 있다. 그들에게 기업 문화는 수입이나 승진 기회보다 더 중요하다. 이들은 매주 40시간가량 근무하면서 긍정적이고 낙관적인 사람들이 가득한 직장에서 일하고 싶어하므로 여러 '부정적인 넬리'(negative Nelly, 매사에 부정적인 사람들을 일컫는 미국식 표현)들과 어울리기보다는 차라리 퇴사를 택한다.

결과적으로 긍정적인 태도를 보이며 최고의 성과를 내는 사람들이 퇴사하면서, 회사에는 점점 더 매사에 부정적이며 생산성이 낮은 직원만 남게 된다. 시간이 지나 회사는 하락세에 휩싸이고, 뛰어난 직원들을 보유하기는 훨씬 더 힘들어진다. 부정적인 직원들이 그들을 밀어내기 때문이다.

이런 측면은 동일한 연구에서도 명확히 드러났는데, 미국 직원의 4분의 3은 불평하는 직원과 함께 일해야 한다면 연봉을 1만 달러 인상해 준다고 해도 일자리를 거절하겠다고 답했다.

한번 생각해보라. 더 매력적인 직장에서 매년 1만 달러를 더 받는다고 해도 동료의 끊임없는 불만을 견뎌내야 한다면, 직장인의 4분의 3은 만족하지 않을 것이라는 뜻이다.

우리 모두는 내심 유리잔이 반쯤 비어 있는 사람 곁에 오랜 시간 머무는 것이 영혼을 짓밟는 효과를 가져온다는 사실을 알고 있으며, 이는 여고생 집단을 조사한 또 다른 연구 프로젝트에서도 입증된 바 있다.

연구진은 매일 점심시간을 함께 보내는 여학생 몇 명을 조사했는데, 이들의 주요 의사소통 방식은 불평이었다. 이들은 부모님과 선생님, 숙제 등 매사에 불평을 늘어놓았다. 그들에게는 모든 것이 불평을 쏟아낼 대상이었다.

그러던 어느 날, 집단에서 가장 불평이 많았던 여학생이 돌연 학교에 등교하지 않았다.

그렇다면 그 여학생이 없어지자 다른 여학생들이 무엇에 관해 불평했을까? 짐작이 갈 것이다. 바로 그 여학생이었다! 이들은 점심시간 내내 결석한 여학생이 얼마나 부정적인지 토로했다.

여기서 주목해야 할 점은 늘 불평을 일삼는 사람도 지나친 불만은 마다한다는 것이다.

《발달 심리학 저널》에 발표된 한 연구에서, 연구진은 중서부지역의 3학년에서 9학년 학생 813명을 6개월 동안 지켜보며 관찰했다. 학생들은 가장 친한 친구가 누구라고 생각하는지, 가장 자주 이야기하는 주제는 무엇인지에 대한 질문을 받았다. 그 결과, 고민을 지나치게 많이 쏟아내는 여학생은 불안이나 우울 증상을 경험할 가능성이 더 큰 것으로 나타났다. 고민을 털어놓으며 문제와 부정적인 감정에 대해 더 많이 이야기할수록 더 많은 불만을 쏟아내, 결과적으로 계속 더 많은 문제가 발생했기 때문이다.

한 가지 경고해두고 싶다. 이 책을 읽으면 당신은 부정적인 태도와 불평하는 행위를 더욱 뚜렷하게 의식할 것이다. 누군가 당신 앞에 나타나 불평하기에 관한 책을 내미는 것과 같다. 그러나 일단 이를 의식하면, 거기에 동참할지 말지를 스스로 선택할 수 있다.

내가 어렸을 때는 주위의 거의 모든 사람이 담배를 피웠다. 천식이 심해 소아과 의사를 만나러 갔던 때가 기억난다. 노의사는 내 가슴에 청진기를 대고 "크게 숨 쉬어봐"라고 숨찬 목소리로 말했다. 그는 그때도 입가에 담배를 물고 있었다.

당시에는 천식을 앓는 어린아이를 치료하는 의사를 포함해 많은 사람이 담배를 피웠다. 사람들의 옷, 머리카락, 숨결, 집, 가구, 자동차, 사무실, 영화관 등 모든 곳에서 담배 냄새가 났다. 하지만 우리는 거기에 익숙해 있어서 그 사실을 거의 의식하지 못했다. 오늘날 미국의 공공장소에서는 금연이 원칙이다. 하지만 지금도 사람들이 자유롭게 담배를 피우는 지역에 가보면 곳곳에

> 칭얼거리고 불평하는 태도는 영혼이 별로 없고
> 지성이 열등하다는 가장 확실한 징후다.
>
> 프랜시스 제프리Francis Jeffrey

스민 담배 냄새가 얼마나 불쾌하고 유해한지 금방 깨달을 수 있다. 그런데도 그곳 사람들은, 수십 년 전 미국 사람들과 마찬가지로 지독한 담배 냄새를 의식하지 못한다.

불평 없이 살아보기 여정을 계속해나가다 보면 사람들의 태도나 말이 얼마나 부정적인지 깨달을 것이다. 물론 당신도 예외는 아니다! 그런 부정적인 태도는 늘 주위에 있었는데, 처음으로 의식하게 된 것뿐이다. 불평하기는 담배 연기와 같다. 늘 그 냄새에 둘러싸여 있었는데, 당신이 이제야 의식하게 된 것이다.

내가 '부정적 시크함Negativity Chic'이라고 부르는 태도가 있다.

예를 들어보겠다. 몇 달 전 디즈니 월드에 방문했을 때 나는 일곱 난쟁이 중 하나가 그려진 티셔츠를 사기 위해 눈에 보이는 기념품 가게마다 전부 들어가보았다. 물론 그곳에서 난쟁이 하나가 그려진 티셔츠를 발견했다. 하지만 일곱 난쟁이 중 단 하나뿐이었고 심지어 내가 원하던 난쟁이도 아니었다. 네 개의 디즈니 파크에 있는 수십 개의 기념품 가게를 샅샅이 뒤졌지만 내가 찾던 '행복이'가 그려진 티셔츠는 없었다. 그곳에서 파는 모든 셔츠와 모자, 머그잔, 재킷과 스웨터, 후드티, 스티커에는 오로지 '심

모든 일을 불평 없이 하라.

빌립보서 2장 14절

술이'의 얼굴이 자랑스럽게 새겨져 있었다.

이것이 바로 부정적인 시크함이다. 안타깝게도 '지구상에서 가장 행복한 곳'조차 심술궂게 변해버린 것처럼 느껴졌다.

이른바 '뉴스'라고 하는 것을 유심히 관찰해보면, 우리의 부정적 태도가 얼마나 뿌리 깊은지 알 수 있다. 몇 년 전, 경제적으로 어려움을 겪는 캐나다의 한 도시에서 나에게 연설을 요청했다. 그 도시를 방문한 날, 나는 그곳의 시장과 현지 신문사 사장 등 저명인사들과 점심 식사를 했다. 긍정적으로 생각하고 말하는 것이 중요하다는 얘기가 나오자, 신문사 사장이 내게 몸을 기대면서 다소 수줍어하는 목소리로 말했다.

"뭘, 이런 말 하기는 싫지만, 그래도 솔직히 말할게요. 우리가 '위기!'라고 헤드라인을 뽑으면 '멋진 뉴스!'라고 썼을 때보다 십중팔구는 신문이 더 잘 팔려요."

나는 그에게 미안해하지 말라고 말했다. 그를 포함한 미디어 종사자들은 그저 사람들의 부정적 태도를 자극하는 법을 알아낸 것일 뿐이다. 우리의 부정적인 편견 덕분에 호모 사피엔스는 지금까지 살아남아 번성할 수 있었다. 위협과 잠재적 위험을 피하기 위해 잘못되고 나쁘고 해로운 것을 먼저 파악하는 쪽이 더 안전하다고 여겼기 때문이다. 안타깝게도 인류는 진화를 거듭하면서 이러한 부정적인 성향을 버리지 못했고 오늘날 현대인은 이전 세대보다 훨씬 안전해졌음에도 여전히 걱정과 두려움, 불안에 휩싸인 채로 살아간다.

부정적인 사건에 더 쉽게 끌리는 인간의 본성 때문에 기존 미디어와 소셜 미디어를 막론한 모든 미디어는 좋은 소식보다는 나쁜 소식을 더 많이 제공함으로써 부정성 편향(negativity bias, 어떤 대상이나 상황에 대해 긍정적인 측면보다 부정적인 측면에 더 주목하는 성향)을 활용한다.

표면적으로 뉴스의 목적은 정보에 밝은 유권자를 형성하는 것이다. 뉴스는 더 나은 사회를 만들기 위해 사람들이 누구에게 투표하는 것이 가장 좋은지 알려주기 위해 존재해왔다. 그러나 확증 편향(conformation bias, 자신의 신념과 일치하는 정보만을 취하고 이에 상반되는 정보는 피하는 무의식적인 성향) 때문에 사람들은 자신의 기존 관점을 확인하는 뉴스만 찾아볼 뿐 반대 견해는 접하지 않는다. 부정성 편향은 나쁜 뉴스를 찾게 만들고, 확증 편향은 자신의 가치관과 일치하는 뉴스만 보게 만들어 결국 우리는 부정의 반향실에 갇히고 만다.

최근 한 팟캐스트에서 미디어 분야의 저명한 전문가가 인터뷰하는 내용을 들었는데, 그는 "뉴스는 사실 오락일 뿐"이라고 말했다. 이어서 그는 오락을 '충격적이고 놀라운 소식'이라고 정의했다. 나쁜 뉴스가 우리에게 가장 큰 충격과 놀라움을 주기 때문에 계속해서 최악의 인간성에 관한 이야기를 보고, 듣고, 읽게 된다는 것이다.

베스트셀러 작가인 에스더 힉스Esther Hicks는 뉴스에서 그날의 사건을 정확하게 반영한다면 30분 방송 중 29분 59초 동안은 좋은 일만 다루고 나쁜 뉴스는 마지막에 1초 정도만 다루어도 충분하다고 말했다. 우리가 뉴스라고 부르는 것은 사실 나쁜 뉴스다. 불평 제로의 여정을 최대한 활용하려면 나쁜 뉴스는 보거나 듣거나 읽지 않는 것이 좋다.

그런 뉴스를 모르면 어떻게 살아가느냐고? 걱정할 필요 없다. 만약 정말로 중요한 소식이라면 누군가가 당신에게 말해줄 것이다. 마이클 잭슨이 사망하던 날, 나는 탄자니아의 므완자라는 도시에 있었다. 그날 아침 일찍 헌혈을 하러 갔는데, 그 시설의 관리자가 헐레벌떡 달려나오더니 내게 마이클 잭슨의 사망 소식을 알려주었다. 지구 반대편에 있었는데도 누군가가 내게 그 소식을 전해준 것이다. 뭔가 중요한 일이 발생하면, 특히 그것이 부정적인 소식이라면, 사람들은 그것을 알려주지 못해 안달한다.

당신의 마음을 정원이라고 생각해야 한다. 유명한 영국 작가 제임스 앨런James Allen은 명상에 관한 내용을 담은 그의 저서 『생각하는 모습 그대로As a Man Thinketh』에서 이를 멋지게 설명했다.

인간의 마음은 정원과 같다. 아주 조화롭게 가꿀 수도 있고, 잡초가 웃자라도록 내버려둘 수도 있다. 가꾸든 방치하든 정원에서는 뭔가가 자라난다. 유익한 씨앗을 뿌리지 않았다면 쓸데없는 잡초

씨앗이 무수히 떨어질 것이고, 그러면 그런 종류만 생겨날 것이다.

부정적인 생각은 우리가 불평하는 행위를 통해 온 세상에 심는 씨앗이다. 그러면 온통 잡초가 생겨난다. 그러니 당신의 생각을 경계하면서 보호해야 한다. 다른 사람들의 부정적 태도나 '뉴스'로부터 그 생각을 대피시켜야 한다. 지금부터라도 당신의 파괴적인 말을 건설적인 말로 바꾸어라.

생각이 삶을 만들고, 말이 생각을 드러낸다는 사실을 결코 잊지 마라. 생각과 말을 모두 긍정적으로 유지하라. 하지만 애석하게도 많은 사람들이 긍정적인 사고의 의미를 오해하고 있다.

한 무역 협회에서 연설을 해달라는 요청을 받은 적이 있다. 컨퍼런스 참가자들은 각자 선택한 곳에서 저녁 식사를 한 후 행사장에 다시 모여 내 연설을 들을 예정이었다. 나는 근처 식당에 혼자 앉아 있다가 내 옆 부스의 참가자들이 서로 이야기하는 것을 우연히 듣게 되었다.

누군가 "다음 연설가가 누구예요?"라고 묻자, 다른 사람이 컨

상관치 않으리라, 문이 아무리 좁고 명부에 온갖 형벌이 적혀 있다고 해도.
나는 내 운명의 주인이요 내 영혼의 선장이니.

윌리엄 어니스트 헨리|William Ernest Henley

퍼런스 일정을 훑어보며 "아, 윌 보웬이네요"라고 대답했다.

"윌 보웬? 그게 누구죠?" 동료가 대꾸했다. "잘은 몰라요. 무슨 긍정적인 사고를 하는 사람인가 그럴걸요." 그 사람은 마치 입 밖에 꺼내는 순간 고약한 냄새가 나기라도 하는 것처럼 '긍정적인 사고'라는 말을 내뱉었다.

나는 호기심이 생겨 휴대전화를 열고 '긍정적인'이라는 단어의 정의를 검색해보았다. '긍정적인'은 단순히 '현존하는'을 의미한다는 사실을 알고 놀랐다. 반면 '부정적인'은 '부재하는'이라는 뜻이었다.

긍정적인 사고는 항상 현재 있는 것과 잘되는 일에 초점을 맞추는 반면, 부정적인 사고(그리고 불평)는 항상 잘못된 것과 그 자리에 없는 것에 초점을 맞춘다.

사람들은 긍정적인 사고를 마치 폴리애나(소설 『폴리애나Polly-anna』의 주인공으로, 모든 일에서 좋은 점을 찾으려는 성향을 가진 사람을 일컫는다)가 되는 것으로, 긍정적으로 말하는 것은 "모든 일이 항상 완벽하게 잘 풀릴 거야"라고 말하는 것으로 오해한다.

하지만 이는 긍정적인 사고가 아니다. 세상 모든 일이 항상 완벽하게 잘 풀리는 것이 아니기에, 오히려 무지한 생각에 가깝다. 긍정적 사고는 부족한 것에 대해 불평하거나 집착하기보다는 현재 있는 것을 받아들이고 최선을 다하는 태도를 말한다.

긍정적 사고의 본질에 대한 이러한 이해는 '유해한 긍정성'을 부정한다. 유해한 긍정성은 "모든 일은 항상 가장 좋은 쪽으로 풀린다"는 식의 상투적인 말로 누군가가 겪고 있는 고통과 어려움을 무시하는 반면, 진정한 긍정적 사고는 상황이 얼마나 어려운지 인정하고 그 순간 상황을 개선하기 위해 무엇을 할 수 있는지 살펴본다. 그리고 이 모든 것은 우리의 마음에서 시작된다. 현명한 철학자와 위대한 스승들은 수천 년 동안 누누이 강조해왔다.

"믿은 대로 될지어다." - 예수, 〈마태복음〉8장 13절

"우주는 변화이다. 우리의 인생은 우리의 생각이 만든다."
 - 마르쿠스 아우렐리우스Marcus Aurelius, 로마 황제

"우리의 생각이 우리를 만든다. 즉 우리가 생각하는 것이 우리
 가 된다." - 붓다

"생각을 바꿔라. 그러면 당신의 세계가 바뀐다."
 - 노먼 빈센트 필Norman Vincent Peale 《가이드포스트》 창간인,
 『긍정적 사고방식』 저자

"오늘의 당신은 당신의 생각이 데리고 온 곳에 있으며, 내일의
 당신은 당신이 데리고 갈 곳에 있게 된다." - 제임스 앨런

"우리는 우리가 생각하는 그것이 된다." - 얼 나이팅게일

"도덕적 문화의 가장 높은 단계는 우리가 우리의 생각을
통제할 수 있다고 깨닫는 그 순간이다." - 찰스 다윈

"왜 우리가 우리 운명의 주인이고, 우리 영혼의 선장인가? 바로
스스로의 생각을 통제할 수 있는 능력을 가졌기 때문이다."
- 알프레드 A. 몽타페르Alfred A. Montapert, 작가

생각이 말을 만들고, 말이 현실을 형성한다는 사실을 기억하
라. 다시 말해, 우리는 표현하면서 보여준다.

사람들은 긍정과 부정 사이를 오가며 살아간다. 나는 전 세계
를 돌아다니며 수만 명의 사람들을 만나봤지만 "나는 당신이 만
나본 사람들 중에 가장 부정적인 사람입니다"라고 말하는 사람
은 보지 못했다. 사람들은 낙관적인 심리 상태보다는 비관적인
심리 상태에 빠져들기 쉬운데, 다들 이 명백한 사실을 잘 의식하
지 못하는 듯하다. 그들이 하는 말은 그런 상태를 드러내지만 정
작 본인은 그 말을 듣지 못한다. 그들은 끊임없이 투덜거린다. 나
도 21일간의 도전을 받아들이기 전에는 불평을 입에 달고 살았
다. 그런데도 나 자신을 포함해 대부분의 사람들은 자신이 긍정
적이고 진취적이며 낙천적이고 쾌활하다고 생각한다.

우리의 삶을 의식적으로 창조하기 위해서는 우리의 마음을 제대로 통제해야 한다. 불평 제로 밴드를 차는 이유는 남들에게 보여주기 위해서가 아니다. 이 밴드를 잘 사용하면 언제 어디서 불평하는지 스스로 의식하고, 결국 불평을 그만두게 된다.

당신이 밴드를 이쪽 손목에서 저쪽 손목으로 옮겨 찰 때마다 자신의 말을 의식하게 된다. 그렇게 함으로써 생각에도 주의를 기울이게 된다. 보라색 밴드는 부정적인 태도를 사로잡기 위한 함정이다. 이를 통해 부정적인 생각을 깨닫고, 적당한 순간에 내려놓음으로써 더는 이전으로 돌아가지 못하게 한다.

불평 없이 살아보기 운동에 참여하는 사람들은 저절로 그들의 생활환경이 향상되는 것을 발견한다. 건강이 좋아지고, 인간관계가 만족스럽게 바뀌며, 직장에서 승진하고, 평온하며 즐거운 마음을 갖게 된다. 심리적 하드디스크를 의식적으로 포맷하기는 쉽지 않다. 그래도 당장 시작하라. 그러면 짧은 기간 내에—어차피 시간은 흘러가게 되어 있다—늘 꿈꾸던 삶을 즐길 수 있다.

> 감사하는 태도를 보이면 감사할 일이 더 많아지고,
> 불평하는 마음을 품으면 불평할 일이 더 많아진다.
>
> 지그 지글러Zig Ziglar

1. 한쪽 손목에 보라색 밴드를 찬다. 이제 21일간의 여정에서 제1일 차를 맞이한 것이다.

2. 자신이 불평을 하거나 누군가를 험담 또는 비난하고 있다는 것을 깨달을 때마다 밴드를 다른 쪽 손목으로 옮겨 찬다(불평하지 않으면 옮길 필요 없다). 그러면 다시 제1일 차가 된다.

3. 밴드를 계속 착용한 채 생활한다. 불평 없이 21일을 보내려면 평균 4개월에서 8개월이 걸린다.

왜 21일인가?

새로운 습관이 형성되는 데는 약 21일이 걸린다고 한다. 우리의 목표는 불평 없이 사는 태도를 습관이자 새로운 기본 설정으로 삼는 것이다.

절대 좌절하지 마라. 당신이 아주 정직하게 행동한다면, 제2일 차로 넘어가는 데 며칠, 몇 주일, 혹은 몇 달이 걸릴 수도 있

불평에 쏟는 에너지의 10분의 1을 문제 해결에 사용해보면
얼마나 일이 잘 풀리는지 깨닫고 깜짝 놀랄 것이다.

랜디 포시Randy Pausch

다. 하지만 일단 2일 차로 들어서면 가속도가 붙어 3일 차로 넘어가기가 그만큼 쉬워진다.

대부분의 사람들이 겪는 불평 없이 살아보기 패턴은 이러하다. 1일 차⋯⋯1일 차⋯⋯1일 차⋯⋯1일 차⋯⋯1일 차⋯⋯1일 차⋯⋯1일 차⋯⋯1일 차⋯⋯1일 차⋯⋯1일 차⋯⋯1일 차⋯⋯1일 차⋯⋯1일 차⋯⋯마침내 2일 차! 다시 1일 차⋯⋯1일 차⋯⋯1일 차⋯⋯1일 차⋯⋯2일 차⋯⋯3일 차⋯⋯4일 차⋯⋯ 다시 1일 차⋯⋯2일 차⋯⋯3일 차⋯⋯4일 차⋯⋯5일 차⋯⋯또다시 1일 차⋯⋯.

어떤 사람들은 생활이 좀 나아지기를 기다렸다가 불평 없이 살아보기 운동에 도전하겠다고 말했다. 그러나 살기 좋아진 다음에 불평 없이 살아보기 운동에 나서겠다는 건, 건강이 좋아진 다음에 다이어트와 운동을 하겠다고 말하는 것이나 마찬가지다.

삶의 질이 향상되기를 바라는가? 가장 확실하고 좋은 도구는 불평 제로 밴드다. 적당한 고무밴드를 한쪽 손목에 차거나 한쪽 호주머니에 동전을 집어넣고 지금 즉시 시작하라. 그리고 불평할 때마다 고무밴드나 동전을 반대쪽으로 옮겨라.

지금부터 성공으로 가는 핵심 요령을 소개하겠다.

1. 불평을 입 밖으로 말할 때만 밴드를 옮겨라

어떤 사람들은 부정적인 생각이 머릿속에 떠오를 때마다 밴드를 옮겨서 이 규정을 더욱 까다롭게 만든다. 인간은 하루 평균 4만 5,000개의 생각을 하며, 부정성 편향으로 인해 대부분의 생각은 부정적인 성향을 띤다. 하지만 불평할 때마다 팔찌를 계속 옮기다 보면 시간이 지남에 따라 마음이 바뀌기 시작하고, 잘못되고 부족한 점보다 좋고 잘되는 점을 찾게 될 것이다.

2. 현재 며칠 차인지 명확하게 인식하라

불평 없이 살아보기 운동을 진지하게 실천하려는 사람들은 오늘이 1일 차인지 12일 차인지 명확하게 알고 있다. 그러나 이 운동을 성공하지 못하는 사람은 "오늘이 8일 차인가? 잘 모르겠네" 따위의 맥없는 소리를 한다. 오늘이 며칠 차인지 명확하게 모른다면 이 운동을 진지하게 여기지 않는 것이다.

3. 밴드 경찰관이 되지 마라

이 운동의 목적은 남들이 잘하고 있는지 감시하는 것이 아니다. 만약 어떤 사람이 불평하는 것을 목격하고 빨리 밴드를 옮겨 차라고 지적하고 싶어지면, 당신의 밴드를 먼저 옮겨라!

불평할 때마다 밴드를 옮겨 차라. 우리는 하루 평균 15~30번 불평을 한다. 그러니 그 횟수에 맞춰 옮겨 차는 데 익숙해져라. 이 동작이 의식에 깊은 고랑을 만들면서 스스로의 행동을 의식하게 만든다. 불평은 몸소 깨달아야만 고칠 수 있다.

보라색 밴드를 사용해야 마법 같은 효과를 발휘하는 것은 아니다. 고무밴드나 동전을 가지고 해도 똑같은 효과를 거둘 수 있다. 요점은 불평할 때마다 고무밴드나 동전의 위치를 반대쪽으로 바꾸고 1일 차로 돌아가 다시 시작하는 것이다.

이 책에서는 사람들이 불평하는 이유, 불평이 일상생활을 파괴하는 방식, 사람들이 불평하는 다섯 가지 중요한 이유, 남들에게 불평하지 못하도록 말리는 방법 등을 소개할 것이다. 무엇보다도, 불평이라는 유해한 표현 방식을 생활에서 아예 근절하는 방법을 배울 수 있다.

앞에서 말한 것처럼 지금까지 1,500만 개 이상의 보라색 밴드가 전 세계에 발송되었다. 이 밴드를 받은 사람들이 모두 21일 동안 불평을 하지 않으면서 거침없이 이 운동을 실천해나갈까? 아니다. 아마 상당수 밴드는 먼지를 뒤집어쓰고 있을 것이다.

다이어트 방법을 알려주는 책은 영원한 베스트셀러다. 사람들은 책을 사서 소개된 방법을 며칠 동안 해보다가, 결국 다이어트를 제대로 하려면 운동을 하고 먹는 양을 줄여야 한다는 사실을 깨달으면 더는 실천하지 않는다. 그들은 식사 습관을 바꾸지 않고, 겨우 줄였던 체중을 되돌릴 뿐만 아니라 더 살이 찐다! 그러다가 또 다른 다이어트 책을 사고, 이 과정을 되풀이한다.

당신은 보라색 밴드 차기를 시도하다가 중단할 수도 있다. 혹은 이 운동을 꾸준히 실천하여 삶을 근본적으로 바꿀 수도 있다.

한 지인이 이렇게 말한 적이 있다. "운동기구를 집에 들여놓을 때 제일 귀찮은 건 한번씩 먼지를 털어줘야 한다는 거야." 그는 심야 방송 광고를 보고 비싼 운동기구를 사들였으나 전혀 사용하지 않았다.

이 장의 첫 문장을 다시 한번 상기하기 바란다. 당신은 두 손에 인생을 바꿀 수 있는 비결을 쥐고 있다. 이 운동에 참여하는 행위는 전 세계 모든 사람의 태도를 바꾸는 세계적인 운동의 일환이라는 사실을 기억하라.

앞서 언급했듯 사람은 보통 하루에 15~30회 불평을 한다. 대략 한 사람이 하루 평균 23회 불평한다고 가정해보자. 그런데 우리의 보라색 밴드가 1,500만 개 발송되었다. 그중에서 절반만이 운동에 참여해도, 전 세계적으로 매일 약 1억 7,300만 회의 불평이 사라지는 것이다. 1억 7,300만 회!

흥분된다고? 당연히 그럴 것이다. 당신은 모든 사람의 삶을 향상시키는 세계적인 운동에 동참하기 시작했으니 말이다.

> 만약 나쁜 일에 대하여 '하필이면 왜 내가?'라고 말하고 싶어지면,
> 내 인생에서 벌어진 좋은 일에 대해서도 '하필이면 왜 내가?'라고 말해야 한다.
>
> 아서 애시Arthur Ashe

PART 1

의식하지 못하고
불평하는 단계

01

나는 불평한다, 고로 존재한다

* * *

인간은 불평하고 싶은
내면의 깊은 욕구를 채우기 위해 언어를 창조했다.
릴리 톰린Lily Tomlin, 미국의 코미디언이자 배우

21일간 불평하지 않고 지내기로 도전한 다른 사람들과 마찬가지로, 나는 내가 일상 속에서 얼마나 불평을 많이 하고 지내는지 이내 깨달았다. 처음에는 직장 동료에 대해 불평하다가, 어디가 아프다느니 쑤신다느니 하소연을 했다. 정치 문제나 국제 문제에 대해서도 불평했고, 날씨가 덥거나 춥다며 투덜거리기 일쑤였다. 그러다 어느 순간, 내가 하는 말에 귀를 기울이게 되었다. 나는 스스로를 아주 긍정적인 사람이라고 생각해왔는데, 내가 부정적인 에너지를 가진 말들을 얼마나 많이 하

는지 깨닫고는 매우 놀랐다.

미주리주 캔자스시티에서

마티 포인터

불평은 종종 의사소통이라는 직물 속에 너무 깊이 파고들어 있어, 불평인지 아닌지 알기 어렵다. 많은 경우 불평은 '무엇을 말하는지'가 아니라 '어떻게 말하는지'의 문제다.

불평은 또한 그 안에 내재된 정서적 에너지를 통해 사실의 진술과 구분된다. "오늘은 덥다"는 사실의 진술이다. 길게 한숨을 내쉬면서 탄식하듯 "오늘은 덥다"라고 말하면 불평이 된다.

『삶으로 다시 떠오르기A New Earth』에서 에크하르트 톨레Echhart Tolle는 이런 식으로 요약했다.

불평하기를 어떤 사람의 실수나 오류를 지적하여 그것을 고치도록 조언하는 행위와 혼동해서는 안 된다. 불평하지 말라는 말은 품질이 떨어지는 물건이나 나쁜 행동을 참으라는 의미가 아니다. 웨이터에게 수프가 식었으니 데워달라고 말하는 것은 거만함이 아니다. 객관적 사실만 말한다면, 그것은 언제나 중립적 성격을 띤다. "감히 내게 식은 수프를 가져와……?" 이것이 불평이다.

불평에는 부정적인 에너지가 표현된다. 대부분의 불평은 "이건 불공평해!" 혹은 "어떻게 내게 이런 일이 벌어지지?" 따위의 정서가 포함되어 있다.

불평과 사실인 진술은 대체로 그 앞에 나오는 내용으로 구별할 수 있다. 대부분의 불평은 다음과 같이 시작한다.

- "당연하죠!"
- "모르시겠어요?"
- "그냥 운이 나빴어요!"
- "제게는 항상 이런 일이 생긴다고요!"
- "믿어지세요?"
- "아무도 신경 안 쓰겠지만……."
- "또 시작이야!"
- "평소처럼……."

이러한 진술에서는 언급하려는 내용이 무엇이든 하나같이 화

장미 덤불에 가시가 있기 때문에 불평할 수도 있고,
가시에 장미가 있기 때문에 기뻐할 수도 있다.

알퐁스 카Alphonse Karr

자를 그 상황의 피해자로 묘사하고 있다. 하지만 실제로 중립적인 사실에는 아무런 부정적인 전제가 없다. 사실이란 상황에 대한 부정적인 의견이라기보다 그저 있는 그대로의 상황에 대한 진술일 뿐이다.

인생에서 자신의 처지를 불평하는 태도는 비단 오늘날의 현상만은 아니다. 벤저민 프랭클린Benjamin Franklin은 이미 수백 년 전에 "끊임없는 불평은 우리가 누리는 모든 안락함에 치르는 가장 안타까운 대가"라고 말한 바 있다. 프랭클린이 이 글을 썼을 당시에는 전기와 아스피린, 페니실린과 에어컨, 실내 배관과 자동차, 항공 여행과 스마트폰 등 지금 우리가 당연하게 여기는 수천 가지 현대적 혜택과 이른바 "필수품"이라는 것이 존재하지 않았다. 그럼에도 불구하고 그는 동시대 사람들이 자신이 얼마나 좋은 것을 누리고 있는지 너무 무심해한다고 느꼈다.

흥미롭게도 사람들은 삶이 좋아질수록 오히려 더 많이 불평하는 경향을 보인다! 이는 쾌락 적응hedonic adaptation이라는 심리적 원칙 때문이다. 쾌락은 '기분 좋은 감각'으로 정의되는데, 처음에는 좋지만 시간이 지남에 따라 우리는 이 감각에 적응되어 더는 즐거움을 느끼지 못한다. 한때 새롭고 흥미진진했던 것이 이내 그저 당연하게 예상할 수 있는 일이 된다. 이 예상은 권리로 변모하고, 이전에는 결코 갖지 못했던 것이 어느새 감사할 필요도 없이 당연하게 요구하는 것이 된다.

한 코미디언이 최초의 상용 비행기 중 하나에 탑승해 기내 와이파이를 테스트하는 이야기를 들은 적이 있다. 이 비행기의 승객들은 10킬로미터 상공에서 노트북과 휴대폰의 전원을 켜서 일하고, 이메일을 읽고 답장하며, 엔터테인먼트를 즐길 수 있다는 데 감격했다. 그런데 비행 도중 와이파이가 끊어지자, 승객들은 이전까지는 한 번도 경험해 보지 못한 무언가를 잃어버렸다는 사실에 큰 소리로 불만을 토로했다.

2005년 2월 2일, 아마존이 무료 익일 배송 서비스를 제공하는 '프라임 멤버십'을 도입하기 전까지 미국 사람들은 온라인으로 구매한 물건의 배송을 기다리거나 더 빠른 배송을 위해 많은 비용을 지불하는 일을 당연하게 여겼다. 그러나 프라임 멤버십이 등장하면서 익일 배송이 하나의 권리로 자리 잡았고, 사람들은 구매한 제품이 다음 날, 심지어는 당일에 배송되지 않을 때 불만을 제기하게 되었다!

이는 우리보다 돈과 자원이 훨씬 적은 국가의 사람들이 더 행복해하는 이유를 알려준다. 단순히 기대치가 더 낮기 때문이다. 어린이 병원 설립을 돕기 위해 탄자니아를 방문했을 때, 나는 지금껏 만나본 사람들 중 가장 행복한 이들을 만날 수 있었다. 탄자니아 사람들은 가진 것이 적기에 이미 가진 것에 감사했고, 특권의식에 찌든 채로 돌아다니지도 않았다. 그래서 불평하는 일이 좀처럼 없었다.

내 친구의 아내는 쿠바의 외딴 마을에 살고 있다. 운 좋게 전기가 들어온다고 해도 하루에 몇 시간 동안만 전기를 사용할 수 있다. 일주일에 단 한 번만 물이 공급되기 때문에 그녀는 최대한 많은 물을 모으기 위해 동분서주한다. 그녀에게는 충분한 음식도, 무더운 섬에서 더위를 피할 수 있는 에어컨도 없다. 하지만 그녀는 값비싼 차를 몰고 라테를 마시며 에어컨이 설치된 큰 집에서 사는 미국의 평범한 사람보다 훨씬 더 행복하다.

풍요를 누리면서 행복할 수 없다는 뜻이 아니다. 핵심은 쾌락적 적응으로 인해 더 많은 것을 얻을수록 기대치가 높아진다는 사실이다. 기억하라. 불평불만을 일삼는 사람이 되지 않는 유일한 방법은 자신이 가진 것에 감사하는 연습을 하는 것뿐이다.

연구자들은 어떤 일을 능숙하게 하기까지 보통 4단계가 걸린다고 말한다. 불평하지 않는 사람이 되기까지 당신도 4단계를 거칠 것이다. 미안하지만 그중 어느 단계도 간단히 건너뛸 수 없다. 한 단계를 건너뛰면 설령 태도가 변했다고 하더라도 바뀐 태도를 계속 유지하기 힘들 것이다. 한 단계를 금방 마쳤다고 하더라

특권과 자격을 구분하는 것은 바로 감사다.

브레네 브라운Brené Brown

도, 어떤 단계는 다른 단계보다 더 오래 걸릴 수도 있다. 하지만 계속 노력한다면 결국 불평하지 않고 사는 법을 완전히 터득하게 될 것이다.

그 4단계는 다음과 같다.

1. 의식하지 못하고 불평하는 단계

2. 의식하면서 불평하는 단계

3. 의식하면서 불평하지 않는 단계

4. 의식하지 않아도 불평하지 않는 단계

현재 당신은 1단계에 있다. 당신은 스스로 '무능력'하다는 사실을, 즉 불평하지 않고 살 수 있는 능력을 아직 갖추지 못했다는 점을 의식하지 못한다. 사람은 하루 평균 15~30회 불평을 하면서 산다. 지금은 그 불평 빈도에서 가장 낮은 지점에 있는지, 아니면 가장 높은 지점에 있는지, 혹은 아예 측정이 불가능한지조차 의식하지 못하는 단계다.

한밤중에 잠에서 깨어나 부엌으로 가다가 테이블 다리에 발가락을 부딪치면 우리는 고통 때문에 반사적으로 "아야!" 하고 소리친다. 아플 때 "아야!" 하고 외치는 건 정상이다.

그러나 많은 이들이 아프지도 않은데 "아야!"를 한다. 그들은 생활의 어려움과 문제들에 대하여 미리 겁먹은 채 "아야!" 하고 소리치고, 그런 문제들이 실제로 발생하면 더 큰 "아야!"를 외친다. 말은 씨가 된다. 다시 말해, 불평을 하면 할수록 불평거리가 그만큼 더 늘어난다는 것이다. 이것이 이른바 끌어당김의 법칙Law of Attraction이다. 4단계를 모두 마치고 불평하기를 완전히 내려놓았다면, 더는 일부러 "아야!" 하지 않는다. 이는 고통이 아니라 즐거움을 끌어당긴다.

「멀리 이튼교를 바라보는 노래Ode on a Distant Prospect of Eton College」에서 시인 토머스 그레이Thomas Gray는 "무지는 축복이다"라는 유명한 구절을 남겼다. 불평하지 않는 사람이 되려면 먼저 무지의 축복에서 시작해야 한다. 우리가 하루에 몇 번이나 불평하는지 알지 못하기 때문이다. 이어 의식과 변화의 소용돌이를 거쳐 마침내 진정한 축복에 도달한다.

이 1단계도 맨 마지막 4단계 못지않게 존재의 한 상태다.

누구나 새로운 기술을 익히기 위해서는 1단계부터 시작해야 한다. 1단계에서 우리는 스스로를 위해 위대한 무언가를 창조하려는 순수한 잠재력을 지니고 있다. 이제 흥분되는 새로운 전망

우울함이나 변덕스러운 기분에 사로잡히면
이를 불평함으로써 드러내지 않겠다고 결심하라.

새뮤얼 존슨Samuel Johnson

이 열릴 것이다. 우리는 그저 나머지 단계를 모두 거치겠다고 결심만 하면 된다. 그러면 불평 없는 삶을 살아가는 달인이 될 것이며, 나아가 부수적인 보상도 거두게 된다.

사람들은 내게 이렇게 묻는다. "그럼 전 앞으로 절대 불평할 수 없는 건가요?"

그러면 나는 이렇게 대답한다. "물론 불평을 할 수도 있지요." 이는 다음의 두 가지 이유 때문이다.

1. 나는 당신이나 다른 누군가에게 이래라저래라 지시하려는 것이 아니다. 만약 그런 지시를 내린다면, 내가 당신을 변화시키기 위해 노력한다는 의미이며, 다시 말해 내 마음에 들지 않는 당신의 어떤 부분에 초점을 맞춘다는 뜻이다. 이는 곧 당신에 대한 나의 불만을 표현하는 것이고, 결과적으로 그것은 불평이 된다. 당신은 원하는 건 무엇이든 할 수 있다. 오로지 당신의 선택이다.
2. 가끔은 불평하는 것이 타당할 때도 있다.

두 번째 이유에서 빠져나갈 구멍을 발견했다고 느낀다면 '가끔'이라는 말을 한번 생각해보라. 또 이미 많은 사람들이 21일 연속으로, 즉 504시간 동안 불평하지 않고 지내는 데 성공했다는 사실도 기억하기 바란다. 아무 불평 없이, 전혀 불평하지 않고 완전 불평 제로인 상태로 말이다! 불평에 관한 한 '가끔'은 '아주 드물게 벌어지는'이라는 의미다.

솔직하게 생각해보자. 사실 우리 인생에서 슬픔이나 고통, 불만을 토로하게 만드는 사건들은 극히 드물게 벌어진다. 물론 이 세상에는 아주 어려운 삶에 직면한 사람들도 있고, 누구나 인생에서 산발적으로 어려움을 겪는다.

그러나 많은 사람이 오늘날 인류 역사상 가장 안전하고 건전하고 번영하는 시대에 살고 있다. 그런데 그들은 어떻게 하고 있는가? 불평을 한다!

불평에는 우리의 상황을 개선하는 효과가 거의 없다. 불평은 우리의 '귀를 크게 오염시키고', 우리의 행복과 편안함에 해를 입힌다.

스스로를 되돌아보자. 불평할 때 과연 그럴 정도로 심각한 원인이 있었나? 너무 자주 불평하는 것은 아닌가? 혹은 아프지도 않은데 일부러 "아야" 하고 외치지는 않는가?

스스로의 생각을 지배하면서 설계한 대로 인생을 살아가는 사람이 되려면 슬픔이나 고통, 불만을 토로하는 기준을 매우 높게 설정해두어야 한다. 무언가에 불평하고 싶을 때, 그 상황이 다음과 같은 사건에 버금가는 일인지 한번 자문해보자.

상처를 받은 사람이 남에게 상처를 입힌다

그날 나는 서재에서 글을 쓰고 있었다. 당시 우리 가족이 살던 집은 도로가 꺾이는 모퉁이에 있었다. 운전자들은 그 모퉁이를 돌면서 속도를 줄여야 했는데, 우리 집에서 200미터 남짓 떨어진 곳에서 제한속도가 시속 40킬로미터에서 90킬로미터로 확 올라갔다. 커브 길에서 속도를 갑자기 떨어뜨려야 하기 때문에 자동차는 우리 집 앞에서는 거의 기어가다시피 했지만, 마을을 빠져나가면서 속도를 확 올렸다. 다시 말해 운전자들은 빠른 속도로 마을에 들어오다가 우리 집 앞에서 커브를 돌기 위해 급제동을 했다. 만약 그 커브 길이 아니라면 우리 집 앞은 아주 위험할 것이다.

어느 따스한 봄날 오후, 열린 창문으로 불어오는 산들바람에 레이스 커튼이 하늘하늘 나부끼고 있었다. 그런데 갑자기 어디선가 심상치 않은 소리가 들려왔다. "쿵!" 하고 뭔가 부딪치는 소리가 났고, 이어 비명 소리가 울려 퍼졌다. 사람이 아니라 동물이

> 내 허락 없이는 아무도 나를 상처 입힐 수 없다.
> 새뮤얼 존슨

내는 소리였다. 모든 동물도 사람처럼 저마다의 독특한 목소리를 갖고 있는데, 나는 그 소리를 듣자마자 소리를 낸 주인공이 누구인지 금방 알아차렸다. 바로 털이 긴 우리 집 리트리버 진저였다.

우리는 개가 비명을 지르리라고는 생각하지 않는다. 개는 짖거나 낑낑댈 뿐이다. 진저도 평소에는 그랬다. 하지만 그 순간 진저가 낸 소리는 분명 비명이었다. 지나가던 차가 우리 집 앞 도로를 건너는 진저를 친 것이다. 진저는 집에서 불과 5미터도 안 되는 도로에서 차에 치여 길바닥에 나뒹굴면서 고통스러운 소리를 내고 있었다. 나는 소리를 지르면서 현관문을 박차며 뛰쳐나갔고, 아내와 딸 리아도 뒤쫓아 나왔다. 리아는 당시 여섯 살이었다.

진저에게 가까이 다가가보니 얼마나 심하게 다쳤는지 금세 알 수 있었다. 진저는 앞발을 딛고 일어서려고 했지만 뒷다리가 지탱하지 못했다. 녀석은 고통스러운 표정으로 울부짖었다. 이웃들도 무슨 일이 일어났는지 보려고 밖으로 나왔다. 리아는 연신 "진저, 진저……." 하고 진저의 이름만 부를 뿐이었다. 눈물이 리아의 뺨을 타고 흘러내려 입고 있던 셔츠까지 적셨다.

나는 진저를 친 운전자를 찾으려고 주위를 둘러보았다. 하지만 아무것도 보이지 않았다. 그런데 간선도로와 국도가 만나는 언덕 쪽을 바라보니, 마을을 빠져나가는 트럭 한 대가 보였다. 그 트럭은 트레일러를 끌고 언덕을 올라 시속 90킬로미터 구간으로 들어서고 있었다. 진저는 고통으로 신음하고 아내는 너무 놀라

우두커니 서 있고 딸아이는 가엾게도 눈물만 흘리고 있는데, 나는 온통 진저를 친 인간과 맞설 생각뿐이었다. 이런 생각만이 내 머리를 스치고 지나갔다. '어떻게 인간이 이런 짓을 하고 뺑소니를 칠 수 있지? 분명 저 인간은 진저를 보았을 테고, 자신이 무슨 일을 저질렀는지도 잘 알고 있을 텐데!'

나는 급히 차에 올라타 차도 밖 자갈길을 따라 먼지와 자갈을 날리며 달리기 시작했다. 시속 90킬로미터, 120킬로미터, 130킬로미터…… 비포장도로에서 계속 속도를 올리며, 진저를 치고 뺑소니친 그 인간을 추격했다. 울퉁불퉁한 길을 너무 빨리 달려서인지 내 차는 공중에 떠서 날아가는 것 같았다. 그 사실을 깨닫는 순간 나는 조금이나마 진정할 수 있었다. 그러면서 내가 만약 그런 식으로 운전하다 죽는다면 아내와 리아에게 진저의 부상으로 인한 고통보다 더 극심한 고통을 안겨주리라는 생각이 들었다. 나는 속도를 늦추었다. 그래도 결국 그 남자의 트럭을 따라잡을 수는 있었다.

핸들을 꺾어 자기 집 접근로에 들어선 그 남자는 내가 쫓아가고 있는 것도 모르는 듯 트럭을 세우더니 찢어진 셔츠와 기름투성이 청바지 차림으로 차에서 내렸다. 나는 그 뒤에 차를 바짝 세우고는 차에서 뛰어내리며 소리쳤다. "당신이 우리 집 개를 치었지!" 그 남자는 몸을 돌리더니 내가 무슨 말을 하는지 알아듣지 못하겠다는 표정으로 나를 쳐다보았다.

나는 피가 거꾸로 솟는 것 같았다. 내가 제대로 들은 것인지 모르겠지만, 그는 이렇게 말했다. "내가 당신 개를 치었다는 건 압니다. 그래서 어쩌자는 거요?"

내가 느낀 충격이 지나가는 데는 시간이 좀 걸렸다. 나는 다시 현실감을 되찾고 더듬거리며 말했다. "뭐, 뭐라고? 아니, 지금 뭐라고 말한 거요?" 그는 엉뚱한 짓을 하는 아이를 가르치려는 것처럼 미소를 짓더니 같은 말을 천천히 반복했다. "나도 내가 당신 개를 치었다는 건 압니다. 그러니 어쩌자는 거요?"

나는 너무 화가 나서 앞이 잘 보이지 않았다. 고통으로 발버둥치는 진저를 내려다보며 어깨를 들썩일 정도로 흐느껴 울던 리아의 모습이 집에서 출발할 때 차의 백미러에 비쳤는데, 그 모습이 이제는 눈앞에 크게 확대되었다.

나는 소리쳤다. "두 손 들어, 이놈아!"

"뭐라고?" 사내가 냉소적으로 웃으며 말했다.

"두 손 들란 말이야. 막을 수 있으면 막아봐! 내가 네놈을 죽여버릴 테니까." 내가 다시 말했다.

몇 분 전만 해도 나는 남자를 추적하는 데 혈안이 되어 미친 듯이 차를 몰다가 죽을 뻔했지만, 내 이성이 그것을 막아주었다. 하지만 우리 가족이 그토록 사랑하는 진저에게 고통스러운 상처를 입히고도 아무렇지 않은 듯 거만하고 사무적인 태도로 말하는 그자를 보자, 이성이고 뭐고 순식간에 사라져버렸다.

나는 어른이 된 후 한 번도 주먹다짐을 하지 않았다. 주먹으로 치며 싸우는 일을 무의미하게 여겼고, 사실 어떻게 싸워야 하는지도 몰랐다. 하지만 그때는 화가 나서 제정신이 아니었다. 그자를 죽이고 감옥에 가도 상관없다는 생각까지 들었다.

"나는 당신과 싸우고 싶지 않아. 만약 당신이 나를 치면 폭행죄가 돼, 선생." 그가 말했다.

나는 양팔을 치켜들고 두 주먹을 불끈 쥔 채 멍하니 있었다.

"뭐라고? 이리 와!" 내가 요구했다.

"아니야, 선생. 난 그런 짓은 하지 않을 거야. 만약 당신이 나를 치면 그건 폭행죄가 돼." 그가 몇 개 남지 않은 이빨을 꼭 깨물며 말했다. 그러고 나서 등을 올려 천천히 걸음을 옮겼다.

나는 부들부들 떨면서 그 자리에 서 있었다. 분노가 온몸의 피를 뜨겁게 만들었다.

어떻게 집으로 돌아왔는지 기억이 나지 않는다. 어떻게 진저를 안고 동물병원에 갔는지도 기억이 나지 않는다. 그러나 마지막으로 진저를 안았을 때 녀석에게서 풍기던 냄새와, 수의사가 녀석의 고통을 끝낼 주사를 놓았을 때 녀석이 부드럽게 끙끙거리던 소리는 아직까지도 기억한다. "어떻게 사람이 이런 짓을 할 수 있지?" 나는 분노의 눈물을 삼키며 말했다.

그로부터 며칠 후, 잠자리에 들려고 할 때마다 그 남자의 비웃음이 떠올라 나를 괴롭혔다. "나도 내가 당신 개를 치었다는 건

압니다. 그러니 어쩌자는 거요?" 그 거만한 어투가 자꾸만 귓가에 맴돌았다. 만약 그와 싸웠더라면 내가 그를 어떻게 했을지 너무나 선명하게 상상이 되었다. 상상 속에서 나는 모든 악당을 물리치는 슈퍼맨이었다. 만약 내가 야구 방망이나 다른 무기를 갖고 있었더라면 그를 무자비하게 구타했을 것이다. 그가 나와 아내, 딸, 그리고 진저에게 상처를 입힌 것처럼 그에게 똑같이 상처를 입히고 싶었다.

잠을 자려고 아무리 노력해도 잠을 이루지 못한 지 사흘째 되던 날 밤, 나는 침대를 박차고 일어나 일기를 쓰기 시작했다. 내 슬픔, 고통, 불만을 거의 한 시간 넘도록 일기장에 쏟아냈다. 그러다가 나는 놀라운 말을 적었다. '상처를 받은 사람이 다시 남에게 상처를 입힌다.' 마치 그 말을 타인에게서 들은 것인 양 다시 생각해보다가 나는 크게 소리쳤다. "뭐라고?"

나는 다시 썼다. '상처를 받은 사람이 다시 남에게 상처를 입힌다.' 나는 의자를 뒤로 젖히고는 밤을 노래하는 청개구리와 귀뚜라미 소리를 들으면서 곰곰이 생각해보았다. '상처를 받은 사람이 다시 남에게 상처를 입힌다. 이 말이 그 남자와 무슨 상관이지?'

나는 좀 더 생각해보았다. 그러자 비로소 그 말이 무슨 뜻인지 이해되기 시작했다. 한 가족이 소중하게 생각하는 동물에게 그처럼 쉽게 상처 입힐 수 있는 사람은 반려동물에 대한 사랑이 무엇인지 모르는 사람이다. 어린아이가 눈물범벅이 되어 슬퍼하고 있는데 차를 몰고 뺑소니칠 수 있는 사람은 어린아이도 할 줄 아는 사랑을 할 줄 모르는 사람이다. 한 가족의 가슴에 못을 박고도 사과할 줄 모르는 사람은 자신의 가슴을 여러 번, 그것도 아주 세차게 찔린 사람이다. 어쩌면 이 일의 진짜 희생자는 그 남자가 아닐까 하는 생각이 들었다. 그는 악당처럼 행동했지만, 그의 내면에 자리 잡은 깊은 고통이 그를 그토록 모질게 만든 것은 아닐까.

나는 오래도록 자리에 앉아 이 모든 것을 되새겼다. 그 남자에 대해, 그가 내게 안겨준 고통 때문에 분노가 치밀 때마다 그 남자가 매일 안고 살았을 고통에 대해 생각해보았다. 시간이 지나자 호흡이 차분해지고 긴장이 풀어졌다. 나는 전등을 끄고 침대에 올라 편안히 잠들었다.

불평: 슬픔, 고통, 불만을 표현하는 것

이러한 경험을 하면서 나는 '슬픔'을 느꼈다. 진저는 그 일이

용서는 제비꽃이 저를 짓밟은 뒤꿈치에 내뿜는 향기다.
마크 트웨인

있기 5년 전에 우리 집으로 왔다. 당시 우리는 사우스캐롤라이나주의 시골 마을에서 살고 있었는데, 진저가 어느 날 갑자기 나타나 우리 집에 머물고 싶어 했다. 여러 해 동안 유기견이 나타나곤 했는데, 당시 키우던 개 깁슨이 그들을 모두 쫓아버렸다. 그런데 웬일인지 진저만큼은 쫓아내지 않았다. 우리는 진저의 행동거지를 보고 이 녀석이 심한 학대를 받았다는 사실을 짐작했다. 특히 나를 피하는 것으로 보아 진저를 학대한 사람은 성인 남자인 것 같았다. 하지만 키운 지 1년쯤 되자 진저는 나를 신뢰하기 시작했다. 그리고 죽기 전까지 진저는 우리 가족의 진정한 친구였다. 나는 진저의 죽음을 정말 슬퍼했다.

나는 분명 '고통'을, 그것도 내 영혼 저 밑바닥부터 욱신거리며 가슴을 시리게 하는 고통을 느꼈다. 우리처럼 자녀를 가진 부모라면 아이들로 하여금 고통을 겪게 하느니 차라리 그 고통을 대신 겪겠다는 부모 심정을 잘 알 것이다. 딸아이가 겪은 고통을 생각하면 내 고통이 갑절이 되었다.

나는 '불만'도 느꼈다. 그 남자를 실컷 패주지 못한 것만큼이나, 처음부터 난폭하게 대응할 생각을 했다는 점을 후회했다. 그 남자를 그냥 두고 발걸음을 돌렸다는 사실뿐만 아니라, 그를 추격한 행동도 부끄러웠다.

'슬픔, 고통, 불만.'

그 남자가 진저를 치었을 때 내가 슬픔과 고통, 분노를 느끼고 겉으로 표현한 건 당연한 일이었다. 모두가 인생의 어느 순간 이와 유사한 경험을 한 적이 있을 것이다. 다행스럽게도 이처럼 심한 상처를 주는 일은 아주 드물게 벌어진다. 마찬가지로 불평하기(슬픔, 고통, 분노를 표현하기)도 매우 드물게 벌어져야 한다.

하지만 우리 대부분이 하는 불평은 그처럼 깊은 고통의 경험에서 나오는 것이 아니다. 이글스의 멤버인 조 월시Joe Walsh의 노래 「즐거운 인생Life's Been Good」에는 이런 가사가 나온다. "우리는 불평할 것도 별로 없는데 여전히, 그것도 아주 많이 불평한다." 일상에서 벌어지는 일은 슬픔, 고통, 불만을 표현할 정도로 최악은 아니다. 하지만 불평하기는 우리의 면피용 수단이 되었다. 아니, 습관이 되었다. 우리가 늘상 하는 일이다.

불평 없이 살아보기 운동을 시작하기 전에는 우리가 일상에서 얼마나 많이 불평하는지, 불평이 우리 인생에 얼마나 부정적인 영향을 미치는지 전혀 깨닫지 못한다. 우리 대부분은 날씨, 배우자, 직장, 신체 조건, 친구, 일, 돈, 다른 운전자 등에 대해 하루에 수십 번씩 불평을 한다.

그처럼 자주 불평한다는 사실을 의식하는 사람은 많지 않다. 입에서 말이 튀어나오면 귀는 그 말을 듣는다. 그러나 무슨 이유인지 그 말이 불평으로 기억되지 않는다. 불평은 나쁜 입냄새에 비유할 수 있다. 우리는 다른 사람의 입냄새는 금방 알아차릴 수 있지만 정작 자신의 것은 잘 알아차리지 못한다.

아마 당신은 생각보다 훨씬 자주 불평하고 있을지도 모른다. 이제 불평 없이 살아보기 21일 도전을 받아들였으니, 곧 그 사실을 의식하게 될 것이다. 보라색 밴드를 한쪽 손목에서 다른 쪽 손목으로 옮기면서 스스로 얼마나 많이 '크베치(kvetch, '습관적으로 불평하다'라는 뜻의 이디시어)'하는지 알게 될 것이다.

어쩌면 이제까지는 스스로가 불평하는 사람이 아니며, 설령 그렇다 해도 자주 불평하지는 않는다고 생각해왔을지 모른다. 성가시거나 괴로운 일이 있을 때만 불평한다고 생각했을 것이다. 하지만 우리는 무의식적으로 자신이 경험하는 어려움의 빈도와 심각성을 과장하곤 한다. 그러면 스스로가 더 중요한 사람처럼 느껴지기 때문이다.

왜 그럴까? 우리는 중요한 사람에게 중요한 문제가 생긴다고 믿는다. 그래서 문제가 더 많을수록 자신이 더 중요한 사람이라고 여긴다. 이러한 관점은 불평을 토로할 만하다고 생각하는 문제의 문턱을 낮춘다.

우리가 겪는 어려움에 대해 불평하기를 그만두고
겪지 않는 모든 어려움에 감사할 때 행복이 찾아온다.

토머스 S. 몬슨 Thomas S. Monson

어렵고 힘들며 심지어 고통스러운 경험도 모두 삶의 일부라는 사실을 기억하면 도움이 된다. 어려움에 대해 불평한다고 해서 우리의 지위가 더 높아지지는 않는다. 그저 부정적인 감정을 다시 자신에게 전가하는 반향실이 생길 뿐이다.

21일간의 도전에 성공한 사람들은 이렇게 말했다. "쉽진 않았어요. 하지만 그만큼 도전할 만한 가치가 있었죠." 가치 있는 것 중에 쉬운 건 하나도 없다. 단순한 논리라고? 그렇다. 하지만 성공으로 가는 과정에서 쉬운 일이란 없다. 겁을 주려는 게 아니라, 어디까지나 당신을 격려하고자 하는 말이다. 불평 없는 사람이 되는 일(스스로의 언어를 조심하면서 바꾸는 것)이 어렵게 느껴진다고 해서, 성공할 수 없다는 의미는 아니다. 당신이 뭔가 잘못되었다는 뜻도 아니다. 제2차 세계대전에 참전하고 감동적인 연설로 이름을 알린 M. H. 올더슨Alderson은 이렇게 말했다. "한번에 성공하지 못했다면, 당신은 남들과 비슷하게 나아가고 있다." 지금 불평하고 있다면, 평소 해온 대로 한 것뿐이다. 이제 그 사실을 의식했으니 일상에서 그 불평을 지워나가면 된다.

밴드를 바꿔 차고 다시 시작하자.

당신은 어떤 새가 되고 싶은가?

이 시점에서 잠시 시간을 내어 "나는 프리깃이 되고 싶은가, 갈매기가 되고 싶은가?"라고 스스로에게 물어보자.

이 글을 쓰고 있는 지금 나는 1년 내내 반바지를 입고 샌들을 신을 수 있는 열대의 낙원, 플로리다의 키라고Key Largo에 있다. 여기서는 매일 창밖으로 프리깃과 갈매기의 모습이 보인다.

프리깃은 매력적이고 위풍당당한 새다. 덩치가 크고 검은색에 날개 길이가 약 180센티미터나 되는 날렵한 외모의 프리깃은 마치 만 위를 유유히 떠도는 글라이더 비행기의 그림자처럼 보인다. 프리깃은 허공에서 잠까지 자며 평생을 하늘에서 살지만 거의 움직이지 않는다. 가끔 길고 가느다란 날개 끝이 위아래로 아주 살짝 구부러지는 모습을 볼 수 있는데, 이는 프리깃이 보이지 않는 바람의 흐름에 따라 오르락내리락하기 때문이다.

프리깃은 짝짓기를 할 때를 제외하고는 절대 땅으로 내려오지 않는다. 대기의 변화를 감지하는 공기의 흐름에 따라 오르내리고 무엇을 보여주든 하늘을 따라 미끄러지듯 항해한다. 프리깃은 저항하지 않고 그저 흐름에 따라 움직이기 때문에 적은 에너지만 쓰면서 조용하고, 고요하고, 높고, 자유롭게 살아간다.

반면 갈매기는 시끄럽고 꽥꽥거리는 새로, 기류를 따라 미끄러지기보다 기류에 대항하며 짧고 뭉툭한 날개로 이리저리 날아다닌다. 그들은 바다의 쓰레기 청소부로, 먹을 수 있는 것은 무엇이든 주워 먹으며 때때로 해수면 근처에 있는 작은 물고기를 덮치기도 한다.

갈매기들은 먹이 조각이나 항해용 부표 위의 휴식처 같은 한정된 자원을 차지하기 위해 서로 자주 싸운다. 그리고 쉴 새 없이 울부짖는다. 갈매기들이 비명을 지르며 불평하는 소리는 수백 미터 밖에서도 들릴 정도다.

갈매기는 프리깃과는 정반대다. 갈매기는 생존을 위해 몸부림치는 반면 프리깃은 그 모든 것을 뛰어넘어 그저 날아오른다.

여러분은 어느 쪽이 되고 싶은가? 위풍당당한 프리깃인가 아니면 불평투성이의 갈매기인가?

여러분의 선택에 달려 있다.

프리깃이 결코 땅에 내려오지 않는다면 어떻게 먹이를 구할지 궁금할 것이다. 프리깃은 날아오르다가 맛있는 물고기를 잡는 갈매기 떼를 발견하면, 길고 매끈한 날개를 몸 쪽으로 접고 날카로운 부리로 갈매기를 향해 미사일처럼 곧장 날아든다. 갈매기는 프리깃을 피하려 애쓰지만 아무 소용이 없고, 결국 비명을 지르며 무엇이든 가지고 있던 먹이를 뱉어낸다. 프리깃은 도망치는 갈매기를 지나쳐 공중에서 떨어지는 먹이를 낚아챈다.

갈매기는 청소부처럼 살아야 할 뿐 아니라, 먹이의 절반 이상을 잠수 폭격하는 프리깃에게 내줘야 하므로 생존에 필요한 먹이를 찾는 데 드는 노고가 배로 든다.

매일의 삶에서 하늘은 때로 우리를 높이 끌어올렸다가 아래로 끌어내리는 것처럼 끊임없이 변화하는 흐름을 선사한다. 하지만 불평투성이 갈매기처럼 삶의 흐름에 맞서 싸우기보다는 프리깃처럼 침착하고 평온하게 그 흐름을 따라갈 수 있다면 훨씬 더 행복하고 평화로운 삶을 살 수 있을 것이다.

생각은 삶을 창조한다

미국의 철학자, 저자, 교육자인 모티머 애들러Mortimer Adler는 이렇게 썼다. "습관은 특정한 행동의 반복으로 형성되며, 행동이 반복될수록 강화된다. 습관은 또한 약화되거나 중단될 수 있으며, 반대 습관은 반대 행동을 반복함으로써 형성된다." 대부분의 사람들에게 불평하기는 아주 오랫동안 무수히 되풀이하면서 형성된 습관이다. 그러나 의식적으로 불평을 하지 않으면, 곧 당신

변명과 불평은 삶에 꿈이 없다는 신호다.

방암비키 하비아리마나Bangambiki Habyarimana

은 이런 표현방식에 의존하지 않아도 된다.

　불평을 전혀 하지 않는 것이 당장의 생활에 별다른 영향을 미치지 않을 수도 있다. 그러나 당신 존재의 일부가 된 불평하는 습관을 억제하도록 그 흐름을 뒤바꿀 수는 있다.

　어떻게? 불평하지 않으면 뇌가 상황을 재구성하기 때문이다.

　뇌는 효율성을 높이기 위해 특정한 상황에서 경험한 것과 생각하는 것 사이의 간극을 메우는 지름길을 만든다. 비슷한 경험을 반복한 후, 이전에 겪었던 것과 같은 일이 다시 발생하면 뇌는 수신된 정보를 처리하는 데 별다른 에너지를 소비하지 않고 곧장 결론을 내린다.

　뇌를 연구하는 과학자들은 이렇게 표현한다. "동시에 활동하는 신경세포는 함께 연결된다." 즉, 무언가에 대해 특정 방식으로 자주 생각할수록 그 사고 패턴에 더 사로잡히게 된다는 것이다.

　불평을 자주 하는 사람들은 대뇌의 뉴런이 부정적인 방식으로 삶을 처리하는 방향으로 다리를 놓은 셈이다. 그들의 잘못은 아니다. 시간이 지나면서 뇌가 부정적인 사고방식으로 가는 지름

> 때때로 우리는 쇠사슬에 묶인 채 살아가고 있어.
> 그러면서도 우리에게 열쇠가 있다는 걸 알지 못해.
>
> 이글스The Eagles, 「이미 사라져버린Already Gone」

길을 만들어냈을 뿐이다.

다행히도 우리 뇌에는 신경가소성이라는 강력한 재형성 능력이 있다. 다시 말해, 뉴런을 재형성하고 방향을 바꿔 얼마든지 새로운 다리를 만들 수 있다는 뜻이다.

뇌는 시간이 지나면서 재형성되기 때문에 과거에 힘들었던 일에 대해 한마디도 불평하지 않겠다고 선택하는 것만으로도 긍정성으로 향하는 지름길을 만들 수 있다.

즉, 21일간의 불평 제로 챌린지를 수행하면 행복감이 커진다는 뜻밖의 수확까지 거둘 수 있다.

불평하는 횟수가 점점 줄어들고 이전에는 피곤하다고 느꼈던 사람이나 상황을 접해도 긍정적인 말을 찾아내게 된다면, 불평과 관련된 짜증 패턴이 깨지면서 점점 더 즐거운 감정을 느낄 수 있다.

심리학자들은 이를 '주관적 안녕감subjective well-being'이라고 부르는데, 이것이 바로 우리가 '행복'이라 여기는 감정이다.

2년 동안 노력해도 21일간의 목표를 이루지 못한 한 남자에게 이메일을 받은 적이 있다. 그는 이렇게 썼다. "어떤 이유에서인지 8일째쯤 되면 불평을 하게 됩니다. 그래서 1일째부터 다시 시작해야 하죠." 그리고 이메일 후반부에 이렇게 덧붙였다. "그런데 놀라운 일은, 챌린지를 완수하지 못했어도 훨씬 더 행복해졌다는 사실입니다." 그리고 굵은 글씨로 이렇게 질문했다. "**원래 그**

런 건가요?"

나는 웃고 말았다. 마치 21일 동안의 챌린지에 참여하면 일종의 부작용이 생긴다고 미리 알려줘야 할 것 같은 의무감이 들었기 때문이다. "경고: 불평 제로 챌린지에 참여하면 행복감이 생길 수 있음."

좋은 소식은 내가 느낀 행복이 주변 사람들에게도 전파될 수 있다는 점이다. 내가 받은 또 다른 이메일을 통해 그 원리를 설명해볼까 한다.

안녕하세요?

다른 수천 명의 사람들과 마찬가지로 저는 제 삶의 초점을 옮기기 시작했습니다. 보라색 밴드가 도착하기를 기다리는 동안 저는 우선 아무 밴드나 하나 착용해봤어요. 덕분에 저의 평소 행동을 이전보다 더 의식할 수 있었지요. 저는 약 일주일 동안 이 운동을 해왔는데 확실히 전보다 덜 불평하고 있습니다. 이 과정에서 깨달은 가장 놀라운 사실은 전보다 한결 더 행복해졌다는 겁니다! 남편을 포함해 제 주위의 사람들이 더 행복해진 건 말할 것도 없고요. 저는 오래전부터 불평하는 습관을 바꾸고 싶었어요. 이 운동은 제 행동을 바꾸는 결정적인 계기가 되었습니다.

불평 없이 살아보기 운동은 제 주변 사람들의 일상에 오르내리면서, 엄청난 파급효과를 불러일으켰어요 많은 사람들이 자신들이 얼마나 자주 불평하는지 반성하고 태도를 바꾸는 계기가 되었습니다. 점점 더 많은 사람들이 소식을 듣게 되어, 이제 이 운동은 훨씬 더 멀리까지 영향을 미치겠지요. 이 운동은 실제로 밴드를 차고 다니는 사람들뿐만 아니라, 다른 많은 사람들에게도 영향을 미치는 것 같아요. 생각만 해도 멋진 일이지요!

메릴랜드주 로크빌에서

진 라일리

우리에게는 더 행복해지고 주변 사람들까지 더 행복하게 만들 수 있는 능력이 있지만, 그러기 위해서는 이제까지와는 다른 선택을 해야 한다. 안타깝게도 많은 사람이 노력을 기울이지 않고 다음 이야기에 나오는 남자처럼 계속 현실에 갇혀 있다.

두 건설 노동자가 잠시 일손을 놓고 점심을 먹기 위해 나란히 앉았다. 한 사람이 도시락을 열더니 불평을 했다. "에잇! 미트로프 샌드위치잖아! 난 이거 아주 싫어하는데!" 옆에 있던 친구는 아무 말도 하지 않았다. 다음 날 두 사람은 다시 점심을 먹기 위해 나란히 앉았다. 어제 불평하던 노동자가 도시락을 열더니 이번에는 더욱 화난 어조로 말했다. "또야? 난 정말 미트로프 샌드위치가 싫어!" 어제와 마찬가지로 친구는 아무 말도 하지 않았다. 사흘째 되던 날 다시 점심시간이 되었을 때 불평꾼은 도시락을 열더니 발을 동동 구르며 소리쳤다. "이젠 정말 지겨워! 날이면 날마다 똑같은 점심이라니! 왜 이놈의 미트로프 샌드위치뿐이야. 이젠 좀 다른 걸 먹고 싶다고!"

그의 친구가 물었다. "왜 마누라한테 다른 것을 싸 달라고 하지 않나?"

불평꾼은 깜짝 놀랐다는 표정을 지으며 말했다. "난 내가 직접 도시락을 싸."

당신, 나, 그리고 나머지 모든 사람. 그렇다, 우리는 모두 우리의 똑같은 점심(불평하기)을 싸 가지고 다닌다. 우리는 우리의 생각으로 삶을 창조하고, 우리의 말로 생각을 널리 퍼뜨린다. 록 밴드 이글스Eagles의 노래 「이미 사라져버린Already Gone」의 가사를 떠올려보라. "때때로 우리는 쇠사슬에 묶인 채 살아가고 있어. 그러면서도 우리에게 열쇠가 있다는 걸 알지 못해." 당신은 미트로프 샌드위치라는 쇠사슬에 묶여 있다. 그리고 당신은 그 사슬을

불평은 목표 설정을 부정적으로 하는 것이다.

조 비테일 박사Dr. Joe Vitale

푸는 열쇠도 갖고 있다.

함께 커피를 마시던 한 친구가 내게 이 미트로프 샌드위치 이야기의 현실 버전을 들려주었다. 2년 전 그 친구의 회사는 음성 사서함 제도를 바꾸었다. 음성 메일을 찾아내기 위해 전화기 자판에서 코드와 지시를 찍는 대신, 모든 직원이 음성 지시를 사용하게 되었다. 가령 수화기를 들고 "메시지를 불러와요"라고 말하고, 이어서 "메시지를 다시 들려주세요" 혹은 "메시지를 삭제하세요"라고 말하는 방식이었다.

"원래는 그렇게 말하면 바로 작동해야 해." 그가 내게 말했다. "문제는 그 시스템이 때때로 잘 돌아가지 않는다는 거지. 소음이 섞여 있다거나 명령하는 목소리가 낭랑하지 않으면 시스템이 아예 반응하지 않거나 엉뚱한 짓을 하거든."

그는 이어서 옆자리에 앉은 직원이 메시지를 불러오지 못해 어려움을 겪었다고 말했다. 그가 "메시지를 불러와요"라고 말하면, 시스템은 반응하지 않거나 엉뚱한 짓을 했다. 그러면 그 직원은 "메시지를 불러와, 빌어먹을!" 하고 소리쳤다. 물론 마지막의 욕설은 그 자동화 시스템을 더욱 당황하게 만들었고, 그리하여 그는 메시지를 듣는 대신 미트로프 샌드위치를 얻었다.

"그는 기계에다 대고 소리를 질렀지." 친구는 흥미롭다는 듯이 미소를 지으며 말했다. "그런데 그렇게 신경질을 내서 문제가 더 복잡해진 거야." 그는 커피를 한 모금 홀짝거리고 나서 덧붙였다. "여기부터가 진짜 안타까운 부분이야. 새 시스템은 2년 전에 설치됐는데, 나는 음성인식이 잘 안 된다는 걸 알고 내 전화기를 수동 조작으로 바꾸어놓았거든. 그래서 난 전처럼 전화기 자판을 눌러서 메시지를 불러올 수 있었어. 나는 그 직원이 전화기에 대고 소리치는 걸 듣고 음성 메일을 수동 조작으로 바꿀 수 있다고 얘기해줬지. 그랬더니 그 직원이 전화기에 대고 '메시지를 불러와, 이 빌어먹을 고물단지야!' 하고 소리치고는, 내 쪽은 쳐다보지도 않고 한마디 하더군. '난 지금 너무 바빠요. 나중에 바꾸도록 할게요!'

내 친구는 고개를 절레절레 흔들었다. "그게 2년 전 얘기야. 수동으로 바꾸라고 열 번은 더 말해줬을 거야. 그때마다 '난 바빠요' 타령이었지. 수동으로 바꾸는 데 30초밖에 안 걸린다고 말했지만 계속 거절하더군. 수동으로 바꿀 시간이 없다면서 2년 동안 전화기에 대고 소리를 치느라 몇 시간을 낭비했는지 몰라."

그가 계속했다. "이봐, 상상이 되나? 그 직원은 매일 아침 출근하면서 오늘도 음성 메일과 씨름해야 한다는 걸 알고 있었어.

네 믿음대로 될지어다.

마태복음 8장 13절

또 1분도 안 걸려 수동으로 전환할 수 있다는 것도 알지. 하지만 줄기차게 아무것도 안 하더군. 정말 놀라워!"

미트로프 샌드위치가 지겨운가? 하지만 스스로 매일 그 샌드위치를 만들고 있지 않은가? 생각은 우리의 생활을 창조하고 말은 우리의 생각을 드러낸다. 말을 바꾸면 생각이 바뀌고, 생활도 따라서 좋아진다.

예수가 "찾아라, 그러면 얻을 것이다"라고 말한 이래, 이는 보편적 원칙이 되었다. 우리는 결국 우리가 찾는 것만 발견하게 된다. 우리는 불평하면서 원하지 않는 것을 찾아내고, 그것을 끌어들이는 데 에너지를 소비한다. 결국 그런 것들이 진짜 나타나면 우리는 다시 그 새로운 것을 불평하면서 원하지 않는 것을 더욱 끌어당긴다. 당신은 불평하기의 악순환에 빠져든다. 불평의 자기실현적 예언은 이런 식으로 진행된다. 부정적 경험과 불평 → 더 많은 부정적 경험과 불평 → 새로운 부정적 경험의 등장 → 더욱 빈번해지는 불평.

알베르 카뮈는 소설 『이방인』에 이렇게 썼다. "별들과 상징으로 가득한 어두운 하늘을 물끄러미 쳐다보면서 나는 처음으로 우주의 자비로운 무관심에 내 마음을 활짝 열었다."

우주는 자비로운 동시에 무관심하다. 우주, 하느님, 성령 혹은 절대자 등은 자비롭지만(선량하지만), 동시에 무관심하다(신경을 쓰지 않는다). 우주는 당신이 말로써 표현하는 생각의 힘으로 자신에게 사랑, 건강, 행복, 풍요, 평화를 불러오든 그 반대로 고통, 질병, 비참, 고독, 가난을 불러오든 신경 쓰지 않는다. 우리의 생각은 우리의 삶을 창조한다. 우리의 말은 우리의 생각을 드러낸다. 불평을 뿌리 뽑아 우리의 말을 잘 통제한다면 우리는 의도대로 삶을 창조할 수 있고 원하는 것을 얻어낼 수 있다.

중국말에서 '불평하다'에 해당하는 한자는 '껴안다'와 '에고(자부심)'를 의미하는 두 글자를 겹쳐서 만든 것이다. 중국인들은 불평하는 것을 '자부심을 껴안는 것'이라고 생각한다. 이 한자어에는 심오한 진리가 들어 있고, 불평하기의 본질을 잘 짚어낸다. 불평을 하면 당신은 곧 자부심을 껴안는 것이다.

여기서 말하는 에고는 프로이트가 말한 인간 심리의 3중 구조 중 하나인 그 에고를 가리키는 것이 아니다. 이 에고는 자신이 무한한 공급으로부터 소외되어 있다고 느끼는 인간의 제한적인 자아를 가리킨다.

당신은 불평할 때 당신의 자부심을 껴안는다. 당신의 머릿속에서 이런 불평하는 목소리가 울려 퍼진다. 내가 바라는 것을 왜 안 줘? 이 세상은 이렇게 풍성한데 나만 소외되어 있잖아? 당신은 이런 목소리를 지지하고, 위로하고, 또 정당한 것으로 여긴다. 이렇게 하여 세상의 풍성함을 누릴 수 있는 당신의 능력은 제약을 받는다.

'풍성한affluent'이라는 단어는 '풍성한 흐름 속에 있다'라는 뜻이다. 세상에는 늘 좋은 것들로 가득한 풍요로운 강이 흐르고 있다. 당신이 불평을 하면 그 강의 흐름을 다른 곳으로 돌려놓게 된다. 반대로 당신이 바라는 것을 열심히 얘기하면, 그 흐름은 당신의 머리 위로 흐르면서 온갖 좋은 것으로 당신을 흠뻑 적셔준다.

불평을 삶으로부터 근절시키려고 하면 여러 해에 걸쳐 축적된 습관이 우리를 실패 쪽으로 끌어당기려 한다. 마치 시속 1,000킬로미터로 날아가는 제트기에 탄 것과 비슷하다. 만약 기장이 제트기를 왼쪽으로 틀면 당신의 몸은 오른쪽으로 기울어질 것이다. 당신이 그 방향으로 빠르게 움직이는 것과 같기 때문이다. 그러나 제트기가 새로운 방향을 잡고 계속 나아가면 당신은 곧 익숙해지고 더 이상 예전의 관성을 느끼지 않을 것이다.

마찬가지로, 오래된 습관을 바꾸려고 하면 처음에는 관성에 이끌린다. 처음 불평 제로 밴드를 착용하면 부정적인 방식으로 우리를 끌어당기는 관성을 느끼게 될 것이다. 하지만 밴드를 계속 차라. 시간이 지날수록 밴드를 차는 행동은 엄청난 영향력으로 당신의 삶을 바꾸어놓을 것이다.

02

불평과 건강

* * *

신경증 환자들은 자신의 병에 대해 불평하면서도 병을 최대한 활용하고,
병을 빼앗길라치면 암사자가 새끼를 지키듯 막아선다.
지그문트 프로이트

어제는 일을 일찍 마무리하고 집으로 돌아왔습니다. 척추와
경추 융합 수술을 받은 허리가 너무 아파서 견디기 힘든 하루
였어요. 그저 쉬고 싶었고, 이렇게까지 된 나 자신에 대해 한탄
하고 있었습니다. 마흔일곱밖에 안 됐는데 몸에 성한 곳이 없
다는 것이 마음을 무겁게 하더군요.

소파에 털썩 앉아 〈오프라 윈프리 쇼〉에 출연한 목사님을 보
는데, 갑자기 신께서 제게 계시라도 내린 듯한 기분이 드는 겁
니다. 눈은 마음의 창이라고 하는데, 사람들은 목사님께서 가

장 놀라운 눈을 가졌다고 말하더군요. 저는 당신의 눈빛에 찔렸지만, 결코 '기분 나쁜' 것은 아니었습니다. 오히려 즐거워서 눈이 반짝거렸고 미소가 절로 나오더군요.

저는 매일 아프다고 불평했고 진통제를 수도 없이 복용했습니다. 목사님 말씀이 맞았어요. 불평이 제 마음을 무겁게 한 거였어요. 그래서 불평 없는 세상을 만드는 데 동참하기 위해 친구들과 함께 찰 밴드 10개를 주문했습니다. 이 편지는 당신에게 감사하다는 말씀을 드리려고 쓰게 되었습니다.

저는 아직 걸을 수 있고, 좋은 친구들이 있으며, 사랑하는 가족이 있고, 훌륭한 직업이 있습니다. 그러니 마땅히 신께 감사드려야 합니다. 몸이 성하지 않다고 자기 연민에 빠지지 않고, 감사하는 삶을 살기 위해 다시 힘을 쏟으려고 합니다.

목사님, 언젠가는 개인적으로 만나 감사하다는 말씀을 전할 수 있기를 바랍니다. 당신은 영감을 주시는 분입니다. 그리고 말씀드렸던 것처럼 당신의 눈빛은 저를 미소 짓게 하고 희망을 가지게 해주었습니다. 신께서 축복하시기를.

오하이오주 케임브리지에서

신디 라폴레트

우리는 무엇을 하든 같은 이유로 불평한다. 이를 통해 이익을 얻기 때문이다. 불평에서 이익을 얻을 수 있음을 깨달은 날을 나는 선명하게 기억한다. 나는 열세 살 때 처음으로 삭홉(sock-hop, 양말만 신고 추는 춤)에 참가했다. 삭홉은 주로 고등학교 체육관에서 열리는데, 체육관의 바닥을 보호하기 위해 신발을 벗어야 하기 때문에 그런 이름이 붙었다. 이 춤은 원래 1950년대에 유행했지만, 1973년에 〈청춘 낙서American Graffiti〉라는 영화가 개봉하면서 다시 유행을 탔다.

10대만큼 육체적·정신적으로 지속적이고도 인상적으로 변화하는 시기도 없을 것이다. 당시 나는 처음으로 또래 여자들이 '역겹지' 않다는 것을 깨달았다. 갑작스레 여자애들이 아주 매력적으로 느껴져서 나는 자석처럼 그들에게 끌렸다. 동시에 두렵기도 했지만 여자애들에 대한 생각을 멈출 수가 없었고, 심지어 꿈에서까지 그 생각은 계속되었다. 야구, 모형 선박, 영화, 만화 따위에 대한 생각은 흔적도 없이 사라지고 그 자리를 여자애들의 모습이 차지했다.

나는 간절히 여자애들과 사귀고 싶었지만, 그러려면 어떻게 무엇을 해야 하는지 몰라서 너무나 막막했다. 옛날부터 내려온 농담처럼, 차를 쫓는 개가 마침내 차를 따라잡긴 했는데 그 차를 어떻게 해야 할지 모르는 그런 상황이었다. 나는 여자애들과 가까워지길 갈망하면서도 동시에 근처에 가는 것을 두려워했다.

삭홉이 열리던 날은 덥고 습한 전형적인 사우스캐롤라이나의 날씨였다. 1950년대 유행처럼, 여자애들은 펑퍼짐한 스커트를 입고 머리를 둥글게 부풀린 채 새들 슈즈를 신었고, 연붉은색 립스틱을 입술에 발랐다. 남자애들은 흰 티셔츠의 소매를 말아올려 담배 한 갑(부모님 것을 슬쩍)을 끼워 넣고는 발목까지 말아 올린 청바지를 입었다. 흰 양말에 페니 로퍼를 신었고 옆머리를 길게 길러 앞머리와 함께 전부 뒤로 넘겼다.

학교 운동장에 1950년대 노래가 울려 퍼졌고, 여자애들은 한쪽 구석에서 키득키득 웃으며 서 있었다. 동시에 반대편의 남자애들은 접이식 철제 의자에 앉아 멋지게 보이려고 안간힘을 썼다. 나를 포함한 남자애들은 일부러 여자애들에게 무관심한 척했지만, 실은 그 애들에게 다가가서 말을 걸어야 한다는 생각에 겁을 먹고 있었다. 하지만 몸속의 유전자는 어서 가서 말을 걸라고 재촉했다. "쟤들이 먼저 와야 하는 거 아니야?" 우리는 그런 식으로 농담을 했다. 여자애들이 먼저 다가올 경우 우리 자존심은 하늘을 찌를 것이고, 오지 않는다면 적어도 여자애들에게 우리의 무관심을 유감없이 보여줄 터였다.

당시 나와 가장 친한 친구인 칩은 키가 크고 공부나 운동 모두 빠지는 구석이 없었다. 나는 그 세 가지 중에서 키만 겨우 될 뿐, 몸매는 칩과 다르게 상당히 펑퍼짐했다. 10대 시절 나에게 쇼핑이란 어둑한 벨크스 백화점 지하의 옷 무더기를 뒤져 '허스키(뚱뚱한 애)'에게 맞는 크고 튼튼한 옷을 집어 오는 일이었다.

칩은 키도 크고 운동도 잘해서 여자애들의 시선을 한 몸에 받았다. 칩에게만 집중된 여자애들의 시선과 이에 대응하는 의지박약한 칩의 태도 중 무엇이 나를 더 거슬리게 하는지는 나 자신도 잘 몰랐다. 나를 포함한 남자애들은 칩을 마구 부추겼다. 저기서 우리가 다가와주길 기다리는 포니테일 머리에 흰 양말을 신은 예쁜이들 좀 보라면서. 우리는 칩이 그들에게 다가가 능글거리며 말도 걸고 같이 춤도 추면서 물꼬를 터주길 바랐지만, 칩은 그저 묵묵히 앉아 있을 뿐이었다.

"너무 부끄러워서 재들에게 뭐라고 해야 할지 모르겠어." 칩이 말했다.

"그냥 가! 그냥 가서 말이나 좀 붙여봐. 여기 밤새 앉아 있을 거야?" 내가 말했다.

"너야말로 왜 여기 앉아 있는 거야. 너 정말 말 잘하잖아. 어서 가서 무슨 말이든 좀 붙여보지 그래?" 칩이 말했다.

마약을 끊지 않으면 인생 전부를 파괴할 수도 있다. 마약 중독자들은 마약을 처음 복용했던 때를 종종 기억해낸다. 이때가

불평을 버린다면 당신은 어떤 사람이 될까?
앨런 코헨Alan Cohen

내게는 바로 그런 순간이었다. 다음에 내뱉은 말을 시작으로, 나는 30년 넘게 지속될 불평 중독에 들어섰다.

나는 칩에게 몸을 기울이고 말했다. "내가 저기로 가면 아무도 나와 춤추려 하지 않을 거야. 날 봐. 난 너무 뚱뚱하잖아. 열세 살인데 이미 90킬로그램을 넘었다고. 말할 때 입에서는 쌕쌕거리는 소리가 나고 걷기만 해도 땀이 흐를 지경이야."

다른 남자애들이 날 바라보는 것을 느끼면서 나는 계속 말했다. "칩, 넌 몸이 좋잖아. 쟤들은 널 보고 있어, 내가 아니라." 다른 친구들도 동의하면서 고개를 끄덕였다. "쟤들은 나를 재밌는 애라고만 생각하지, 춤추는 상대로는 보지 않아. 나를 원치 않는다고…….. 절대로."

그때 한 친구가 뒤로 다가와 내 등을 후려쳤다. "야, 뚱보!"

보통 때라면 그의 말이 아무런 악의 없이 들렸을 것이다. 거의 모든 애들이 나를 '뚱보'라고 불렀으니까. 그 별명은 나와 어울리기도 하고 자라오면서 익숙해지기도 했다. 모욕으로 받아들인 적은 없었다. 이곳 남자애들은 내 친구였고, 그들이 나를 뚱보라고 부르는 건 별문제가 되지 않았다. 그렇지만 나를 여자애들한테 보내지 말라는 의도로 나의 체중에 대해 일장연설을 늘어놓은 뒤 그 친구가 나를 '뚱보'라고 부르자 우리의 작은 패거리 안에서 뭔가 파문이 일었다.

한 친구는 나를 뚱보라고 부른 친구를 쏘아보면서 이렇게 말했다. "야, 닥쳐!"

"걔 좀 내버려둬!" 또 다른 친구가 말했다.

"살찐 게 뭐 죽을죄라도 되냐?" 또 다른 친구가 끼어들었다.

나는 주변을 둘러보았다. 친구들 모두 굉장히 우려되는 시선으로 나를 바라보고 있었다.

잠시 뒤, 머릿속에서 이런 목소리가 울려 퍼졌다. "그걸 이용해!" 나는 배우라도 된 양 숨을 내쉬며 천천히 고개를 돌렸다. 우리는 모두 여자애들과 대면했다가 거절당하면 어쩌나 미리 겁먹고 도망칠 구멍을 찾고 있었다. 칩은 부끄럽다는 구멍으로, 나는 과체중이라는 구멍으로 도망쳤다. 심지어 나는 뚱뚱하다고 불평까지 했다. 게다가 한 친구가 때마침 농담조로 모욕감을 더해주어 너끈히 도망칠 수 있었을 뿐만 아니라, 관심과 동정도 함께 받았다.

나는 불평함으로써 나를 두렵게 하는 일에서 면제되었다. 더불어 주위의 관심과 지원, 확인까지 받았다. 마약이 효과를 내기 시작했다. 불평에 중독된 나 자신을 느낄 수 있었다. 불평은 나를

> 하나님은 6일 만에 세상을 창조하셨다. 일곱째 날에는 쉬셨다.
> 여덟째 날부터는 불평하기 시작하셨다. 그 이후로 불평을 멈추지 않으셨다.
>
> 제임스 스콧 벨James Scott Bell

용감하게 만들었다.

몇 년 뒤, 나와 한 친구는 같은 식당에 취직했다. 그런데 그 친구는 나보다 더 좋은 자리를 배정받았다. 그때 나는 나 자신과 다른 사람들에게 내가 뚱뚱하기 때문에 친구보다 못한 자리를 배정받았다고 말했다. "네가 뭘 그리 뚱뚱하다고 그래. 넌 멋있어!" 나는 주변에서 건네는 이런 위로의 말을 즐겼다. 심지어 교통 위반 딱지를 받았을 때도 내가 뚱뚱해서 걸렸다고 말했고, 그러면 사람들은 운전자를 차별하는 경찰을 경멸한다는 표정을 지으며 혀를 찼다. 이처럼 사람들의 인정에 의존하는 태도와 내 건강을 해치는 45킬로그램의 비계를 제거하는 데 5년 반이 걸렸다.

《심리학 회보Psychological Bulletin》에 실린 「불평과 불평하기: 작용, 이력 그리고 결과Complaints and Complaining: Functions, Antecedents, and Consequences」에서 심리학자 로빈 코왈스키Robin Kowalski는 이런 글을 썼다. "대체로 불평은 다른 이들로부터 동정이나 인정 같은 특정한 대인 반응을 이끌어내려는 시도다. 예를 들면, 사람들이 자신의 건강 상태를 불평하는 이유는 실제로 몸이 좋지 않아서가 아니다. 아픈 사람인 척하면 다른 이들로부터 동정을 받거나 귀찮고 불편한 일을 면제받는 부차적인 이익을 얻기 때문이다."

'뚱뚱하다'는 패를 내놓으며 불평함으로써 나는 동정과 인정을 받아냈을 뿐만 아니라 여자애들에게 말을 걸지 않아도 되는 정당한 이유를 제시했다. 나는 불평을 함으로써 이득을 보았다.

아마 여러분도 유사한 경험이 있을 것이다. 동정이나 관심을 얻기 위해, 혹은 거기에 더해 하기 싫은 일을 피하려 건강에 대해 불평을 해보았을 것이다. 건강에 대해 불평하는 것은 심각한 문제다. 왜냐하면 그 불평이 실제로 몸을 아프게 하기 때문이다. 입으로 들어가는 것, 즉 음식은 건강과 몸매를 결정한다. 반면 입밖으로 나오는 것은 우리의 현실을 결정한다.

설교를 할 때마다 나는 건강을 불평하는 사람을 알면 손을 들어보라고 한다. 그런 다음 나는 이렇게 말했다. "자기 건강에 대해 불평하는 사람이 그 불평 때문에 건강이 나빠지는 것 같으면 그대로 손을 들고 계십시오." 대체로 99퍼센트의 사람들이 그대로 손을 들고 있었다.

건강이 나쁘다는 건 흔한 불평 중 하나다. 동정과 관심을 이끌어내려고, 더 건강한 생활방식을 실천하는 귀찮은 일을 회피하려고, 자신의 건강에 대해 불평하며 아픈 척하는 것이다. 물론 정말로 건강이 좋지 않아서 불평하는 사람들도 있다. 하지만 이런 사람들도 그처럼 힘든 일에 계속 초점을 맞추면 삶에서 그런 힘

일이 계속 나빠질 것이라고 자꾸 이야기하면,
당신은 그 나쁜 일의 예언자가 된다.
아이작 바셰비스 싱어Isaac Bashevis Singer

든 일만 계속 부각된다.

아프다고 불평하는 사람들은 자신의 고통을 만방에 알릴 뿐만 아니라 스스로의 몸이 고통을 기다리고 경험하도록 일깨우기도 한다.

이런 이야기가 나오면 사람들은 이렇게 묻곤 한다. "아, 그럼 제가 고통을 극복할 때까지 강한 척을 해야 한다는 거군요."

그렇지 않다.

이런 말은 있을 수가 없다. 닮고 싶은 사람처럼 행동하면 바로 그 순간 당신은 그 사람이 된다. 달라진 모습으로 가는 첫 번째 단계는 그렇게 되고 싶다고 갈망하는 사람처럼 행동하는 것이다. 이는 극기를 향한 첫걸음이다. 이런 중요한 행동을 '강한 척한다'라고 표현하는 것은 핵심을 잘못 이해한 것이다.

당신은 강한 척하는 것이 아니다. 당신이 닮고 싶어 하는 바로 그 사람이 된 것이다. 그리고 생각을 바꾸면 결과적으로 건강도 나아진다.

스스로에게 물어보자. "나는 아픈 척한 적이 없었나? 지금도 그러고 있지는 않나?" 당신이 건강에 대해 불평을 하면 동정과 관심을 얻을 수는 있겠지만, 고통이 그대로 유지되는 대가를 치러야 한다.

아마 심인성 질환psychosomatic illness을 겪는 사람의 이야기를 들어봤을 것이다. 일반적으로 '심인성psychosomatic'이라고 하면 사람들은 생리와 무관한 신경증 환자를 생각하는 경향이 있다.

'심신psychosomatic'에서 심psycho은 '정신'을 의미하고, 신soma은 '육체'를 의미한다. 따라서 심신은 문자 그대로 '정신과 육체'를 의미한다. 우리의 존재 자체가 정신과 육체를 통합하여 드러나는 모습이므로, 우리는 모두 심신적인 존재다.

로빈 코왈스키 박사에 따르면, 의사들은 근무 시간의 거의 3분의 2를 심인성 질병을 진료하느라 보낸다.

이는 생각해볼 만한 일이다. 우리가 겪는 질병의 3분의 2가 심인성이거나 그로 인해 악화된다는 의미이기 때문이다. 정신이 생각을 하면, 육체는 그것을 나타낸다. 많은 연구 결과가 건강에 대한 생각이 곧바로 현실로 이어진다는 것을 보여준다.

최근 내셔널 퍼블릭 라디오(전미 네트워크의 비영리·공공 라디오 방송)에서 이런 이야기가 소개되었다. 약을 처방받을 때 의사로부터 치료 효과가 좋다는 말을 들은 환자는 그렇지 못한 환자들보다 실제로 약효가 훨씬 더 좋다는 것이다. 그 이야기는 고혈압 같은 질병을 함께 겪는 노인성 치매 환자의 사례로 넘어갔다. 이들은 기억력 감퇴로 약 복용 시간을 기억하지 못해 치료약이 효과를 발휘하지 못한다고 한다. 이처럼 정신은 육체에 강한 영향을 미친다.

오래전에 제인이라는 신자를 찾아간 적이 있다. 입원 중인 제인의 병실에 들어가기 전, 의사를 만나 상태를 물어보았다.

"괜찮아요. 풍을 맞긴 했지만 완전히 회복될 겁니다." 의사가 말했다.

나는 제인의 병실 문을 두드렸다. 주저하는 약한 목소리가 들려왔다. "누구세요?"

"제인? 윌 보웬 목사입니다."

제인의 병실로 들어선 나는 의사의 진단에 의문을 품었다. 제인의 얼굴에는 병색이 완연했다. 제인이 다시 물었다. "누구세요?"

"윌 보웬입니다." 나는 부드럽게 말을 건넸다. 기억을 일깨우기 위해 나는 말을 덧붙였다. "목사입니다." 그 당시 나는 미주리 주 캔자스시티에 있는 한 교회에서 수석 목사를 맡고 있었다.

"세상에! 와 주셔서 감사해요. 전 죽어가고 있어요." 제인이 말했다.

"뭐라고요?" 내가 물었다.

"제가 죽어가고 있다고요. 며칠 안 남았어요. 와 주셔서 감사해요. 이제 장례식 계획을 짤 수 있겠군요."

총체적인 건강이란 우리의 생각, 말, 행동이
더 큰 차원의 건강과 안녕에 영향을 준다는 것을 인식하는 것이다.
따라서 우리는 감정뿐만 아니라 육체적, 정신적으로도 영향을 받는다.

그레그 앤더슨Greg Anderson

의사가 제인의 상태를 점검하러 들어오자, 나는 의사를 잠시 다른 곳에 불러 세우고 물었다. "아니, 저한테는 제인이 괜찮을 거라고 했잖아요."

"그랬습니다만……." 의사가 말했다.

"근데 제인은 저한테 자기가 죽어가고 있다고 말하던데요?" 내가 물었다.

의사는 무척이나 짜증 난 듯 눈을 굴리면서 제인의 침대로 걸어가 그 옆에 섰다. "제인? 제인!" 의사가 소리쳤다.

제인이 눈을 떴다. 의사가 말을 시작했다. "그냥 풍을 맞은 거예요, 죽지 않아요. 괜찮을 거예요. 집중 치료실에서 며칠 더 계시면 재활실로 옮겨드릴게요. 그렇게 되면 곧 귀가하실 거고 집에서 기다리는 고양이 마티도 곧 만날 수 있어요. 아시겠죠?"

희미한 미소가 제인의 얼굴에 떠올랐다. "알았어요." 제인이 속삭이듯 말했다.

의사가 병실을 떠나자, 제인은 내게 시선을 돌리면서 말했다. "펜과 종이 좀 가져오실 수 있겠어요, 목사님?"

"어디에 쓰시게요?" 내가 물었다.

"장례식 계획을 짜야죠. 전 죽어가고 있으니까요." 제인이 말했다.

"제인, 죽지 않아요!" 내가 항의하듯 말했다. "하지만 메모는 해두죠. 별세하시려면 한참 남으셨으니까, 그저 비망록으로 갖고 있겠습니다."

제인은 천천히 고개를 저었다. "지금 죽어가고 있대도요." 말을 마친 뒤 제인은 장례식 준비에 대한 세부 사항을 계속 이야기했다.

병실을 나서면서 나는 다시 의사에게 말했다. "제인은 자기가 죽을 거라고 확신하더군요."

의사가 미소를 지었다. "제인도 그렇거니와 우리 모두는 언젠가 죽어요. 그렇지만 제인은 그저 풍을 맞았을 뿐이고, 이 정도로 사람이 죽지는 않아요. 완쾌될 겁니다. 후유증 없이요."

그로부터 보름 뒤, 나는 제인의 장례식을 집전했다.

의사가 무슨 말을 하든 그건 중요하지 않았다. 제인은 자신이 죽을 거라고 확신했고, 그녀의 신체는 그런 확신을 따른 것이다.

우리가 스스로의 건강에 대해 불평할 때, 신체는 그 부정적인 발언을 듣게 된다. 건강에 대한 우리의 불평은 정신에 기록된다. 그러면 정신은 그 불평을 몸으로 보내 악영향을 미친다.

"그렇지만 전 정말로 아파요." 당신은 이렇게 말할 수도 있다. 물론 나는 그런 말을 의심하지 않는다.

그렇지만 동시에 의사들이 질병의 67퍼센트는 '아프다고 생각한' 결과라고 추정한다는 사실을 기억하라. 우리의 정신이 우리의 세계를 만들어내고, 우리의 말이 우리의 생각을 드러낸다. 질병에 대해 불평한다고 앓는 기간이 줄어드는 것도 아니고 병세가 호전되는 것도 아니다. 오히려 종종 역효과가 난다.

우리가 얼마나 자주 무의식적으로 동정과 관심을 얻기 위해, 혹은 뭔가 귀찮은 일을 모면하기 위해 질병에 대해 불평하는지 생각해보자. 스스로의 건강에 대해 불평할 때, 그 행위가 불난 데 기름을 붓는 격은 아닌지 기억해야 한다. 물론 우리 모두는 스스로가 건강하길 바라겠지만, 질병에 대해 불평할 때 우리는 몸 전체에 건강을 해치는 에너지의 파동을 보내는 것이다.

1999년 서른네 살이었던 친한 친구 핼은 폐암 4기라는 진단을 받았다. 의사들은 핼에게 앞으로 반년도 살지 못할 것이라고 했다.

암 말기 진단에 더해 핼은 또 다른 문제에 직면했다. 건강보험 설계사 일을 해왔지만, 정작 본인은 보험에 들지 않았던 것이다. 진료비 청구서는 쌓여갔고, 가족의 생활비와 식비를 벌어들이는 것도 엄청난 고통이었다. 나는 말기 암 진단을 받았다는 소식을 듣고 핼을 만나러 갔는데, 그런 환자치고는 너무도 긍정적인 태도를 보여서 깜짝 놀랐다. 핼은 불평을 한마디도 하지 않고

진정 참을성 있는 사람은 자신의 어려운 처지에 대해 불평하지도, 다른 사람에게 동정 받기를 원하지도 않는다.

성 프란체스코 살레시오St. Francis de Sales

자신의 인생이 얼마나 훌륭했는지, 자신이 얼마나 행운아였는지 거듭 말했다.

암으로 고통받으면서도 핼은 멋진 유머 감각을 잃지 않았다. 하루는 핼에게 밖에 나가 산책을 하자고 했지만 몸 상태가 너무 나빠서 열 걸음도 제대로 걷지 못했다. 대신 우리는 핼의 집 앞에 서서 신선한 공기를 마시며 이야기를 나눴다. 그러던 중 말똥가리 몇 마리가 그의 머리 바로 위에서 천천히 원을 그리며 날았다. 핼은 그 새들을 가리키며 이렇게 말했다. "어, 이젠 말똥가리까지. 이거 정말 좋지 않은데!" 나는 놀라 그런 이야기를 하며 번뜩이는 핼의 눈을 바라보았고, 우리는 동시에 웃음을 터뜨렸다.

마침내 좀 진정되며 웃음기가 사그라지자, 나는 핼에게 물었다. "이런 일을 겪으면서 어떻게 불평 한마디 안 할 수 있나?"

핼은 지팡이에 기대며 미소를 짓고 말했다. "쉬운 일이네. 오늘은 15일이 아니니까." 내 질문에 잘 대답했다고 생각하며 핼은 등을 돌려 발을 끌면서 천천히 집 안으로 향했다.

"아니, 대체 오늘이 15일이 아니라는 게 무슨 얘기야?" 내가 곧바로 핼을 따라잡으면서 물었다.

핼은 걸음을 멈추고 미소를 지었다. "말기 암 진단을 받았을 때 앞으로 쉽지 않다는 걸 알았지. 남은 인생을 신에게든 과학 기술이든 뭐든 가리지 않고 욕을 퍼부으며 살 수도 있고, 여태까지 살면서 좋았던 일들을 회상하며 살 수 있다는 것도 말이지. 나는 후자를 선택하기로 마음먹었어. 그 대신 한 달에 한 번 마음껏 불평할 수 있는 불행한 날을 나 자신에게 선사하기로 결정했네. 특별한 이유 없이 그날을 그냥 15일로 정한 거야. 불평하고 싶은 뭔가가 생길 때면 스스로에게 15일까지는 기다려야 한다고 말하고 있다네."

"덕을 좀 봤나?"

"굉장히 좋더군."

"그럼 매달 15일에는 굉장히 우울해지는 거 아닌가?"

"그렇지만도 않네. 15일이 돌아올 즈음이면 그동안 뭘 불평하려고 했는지 잊어버리게 돼."

헬의 접근 방식이 우리 모두에게 효과가 있다는 사실은 이미 과학적으로 증명되었다. 캘리포니아 대학교에서 실시한 연구에서 데이비스는 감사하는 태도를 기르기 위해 노력한 사람들은 혈류 내 코르티솔(스트레스 호르몬) 수치가 평균 23퍼센트 낮아졌다는 점을 발견했다. 그 결과, 사람들은 기분이 좋아지고 에너지

> 불평이란 이요르를 닮은 사람들이 서슴없이 하는 일 중 하나다.
> 이들은 마지못해 골무를 생명의 샘으로 들고 오면서
> 자기가 충분히 받지 못했다고 계속 투덜거린다.
>
> 벤저민 호프Benjamin Hoff

가 넘쳤다. 건강 또한 좋아지면서 불안감이 현저히 줄어들었다.

헬의 또 다른 건강한 선택은 자신의 병보다는 건강에 관해 낙관적이고 긍정적으로 이야기하는 사람들을 주변에 두는 것이었다. 결과적으로 그는 예상보다 2년 더 살았고, 의사의 예상 수명을 400퍼센트 뛰어넘으며 행복하고 만족스러운 삶을 살았다.

《미국의사협회 정신의학회지JAMA Psychiatry》에 발표된 연구에 따르면 낙관주의자는 비관주의자보다 더 오래 살며 심부전으로 사망할 위험이 23퍼센트, 그 어떤 원인으로든 사망할 위험이 무려 55퍼센트나 낮다.

불평하지 않는 사람들과 함께 있으면 신체 건강이 개선될 뿐만 아니라 정신 건강에도 상당히 도움이 된다. 1996년 스탠퍼드대학교에서 자기공명영상MRI 스캔을 통해 불평이 사람들의 뇌에 미치는 영향을 연구한 적이 있다. 연구진은 딱 30분만 불평하거나 다른 사람의 불평을 듣는 것만으로도 뇌의 해마 부위가 수축하기 시작해 정신 기능이 떨어지고 기억력이 나빠지며 학습 능력이 저하된다는 사실을 발견했다.

다시 말해, 불평은 우리를 멍청하게 만든다!

오래 건강하고 행복하고 더 똑똑하게 살고 싶다면, 불평 제로 챌린지를 통해 불평하지 않는 습관을 길러보는 것이 방법이다.

PART 2

의식하면서
불평하는 단계

03

불평하기와 인간관계

* * *

입속에는 더 적은 천둥이, 손에는 더 많은 번개가 있는 편이 낫다.
아파치 족 격언Apache Saying

저는 직장 생활을 하면서 제 태도를 바꿔야겠다고 느꼈습니다. 그래서 하루는 일을 하다가 아내에게 전화를 걸어서, 도서관에 들러 자기계발서 몇 권을 빌려달라고 부탁했습니다.

그날 저녁 집에 돌아오니 부엌 조리대 위에서 여섯 권의 책이 저를 기다리고 있더군요. 차례차례 책을 넘겨보는데 그중 한 권이 제 이목을 끌었습니다. 윌 보웬의 『불평 없이 살아보기』란 책이었죠. 저는 그 책의 메시지가 정말로 좋았습니다. 책 속 이야기는 전부 관심이 갔고, '불평 없이 살아보기 21일'에 도전하고 싶은 마음을 억누를 수가 없었습니다.

이어서 책도 구입하고, 내 불평 지킴이 밴드도 차기 시작했습니다. 직장 동료들도 저와 같이 도전하기 시작했습니다. 일종의 게임이 된 거죠. 우리는 시작한 지 얼마나 됐는지 문자로 묻기도 하고 다시 처음부터 시작해야 했던 경험에 대해서 서로 이야기했습니다.

얼마 지나지 않아서는 커피를 같이 마시는 것도 일이 됐습니다. 불평하거나 험담하는 것을 피하려고 대화 주제를 조심스럽게 선택해야 했으니까요.

가장 멋진 변화는 집에서 일어났습니다. 하루는 밤에 아내와 부엌에서 키스를 하고 있는데 아내가 제게 이렇게 말하더군요. "우리가 평소보다 더 오래 키스하고 있는 것 알아요?"

제가 퇴근해서 집에 오면 낮 동안의 일에 대해 불평만 했으니, 부부 사이의 분위기를 망쳤던 겁니다. 부부의 금슬을 깨뜨리는 나쁜 행동이었던 거죠. 집에 돌아와 불평하지 않는 저의 새로운 접근법은 집안 분위기를 좋게 만들었고, 우리는 함께 보내는 시간을 즐기게 되었습니다.

불평 없이 살아보기 21일의 목표를 달성하는 데 거의 반년이 걸렸습니다. 저는 다른 사람과 소통하는 방식을 바꿨고, 전보다 더 행복한 사람이 됐습니다. 앞으로도 이런 태도를 계속 유지하기 위해 책 내용을 담은 CD를 차에 두고 자주 듣고 있습니다.

의식하며 불평하는 단계에 들어서면 스스로 얼마나 자주 불평하는지 인식하게 되고, 그 때문에 기분이 언짢아질 수도 있다. 이 단계에서는 불평하는 자신을 인식하기는 해도 이미 불평이 끝난 뒤의 자각이기 때문에 우리는 불평하는 자신을 멈출 수 없을 것처럼 느낀다. '불평 제로 밴드'를 반복해서 만지작거리지만 불평은 좀처럼 사라지지 않는다.

애석하지만 많은 사람들이 이 시점에서 불평 없이 살아보기 운동을 그만둔다. 처음으로 사람들은 자신이 얼마나 자주 불평하는지 분명히 인식하게 되고, 그런 자신을 억제할 수 없다는 데서 굉장한 불편감을 느낀다. 이어서 사람들은 서랍에 밴드를 던져넣고(혹은 잔뜩 화를 내며 창문 밖으로 내던지고) 아무도 자신이 이런 운동에 동참했다는 사실을 몰랐으면 좋겠다고 생각한다.

지금 불편함을 느끼는가? 오히려 좋다! 우리가 발전 중이라는 뜻이니까. 제대로 하고 있으니 그 상태를 유지만 하면 된다. 신학자 찰스 H. 스퍼전Charles H. Spurgeon의 말을 떠올려보라. "지구전을 벌인 달팽이는 결국 노아의 방주에 도달했다." 진행 과정이 아무리 달팽이의 행진처럼 보이더라도, 우리는 이상을 향해 나아가는 중이다. 불평하는 행위를 아직은 멈출 수 없더라도, 불평을 인식하는 것은 제대로 된 길을 따라 한 걸음 내디딘 것이다.

최근 나는 이 책을 쓰기 위해 노트북의 운영체제를 업그레이드했다. 그 과정에서 노트북의 트랙 패드(사용자의 손가락 동작을 감지해서 디지털 신호로 변환시키는 장치) 방향이 거꾸로 바뀌었다. 이전에는 트랙 패드 위에 손가락을 대고 아래로 내리면 화면이 아래로 이동했지만, 손가락으로 화면을 움직일 수 있는 이 굉장한 터치스크린이 예전과 다르게 정반대로 움직였다.

이런 일이 '의식하면서 불평하기' 단계를 쓰는 동안 일어났으니 얼마나 모순인가. 2년 넘게 화면을 스크롤하기 위해 손가락을 아래로 내리다가 이제는 정반대로 올려야 했다. 처음 며칠 동안 내 손가락은 예전 습관대로 화면을 움직였다. 불만은 갈수록 커졌고, 나는 도저히 정신을 집중할 수가 없었다. 나는 트랙 패드의 방향이 바뀌었으며, 내 동작이 잘못되었음을 알았다. 스스로에게 손가락을 반대 방향으로 움직여야 한다고 되뇌었지만 아무 소용 없었다. 2년 동안 기존의 방식에 익숙해진 손은 즉시 방향을 바

누구든 마음속의 슬픔을 잠재울 용기가 있는 사람은
불평하는 사람보다 슬픔에 맞서 싸울 힘이 강하다.

조르주 상드 George Sand

꾸지 못했다. 며칠 동안 나는 스스로를 억누르느라 불편한 시간을 보냈다. 불평을 했고, 아주 분명하게 그 사실을 의식했다.

어느덧 운영체제를 바꾼 지 일주일이 지났다. 내 손가락은 이제 자동으로 새로운 방향으로 움직이고 있다. 심지어 생각조차 하지 않고 손가락을 움직인다. 너무 자연스러워 마치 처음부터 그렇게 문서를 읽었던 것 같다. 불평을 인식하지만 그것을 제대로 억제하지 못하는 단계에 들어섰는가? 그저 마음을 편안히 가지고 기다리면 곧 불평을 억제할 수 있을 것이다.

인내하라. 이런 변화를 이루어내면 엄청난 혜택이 기다린다.

여태껏 언급해온 것처럼, 불평하기는 잘못된 문제에 집중하게 만들어 우리가 정말로 원하는 것으로부터 멀어지게 한다. 불평하기는 우리 건강을 해칠 수도 있다. 이는 인간관계에도 굉장한 손해를 입힌다.

1938년 루이스 터먼Lewis Terman은 불행한 결혼의 공통점을 밝혀내기 위해 많은 정신과 의사들과 상담사들을 인터뷰했다. 터먼의 연구는 행복한 부부와 불행한 부부의 차이점을 발견해냈다. 결론은 이러하다. 자신의 배우자가 따지기 좋아하고 비판적이며 잔소리가 심하다고 말하는 강도가 약하면 행복한 부부이고, 그 강도가 세면 불행한 부부였다.

다른 말로, 불행한 인간관계는 관계 내에서 얼마나 많이 불평을 하느냐로 명확하게 판명된다.

불평은 우리에게 행복을 가져다주는 인간관계를 왜곡하고, 약화시키고, 때로는 파괴한다. 불평을 일삼으면 우리의 인간관계는 침체되고 악화된다. 불평은 다른 사람의 긍정적인 면은 무시하고 잘못만 인지하게 만든다. 그 결과 우리는 불만족의 덫에 사로잡힌다.

또한 불평은 불행한 관계를 추구하고 부정적인 패턴을 반복하게 한다.

'건방진 심리학자The Sassy Psychologist'라는 필명으로 활동하는 안나 마리아 토스코Anna-Maria Tosco는《서버번The Suburban》에 "섹스 앤 더 시티 신드롬: 이성에 대한 불평이 어떻게 더 형편없는 관계만을 가져오는가?"라는 제목의 글을 기고하여 관계에 대한 우리의 부정적인 시각이 어떻게 부정적인 관계만을 이어지게 하는지 설명했다.

토스코는 드라마 〈섹스 앤 더 시티Sex and the City〉에서 여성들이 자주 그랬던 것처럼 "좋은 남자는 없다", "모든 남자는 바람을 피운다", "내가 만나는 사람은 결국 나를 떠날 것이다"와 같은 말

이성에 대해 불평하면 더 형편없는 데이트만 하게 될 뿐이다.

안나 마리 토스코Anna Marie Tosco

을 하며 데이트와 연인에 대해 불평할 때마다 뇌의 신경전달물질이 그러한 믿음에 다리를 놓는다고 말한다. 이러한 믿음을 유지할수록 신체는 슬픔과 우울함, 절망감을 느끼게 하는 화학물질을 생성한다.

토스코는 "이러한 유형의 생각이 오래 계속되면 마치 약물 중독자가 자신이 선택한 약물을 갈망하는 것처럼 신체는 실제로 화학 물질을 갈망하게 된다. 생각에서 파생된 화학물질은 중독성 물질이 되고, 이 화학물질의 발화가 어떤 이유로든 중단되면 금단증상과 유사한 불편함을 느낀다"고 설명한다.

이어서 토스코는 다음과 같이 쓴다. 관계에 대해 "지속적이고 끊임없는 방식으로 불평하면 중독성이 있는 화학물질이 만들어진다. 가장 흥미롭고도 믿기 어려운 점은, 일단 중독되면 무의식적으로 나쁜 데이트와 무신경한 남자, 사회적 압력, 짜증스러운 관계 등을 갈망하게 된다는 것이다."

나는 매주 '그룹 치료'라는 모임을 갖는 여성 그룹을 알고 있다. 그들은 멕시코 식당에서 만나 마르가리타를 마시며 남자들에 대해 불평한다. 내가 들은 바에 따르면 이야기의 근본적인 주제는 "모든 남자는 개다!"이다.

친구들에게 내 인생에서 만난 모든 남자가 개라고 불평하며 몇 시간을 보냈다면, 집에 돌아와 소파에 앉아 영화 〈올드 옐러 Old Yeller〉를 본다고 해도 그리 놀랍지 않다. 우리의 마음은 우리가 말한 내용에 대한 증거를 찾는다. 불평은 불쾌한 자기 충족적 예언이 된다.

그룹 치료 모임에 참여하는 여성 중 어느 한 명도 남성과 행복하고 만족스러운 관계를 맺고 있지 않았다. 그들은 만족스러운 관계를 원할까? 물론이다. 그러나 불만을 통해 그들은 "남자는 개다"라는 에너지 넘치는 진동을 발산함으로써 개처럼 행동하는 남성을 찾고 끌어들인다.

베스트셀러 작가이자 영적 지도자인 에크하르트 톨레는 모든 사람이 이른바 '고통의 몸'을 가지고 있다고 말했다. 고통의 몸이란 좋지 못한 소식을 듣거나 누군가와 대립할 때 반응하는 우리의 신체 일부다. 이런 상황들은 불편하지만 자극을 주고, 그래서 어떤 사람들은 이런 부정적인 면(고통)에 중독된다. 끊을 수 없는 마약과 같다.

이런 상황을 잘 묘사하는 용어가 있는데, 바로 고통의 중독이다. 실제로든 상상으로든 당신이 고통을 느끼면 당신의 신체는 혈류에 엔도르핀을 내뿜는다. 엔도르핀은 내생적인 모르핀이며,

신체 안의 천연 약국에서 자동적으로 생산해내는 강력한 진통제다. 이 마취제는 당신이 고통을 느낄 때 분비되고, 불평은 정신적인 고통에 불을 붙인다.

가령 이런 식이다. 불평하는 행위는 고통을 유발하고, 고통은 엔도르핀을 유발하며, 엔도르핀은 다시 당신을 취하게 한다. 하지만 당사자는 이런 도취 상태를 알아채지 못하는데, 마치 커피 중독자가 카페인이 쏟아져 들어오는 것을 알아채지 못하는 것과 같다. 커피 중독자가 카페인을 끊으려고 하면 금단 증상을 겪는 것처럼, 불평을 그만두려는 사람들 역시 비슷한 증상을 겪는다.

인간관계에 대해서 기억해둘 것이 있다. 바로 우리뿐만 아니라 우리가 상대하는 사람들도 모두 엔도르핀을 분출시키는 고통의 몸을 가지고 있다. 이것만 잘 알고 있어도, 어떤 사람이 왜 저렇게 괴상한 행동을 하는지 파악할 수 있고 그런 행동에 침착하게 대응할 수도 있다.

불행한 인간관계의 공통점은 관계를 형성하는 사람 중 하나혹은 모두가 상대방에게 직접, 또는 다른 사람에게 불평을 한다는 것이다. 불평은 우리의 에너지를 고갈시키고 불만족스럽게 하며, 동요하게 만들고, 심지어 과잉 방어를 하게 한다.

몇 년 전 호주의 한 잡지사와 인터뷰를 하던 중 기자가 나에게 물었다. "윌, 어떻게 하면 행복한 관계를 만들 수 있을까요?" 나는 이렇게 답했다. "행복한 두 사람이 만나서 함께해야 하죠.

그게 유일한 방법입니다."

그렇기 때문에 연인에게 줄 수 있는 가장 큰 선물은 자신의 행복을 전달하는 것이다. 긍정적인 사람이 되기 위해 노력하고, 불평하기보다 자신이 가진 것에 감사하는 태도는 말 그대로 상대방에게 선물처럼 전염된다.

하지만 우리가 불평 없는 사람이 되었다고 해서 주변 사람들의 불평도 즉시 잠잠해지기를 기대할 수는 없다. 누구라도 무리와 행동을 함께하지 않으면 무리에 속한 개개인은 위협을 느낀다. 다만 자신의 행동이 최선이 아니라는 자각 때문에 자제력을 발휘할 수는 있다. 파괴적인 행동에 동참하지 않는 사람이 곁에 있으면 자제력은 더욱 커진다.

불평 제로의 여정을 지지해줄 사람에게만 공유하고, 방해할 가능성이 있는 사람에게는 말하지 마라. 그들은 분명 당신을 방해하려 할 것이기 때문이다!

1967년 붉은털원숭이를 대상으로 한 연구조사는 인간의 이런 끼리끼리 습성이 원숭이에게도 있다는 사실을 발견했다. 원숭

> 불평은 아무리 짙게 모여도 비를 내리지 않는 구름과 같다.
>
> 이즈리얼모어 아이보어Israelmore Ayivor

이들 무리가 있는 철장 안에 장난감 하나를 갖다 놓았다. 원숭이들이 장난감에 접근하려고 하면, 벌칙을 당했다(어떻게 벌칙을 당했는지는 밝혀지지 않았다).

우리에 새로 들어온 원숭이는 벌칙을 잘 모르므로 그 장난감에 다가갔다. 그러자 다른 원숭이들이 새로운 원숭이를 공격하기 시작했다. 지켜보는 원숭이들도 등을 활처럼 굽히고 곧 공격에 나설 준비를 했다.

친구, 가족, 직장 동료, 심지어 지인들마저 우리가 집단에서 벗어나려고 하거나 긍정적인 삶('장난감')을 운영하려고 하면 자신들이 위협을 받는다고 생각한다. 당신은 그저 자신에게 최선의 이익이 되는 것을 추구하는데도, 많은 이들이 그러한 노력을 좌절시키려고 한다. 그럴 때는 주변 사람을 '신성한 광대Sacred Clown'라고 생각하자.

신성한 광대란?

아메리카 원주민 부족은 오랜 역사에 걸쳐 신성한 광대를 보유해왔다. 아마 추장이나 의술사에 대해서는 들어봤어도, 신성한 광대라는 것은 거의 들어보지 못했을 것이다. 신성한 광대는 의도적으로 혼돈을 일으키는 존재다. 이들은 부족민이 어려움 속에서 집중력을 유지하고 정신적 강인함을 기르도록 문제를 일으키는 것이다.

라코타 인디언은 신성한 광대를 '헤요카Heyoka'라고 부른다. 남서부의 푸에블로 부족 중 주니족은 '머드헤드Mudhead'라고 부르고, 호피족에서는 '하노Hano'라고 부른다. 아파치족은 '리바예Libaye'라고 한다. 샤이엔 인디언은 '콘트라스Contraries'라고 부른다. 어떤 부족은 신성한 광대가 되려면 먼저 천둥에 대한 꿈을 꿔야 하기 때문에 신성한 광대를 '천둥을 꿈꾸는 사람'이라고 부르기도 한다. 꿈을 꾸고 나면 어린 용사는 가족과 떨어져 스승과 함께 살면서, 스승으로부터 다른 이들의 적대자가 되는 고대의 방식을 배운다. 위대한 추장이 되기 전의 덕망 높은 크레이지 호스 역시 천둥을 꿈꾸는 사람이었다.

신성한 광대의 역할은 부족민을 귀찮게 하고, 동요시키고, 짜증나게 하고, 주의를 산만하게 하고, 전반적으로 혼란을 야기하는 것이다. 예를 들어 용감한 부족민이 사냥감을 죽여 캠프로 가져오면, 신성한 광대가 몰래 다가와 사냥감을 훔친 다음 늑대나 코요테가 잡아먹을 수 있는 숲으로 끌고 갈지도 모른다. 누군가 불을 피우면 신성한 광대는 그가 물을 가지러 갈 때까지 기다렸다가 불을 걷어차서 꺼버리곤 한다.

아메리카 원주민 학자 길 니콜스Gil Nichols는 신성한 광대의 역할에 대해 이렇게 설명했다. "아메리카 원주민은 신성한 광대가 신성한 혼돈의 대리인으로서 위대한 영혼이 창조한 최초의 존재라고 믿는다. 광대는 다른 이들을 자극하여 안일함에서 벗어나도록 충격을 주며, 이를 위해 무엇이든 할 수 있다. 심지어 신성한 광대에게 공격 대상으로 선택 받는 것은 나쁜 일이 아니라 오히려 영광으로 받아들여진다."

오늘날에도 신성한 광대는 사우스다코타주 블랙힐스의 파인리지 인디언 보호구역에서 열리는 신성한 선댄스Sun Dance 행사에 매년 모습을 드러낸다. 선댄스는 8월마다 열리는 유구한 전통으로, 이 기간에 용감한 사람들은 뜨거운 여름 태양 아래 혹독한 나흘의 시간 동안 음식과 물 없이 조상들의 발자취를 따라 의식을 수행한다.

춤을 추는 사람 중 일부는 조상들이 그랬듯 이 의식을 자해로까지 발전시키기도 한다. 흉근 위에 세로로 두 줄의 상처를 낸 다음 한쪽 절개 부위에 고라니 뼈를 밀어 넣고 다른 쪽 절개 부위에 또 다른 뼈를 밀어 넣는다. 그다음 상처 난 피부에서 튀어나온 뼈의 끝을 의식용 나무에 밧줄로 묶고 스스로 채찍질한다. 이

> 인생의 목적은 그저 행복해지는 것이 아니다.
> 인생의 목적은 느끼는 것이다. 고통이 필수적임을 이해해야 한다.
>
> 크리스토퍼 포인덱스터Christopher Poindexter

남자들은 뜨거운 태양 아래 이리저리 흔들리며 신성한 광기 상태로 빠져든다. 1970년 영화 〈말이라 불리는 사나이A Man Called Horse〉에서 비슷한 의식이 묘사된다.

고통은 극심하고 음식이나 물 없이 춤을 추느라 지칠 대로 지친 상태가 된다. 철인 3종 경기는 상대가 안 될 정도다. 이 의식은 어떤 인간에게라도 궁극적인 인내의 시험이 될 것이다.

춤을 추는 사람들이 지치고 탈진한 나머지 초심이 흔들리며 그만둘지를 심각하게 고민하는 셋째 날, 전통적인 흑백 의상을 입은 광대들이 등장한다.

무용수들이 사명감과 제정신을 유지하기 위해 고군분투하는 동안, 광대들은 이리저리 뛰어다니며 비명을 지르고 그들을 조롱한다. 과거에는 신성한 광대들이 말을 거꾸로 타고 춤을 추는 이들 사이를 거의 짓밟을 듯이 달리기도 했다. 현대의 선댄스에서는 말이 사륜 오토바이ATV로 대체되었다. 춤을 추는 이들은 선댄스를 추는 동안 아무것도 먹거나 마시지 않겠다고 서약했기 때문에 광대들은 그들의 코밑에 대고 햄버거를 흔들며 금식을 깨라고 독려하거나, 거대한 물총으로 쏘기도 한다. 광대들은 춤추는 이들에게 너는 너무 나약해서 계속할 수 없으니 포기하라며 모욕을 준다.

성스러운 광대가 춤추는 이들을 괴롭히면 사기가 떨어지고 의지가 약해지리라 생각하겠지만, 그들의 사명감은 오히려 배로

강해지고 힘과 회복탄력성도 커진다.

그렇다면 신성한 광대들은 왜 셋째 날에야 나타날까?

길 니콜스는 이렇게 설명한다. "처음 며칠 동안은 춤추는 이들이 의식을 치르는 데 들뜨고 아드레날린이 분비되어 계속 이어갈 수 있다. 하지만 사흘째가 되면 육체적, 정서적, 영적, 정신적으로 지칠 대로 지친다. 광대들은 춤추는 이들이 가장 지쳐 있을 때 괴롭힘으로써 에너지와 명료함을 최대한 끌어내 계속 춤을 출 수 있게 한다."

과연 효과가 있을까?

2013년 나는 파인 리지 인디언 보호구역에 가서 현대의 신성한 광대 두 명과 시간을 보냈다. 이들은 불과 2년 전에 있었던 일을 이야기해 주었다.

그해에는 다른 부족의 신성한 광대들이 셋째 날에 나타나 춤추는 이들을 괴롭히기로 합의했지만, 어떤 이유에서인지 일정에 혼선이 생겨 아무도 나타나지 않았다. 그 결과 선댄스 역사상 처음으로 세 명의 용사가 탈진하여 병원에 입원해야 했다. 내면의 깊은 힘과 사명감, 에너지를 끌어내도록 강요할 사람이 없었기 때문에 그들은 혹독한 더위와 물 부족, 고된 춤사위에 지쳐 쓰러졌고 어떤 이는 거의 죽을 뻔했다.

그러니 당신이 불평 제로 챌린지에 도전한다면 주변의 비협조적인 사람들을 원망하기보다는 마음속에서 그들을 신성한 광대들로 여기고 오히려 감사하라. 그들의 놀림과 의심, 비아냥거림을 스스로 포기하는 계기로 삼기보다, 계속 도전하겠다는 결심을 강화하는 동기로 삼아라.

프리깃은 바람이 불어올 때 오히려 더 높이 올라간다는 사실을 기억하라. 공기 흐름이 만들어낸 저항이 프리깃을 위로 끌어올려 계속 앞으로 나아갈 수 있게 해준다. 우리도 프리깃처럼 저항을 이용할 수 있다. 다른 사람들의 저항을 예상하면서도 더 행복한 사람이 되면, 저항하던 바로 그 사람이 우리를 존경의 눈으로 바라볼 것이다.

저항에 굴복할 수도, 그 저항이 자신을 완성시킬 수도 있다. 선택은 결국 자신의 몫이다.

행복한 사람과 시간을 보내라

당신이 가장 많은 시간을 함께 보내는 다섯 사람의 총합이 바

불평은 자기 연민의 현관이다.

태미 L. 그레이Tammy L. Gray

로 자신이다. 그러므로 누구와 함께 시간을 보낼지 신중하게 선택하라. 잠시 시간을 내어 이 사실을 곱씹어 보라. 부정적이고 불평을 계속 늘어놓는 사람들과 함께 지내면, 그들의 감정과 말이 그대로 반영된다. 이는 뇌의 거울 뉴런 때문이다.

거울 뉴런은 다른 사람의 경험을 보거나 들을 때 우리의 뇌에서 동일한 신경 세포가 작동하게 한다. 거울 뉴런은 말 그대로 동일한 상태를 반영하기 때문에 다른 사람이 실수로 손가락을 자르는 것을 보기만 해도 마치 자신의 손가락을 자른 것처럼 뇌가 자극을 받고 고통에 움찔하게 된다.

부정적인 사람에게 반복적으로 노출되면 마음속의 거울 뉴런이 그와 같은 부정적인 감정을 느끼고, 곧 그 사람처럼 불평을 일삼는 사람이 된다. 이런 면에서 우리 인간은 시계추와 같다.

1665년, 추시계를 발명한 네덜란드 물리학자 크리스티안 하위헌스Christiaan Huygens는 가벼운 병에 걸리자 침대에 누워 벽에 걸린 시계 두 개를 바라보고 있었다. 그는 작은 실험을 해보기로 결심하고, 자리에서 일어나 시간차를 두고 두 시계의 추를 흔들었다. 그런 다음 다시 누워서 지켜보았다. 놀랍게도 30분 만에 두 시계의 추가 동기화되어 마치 동시에 작동하기 시작한 것처럼 똑같은 속도로 앞뒤로 흔들리기 시작했다. 하위헌스는 그 후에도 수 차례 여러 개의 시계로 같은 실험을 시도했는데, 30분 이내에 두 시계의 추가 모두 동기화되었다.

사람이든 시계든 시간이 지남에 따라 다른 사람이나 다른 시계에 동기화되는 것이 그 본성이다.

이를 일컬어 동조entrainment라고 한다. 시간이 흐르면서 동기화되는 것은 시계와 인간 모두의 본질이다.

공연이 끝나고 청중이 박수를 치기 시작할 때, 박수가 충분히 오래 지속되면 청중들의 박수가 리듬을 형성하여 모두가 같은 박자로 손뼉을 친다는 사실을 알고 있었는가? 처음에는 무작위로 시작했을 수도 있지만 오랜 시간 계속되면 박수 역시 시계추처럼 동기화된다.

중력이 과학적 현상인 것과 마찬가지로 동조 자체는 좋지도 나쁘지도 않다. 그저 있는 그대로의 원리일 뿐이다. 그리고 중력과 마찬가지로 항상 작동한다. 우리는 주변 사람들과 끊임없이 동기화된다. 우리는 주위 사람에게 동조하고 있고, 주위 사람들도 우리에게 동조한다. 불평하는 사람과 함께 있으면 불평을 더 자주 하는 경향이 생긴다. 하지만 우리가 불평하는 빈도를 줄이기 시작하면 주변 사람도 우리에게 동조되어 우리 앞에서 불평

내가 인생에서 통제할 수 있는 것은 나 자신뿐이다.

린마누엘 미란다Lin-Manuel Miranda, 〈해밀턴Hamilton〉 중에서

하는 횟수가 줄어든다.

그러므로 당신이 누구와 시간을 보내고 있는지 살펴보고 늘 불평을 늘어놓는 사람이 아니라 행복한 사람과 시간을 보내겠다고 다짐하라. 주변에서 가장 행복한 사람을 찾아 커피를 마시거나 점심식사를 하자고 해보자. 누가 알겠는가? 그 사람이 자신의 낙천적인 친구를 소개해 주고, 이내 불평이라고는 하지 않는 행복한 사람들로 가득한 네트워크를 구축할지도 모른다.

앞서 말했듯이, 우리는 가장 많은 시간을 함께 보내는 다섯 명의 사람을 모두 합친 존재다. 만약 여러분이 아는 모든 사람이 부정적이고 불평만 하는 것 같다면, 여러분도 마찬가지일 수 있다는 냉정한 사실을 전하는 바다. 리처드 바크Richard Bach가 소설 『환상Illusions』에 썼듯이, "같은 것은 같은 것을 끌어당긴다." 여러분이 불평하는 사람이기 때문에 불평하는 사람들이 옆에 있는 것이다. 하지만 속상해할 필요는 없다. 당신이 아는 대부분의 사람들이 부정적이라면, 당신이 정상이라는 뜻이기 때문이다.

불평은 변화를 유도하지 못한다

내가 불평 없이 살아보기를 실천하기 위해 열심히 노력할 때의 일이다. 나는 한 달 정도 지나자 며칠 연속으로 불평 없이 지낼 수 있게 되었다. 그러던 중 친구 톰에게서 전화를 받았다.

대화를 하는 도중 나는 네 번이나 밴드를 바꿔 차야 했다. 그래서 나와 톰을 모두 아는 친구에게 이렇게 말했다. "21일을 완성할 때까지 톰을 피해야겠어. 그 친구가 너무 부정적이어서 나도 전염되어 자꾸 불평하게 되더라니까."

"난 톰이 부정적인 걸 본 적이 없는데."

"정말이야?"

"그렇다니까. 늘 쾌활하고 앞으로 자기 인생에서 어떤 일이 벌어질지 긍정적으로 보던데. 내 인생도 그럴 거라고 말해주면서 말이야."

내가 그 말을 이해하는 데는 시간이 좀 걸렸다. 아마 나는 톰과 전화하면서 기본적으로 불평만 했는지도 모른다. 다음에 톰이 전화를 걸어오자 나는 불평을 하기보다 철저하게 침묵을 지키기로 했다. 내가 불평을 하지 않자 놀랍게도 톰 역시 불평을 하지 않았다.

미국의 만화가 포고Pogo의 말이 옳았다. "우리는 적을 만났어. 그리고 그 적은 바로 우리 자신이야." 내가 톰에게 불평하는 것을 멈추니, 대화는 더 이상 부정의 온상이 되지 않았다.

인간관계가 불만족스럽다면 불평이 얼마나 많은지, 불평의 진짜 배후에 무엇이 있는지 정직하게 살펴봐야 한다.

「커플의 불평 상호 작용에 대한 기재 분류법A Descriptive Taxonomy of Couples' Complaint Interactions」에서 J. K. 앨버츠Alberts 박사는 "여러 연구에 따르면 부정성과 부정적인 의사소통은 불만족스러운 관계와 비례 관계에 있다"고 밝혔다. 친구든 연인이든 불행한 커플은 불평을 많이 한다는 점을 명쾌하게 설명한 것이다.

관계에서 드러나는 불만은 나만의 문제라고 생각할 수도 있다. 하지만 앨버츠 박사에 따르면 사람들이 서로에게 품는 불만은 크게 다섯 가지 범주로 나눌 수 있다.

불만족	사례
1. 행동 (어떤 행동을 하거나 하지 않음)	"또 양말을 바닥에 벗어놨네. 도대체 왜 항상 그러는 거야?"
2. 개인적 특성 (성격 또는 신념)	"넌 말이 너무 많아. 쉬지 않고 떠들면서 다른 사람의 말은 통 들으려 하지 않지."
3. 수행 방식	"넌 나무를 제대로 심지 않았어. 구멍을 더 깊게 파야 한다는 걸 모르겠어?"
4. 불평	"넌 항상 징징대잖아!"
5. 외모	"네 머리가 엉망진창이야. 아침에 빗질은 했어?"

앨버츠 박사는 위의 다섯 가지 범주 중 '행동'에 대한 불평이 관계에서 발생하는 모든 불평의 72퍼센트를 차지한다는 사실을 발견했다.

생각해보라. 인간관계에서 발생하는 불평 전체의 약 4분의

3이 상대방이 어떤 행동을 하거나 하지 않아서 발생하는 것이다. 사람들이 행동에 대해 불평하는 빈도는 그다음으로 높은 이유인 개인적 특성의 거의 다섯 배, 다른 모든 특성을 합친 것보다 세 배나 더 높다!

우리는 도대체 왜 이러는 것일까? 불평하기와 관련된 커다란 착각이 있다. 다른 사람을 변화시키려면 반드시 불평을 해야 한다고 믿는 것이다. 그러나 불평은 우리 자신을 포함해 그 누구도 긍정적인 변화로 유도하지 못한다. 우리가 누군가에게 불평을 하면, 그 사람을 오히려 그 불평의 행위자로 지목하는 셈이 된다. 그리하여 그 사람은 변화하기는커녕 오히려 그 행동을 더욱 반복한다.

가령 우리가 누군가에게 "왜 맨날 바닥에 양말을 벗어놓는 거야?"라고 말하면, 그 불평을 들은 사람은 변덕이 발동해 오히려 계속 양말을 바닥에 벗어둔다. 이는 마치 〈스타워즈〉에서 제다이들이 사용하는, 상대의 마음을 조종하는 초능력 같은 것이다. 상대를 더러운 양말을 벗어 던지는 사람으로 규정한 말이 그에게 각인되어 오히려 그 행동을 계속하게 만든다. 차라리 그에게 원하는 바를 직접적으로 요구하자. 그리하여 그 사람이 교정하기로 한 행동이 우리의 요구와 한참 동떨어져 있다 하더라도 빈정대지 말고 칭찬해주는 것이 훨씬 나은 방법이다.

그렇다면 다른 사람들이 불평하지 않고 내가 원하는 일을 하도록 이끄는 가장 좋은 방법은 무엇일까?

변증법적 행동 치료의 창시자인 심리학자 마샤 M. 리네한Marsha M. Linehan 박사는 D.E.A.R.M.A.N 접근법을 추천한다. 그녀는 저서인 『DBT 다이어렉티컬 행동치료 워크북DBT Skills Training Handouts and Worksheets』에서 다음과 같이 이 접근법을 설명한다.

D.E.A.R.M.A.N	
상황을 설명한다Describe. 비난하거나 비판적인 어조보다는 중립적인 어조를 사용하고 사실을 말한다.	"양말을 바닥에 벗어 놓았네."
감정을 표현한다Express. 그 행동이 자신에게 어떤 영향을 미치는지 말한다.	"네가 이렇게 해두면 내가 네 더러운 옷을 줍기를 바라는 것 같아서 속상해."
"원하지 않아" 또는 "하지 말아야 해"가 아니라 "원해" 또는 "했으면 좋겠어"와 같은 표현을 사용하여 원하는 것을 주장한다Assert.	"양말을 벗으면 바구니에 넣었으면 좋겠어."
미리 상대방에게 힘을 실어준다Reinforce. 즉, 보상을 한다.	"그렇게 해준다면 내가 더 행복해지고 함께 살기 훨씬 더 쉬워질 거야."

마음챙김Mindful: 마음속으로 행복하고 건강하며 불평 없는 관계를 유지하겠다는 목표를 강화한다. 공격이나 방해에 휘말리지 않는다.

눈을 마주치고 차분하고 일정한 목소리 톤을 유지하여 자신감 있는 모습을 보인다Appear.

무엇보다 중요한 것은 다른 사람에게 불평하지 않는 것이다. 불평하면 상대에게서 원하는 변화를 이끌어낼 수 없을 뿐만 아니라, 우리가 불평했다는 사실을 상대가 알게 되면 수치심을 느껴 악의를 품고 부정적인 행동을 계속할 가능성이 높다.

어린 딸을 둔 롤런드와 로레인 부부는 자신들의 딸과 동갑인 아들을 둔 다른 부부를 만났다. 두 부부는 공통점이 많았고, 아이들 역시 같이 노는 것을 좋아해서 두 가족은 많은 시간을 함께 보냈다. 하지만 그렇게 몇 달을 어울리다 보니 롤런드와 로레인은 그 가족을 만나고 나면 늘 진이 빠진다는 사실을 깨달았다. 어느 날 밤 로레인이 남편에게 말했다. "그 사람들 정말 괜찮은 부부 같긴 한데, 그쪽 부인이랑 둘이 만나면 그렇게 남편 욕을 해요."

롤런드는 웃으며 "어, 그 친구도 그러던데. 내내 자기 부인에

고통을 받으면 누군가에게 그 대가를 치르게 하고 싶어진다.
모든 불평에는 이미 복수가 내포되어 있다.

프리드리히 니체

대해 불평을 하더라고. 그뿐만이 아니야. 우리도 무슨 문제가 없는지 캐내려고 하더라니까?" 하고 말했다.

롤런드와 로레인은 점차 그 부부와 시간 보내기를 사양하게 되었고, 결국 그들과 연락을 끊었다. 그 불평꾼 부부가 진정으로 문제를 해결하려고 했다면 롤런드와 로레인에게 불평할 것이 아니라, 서로 간절한 대화를 나누어야 했다.

불평 없는 사람이 되기 위해서는 건강한 의사소통 기술을 연습해야 한다. 문제를 해결하기 위해 누군가와 직접 대화하는 행위는 불평이 아니다. 온라인 업체에서 물건을 구매했는데 주문 과정에 문제가 생긴 경우, 해당 업체에 연락해 문제를 해결해 달라고 요청한다면 불평이 아니다. 다른 사람과 문제가 있는 경우, 앞서 논의한 대로 현실은 항상 중립적이라는 전제하에 사실에 입각해서 그 사람과 이야기하는 것은 불평이 아니다(이상적으로는 D.E.A.R.M.A.N 방법을 사용하는 것이 바람직하다). 문제를 해결할 수 있는 회사나 상대에게 이야기하는 행위는 불평하는 것이 아니라 책임을 요구하는 것이다.

당사자 이외의 사람과 이야기 나누는 것을 '삼각화triangulation'라고 한다. 삼각화는 당신이 누군가와 갈등을 겪고 있음에도 엉뚱한 사람과 상황을 논의할 때 일어난다.

인간관계에는 두 가지 목적이 있다.

1. 재미

2. 성장

재미는 우리가 다른 사람들과 교제하면서 이끌어낼 수 있는 즐거움이다. 성장은 치유되지 않은 문제를 꺼내어 그것을 회복하는 인간관계에서 생겨난다. 우리가 누군가와 장기적으로 관계를 맺으면, 치유되지 않은 예전의 일이 반드시 튀어나오게 되어 있다. '시데이지Shedaisy, 1989년에 결성된 여성 컨트리 밴드'가 부르는 노래에 이런 가사가 있다. "조금도 걱정하지 마." "우리 모두 트렁크에 조금은 쓰레기가 있잖아." 인간관계도 마찬가지다. 트렁크에 그런 쓰레기가 있음을 솔직하게 인정하고 처리하면 된다.

대부분의 사람들은 당사자에게 직접 호소하여 문제를 해결하지 않고, 상대를 비난하고 주변 사람들에게 자신이 희생자라는 사실을 확인받기 위해 불평을 한다. 하지만 인간관계에서는 정면 돌파해야 문제를 말끔히 해결할 수 있다.

불평 없는 관계를 이어 나가려면 어떤 관계에서든 내면의 문제를 건드리고, 이를 스스로 해결해야 한다. 이 기회를 받아들여 정서적으로 더 행복하고 건강한 사람이 될 수 있도록 노력하자.

그리고 무엇보다 21일간의 챌린지를 성공적으로 완료하기 위해 다른 사람들이 불평을 멈출 때까지 기다리지 마라. 스스로 불평 없는 사람이 되면 주변 사람들이 불평을 그만두도록 자극을 주는 동시에 더 긍정적이고 낙천적인 사람들을 끌어들일 수 있다.

우리가 추구하는 변화는 결코 외부에 있지 않다. 우리의 내면에 있다. 아시시의 성 프란치스코는 이렇게 말했다. "당신이 찾는 것이 곧 보이는 것이다."

04

우리는 왜 불평하는가

* * *

부정적인 것은 오로지 부정적인 것만 키울 뿐이다.
엘리자베스 퀴블러로스 Elisabeth Kübler-Ross

처음 이 훌륭한 프로그램을 접하게 된 것은 〈투데이 쇼〉에서였습니다. 저는 직장 동료들에게 이 프로그램에 관심 있느냐고 물었죠. 팀의 대다수가 동의해 밴드를 주문했습니다. 밴드가 도착하기를 기다리는 동안, 우리는 주중 하루는 불평을 하지 않기로 정했습니다. 그래서 월요일이 불평하지 않는 날이 되었습니다.

우리는 사무실 주변의 게시판에 표시를 해두어 직원들에게 그날이 무슨 날인지 상기시키고 있습니다. 이 운동은 우리 일터에 매우 커다란 영향을 주었고, 우리는 월요일마다 "불평 없는 월요일에 온 걸 환영합니다!"라는 인사를 나눕니다.

삶은 생각만 하고 살기에는 너무 짧습니다. 우리의 삶에 큰 행운(예를 들면 더 많은 돈, 고용 안정, 체중 감량 등)이 있기를 고대하면서 날마다 주어지는 사소한 행운을 무시해서는 안 됩니다.

저는 이 프로그램이 훌륭하다고 생각해요. 우리는 지금 너무 행복하거든요!

오하이오주 켄트에서

샐리 스쿠디어

작가 러셀 브런슨Russell Brunson은 인간이 하는 모든 행동은 지위 상승에 대한 욕구에서 비롯된다고 말한다. 여기서 브런슨이 이야기하는 '지위'란, 우리가 스스로를 정의하는 방식을 뜻한다.

우리 모두는 세상에서 어떤 사람이 되고 싶은지에 대한 바람이 있으며, 헤어스타일과 데이트 상대, 운전하는 자동차와 어울리는 친구, 지지하는 정당과 사는 곳, 반려견을 키우는지 여부(키우는 경우 반려견의 크기와 색깔, 품종)와 입는 옷, 심지어 피어싱이나 문신 여부에 이르기까지의 모든 결정에 내면의 지위 감각이 영향을 끼친다.

지위는 다른 사람들과의 비교를 통한 상대적인 위치로 정의

된다. 지위는 우리가 스스로에게 어떤 가치를 부여하는지를 기반으로 자신과 다른 사람들을 비교하는 방식이다. 예를 들어, 머리를 길게 기르고 홀치기염색을 한 옷을 입고 빈티지 폭스바겐 마이크로버스를 운전하는 남자는 자신의 선택이 구찌를 입고 롤스로이스를 운전하는 남성보다 본인의 지위를 우월하게 만든다고 판단한 것이다. 이 모든 것은 결정이며 지위는 개인적인 신념에 기반하기 때문에 두 남자 모두 자신의 지위가 상대방보다 높아졌다고 생각한다.

다른 사람이 우리를 존중해 주면 개인적 지위가 강화된다는 느낌을 받으므로, 사회적 지위는 행복의 주된 기여 요인이다. 인간은 사회적 동물이며 우리에게는 무리의 일원이 되고자 하는 욕구가 있다. 그 무리 내에서 우리의 상대적 위치는 다른 사람들이 우리를 대하는 방식에 따라 각자에게 되돌아온다.

불평은 사회적 지위를 유지하거나 높이는 데 중요한 역할을 한다. 클렘슨 대학교의 심리학 교수인 코왈스키Kowalski 박사는 사람들이 불평하는 다섯 가지 이유를 밝혀냈는데, 그 모든 이유가 다른 사람들 사이에서의 우리의 지위에 영향을 미친다. 자신과 다른 사람들의 불평을 들어보면, 대대수 불평은 다섯 가지 이유 중 하나 또는 그 조합으로 인해 나온다는 사실을 알 수 있다.

사람들이 불평하는 다섯 가지 이유를 더 쉽게 이해하고 기억할 수 있도록 나는 코왈스키의 연구를 바탕으로 다음과 같이 발음하기 쉬운 목록을 만들었다. 사람들이 'GRIPE'에 따라 불평한다는 사실만 기억하면 된다.

관심 끌기Get attention

책임 회피Remove responsibility

질투 유발Inspire envy

권력 추구Power

실패 후 핑계 대기Excuse poor performance

관심 끌기

누구나 다른 사람의 인정을 받고자 하는 천부적인 욕구가 있다. 다른 사람의 관심을 받으면 안전하고, 안심되고, 보살핌을 받는 기분이 든다. 다른 사람들에게 인정받는 것은 어떤 무리의 일원이라는 소속감을 준다. 그래서 종종 다른 사람들의 관심을 받고 싶다는 이유만으로 불평을 한다. 하지만 그렇게도 갈구하는 관심을 긍정적으로 얻어내는 다른 확실한 수단은 생각해보지 않는다.

마술사 저스틴 윌먼Justin Willman은 〈인간이란: 저스틴 윌먼 매직쇼Magic for Humans〉의 한 에피소드에서 관심을 받고 싶어 하는 사람들의 본능적인 욕구를 완벽하게 보여주었다. 월먼은 수십 명의 배우에게 각각의 역할을 부여한 후 그들을 공원의 외딴 구석에 배치했다. 예를 들어, 한 남자와 여자는 피크닉을 즐기는 두 젊은 연인의 역할을, 청소년 무리는 프리스비 선수 역할을, 두 남자는 함께 체스를 두는 역할을, 한 여자는 혼자 담요를 덮고 책을 읽는 역할을 맡았다. 마치 영화에 나오는 것처럼, 배우들은 따뜻한 봄날 오후를 즐기는 평범한 사람들로 공원의 구석구석을 채웠다.

월먼은 일반 행인이 근처를 지나갈 때까지 기다렸다가 지나가는 순간 자리에서 일어나 외쳤다. "여러분! 여기 모여주세요, 제 이름은 저스틴 월먼이고 저는 마술사입니다." 배우들과 계획에 가담하지 않은 행인 모두 월먼을 향해 천천히 걸어가기 시작했다.

월먼은 말을 이었다. "지금 놀라운 마술을 보여드리려 하는데 그러기 위해서는 여러분 중 지원자가 필요합니다." 그는 모인 사람들을 한번 훑어보고는 바로 그 행인을 골라 말했다. "선생님,

따옴표를 붙이지 않고 "현실"이라는 단어를 사용할 수 있는 방법은 없다.

조셉 캠벨Joseph Campbell

제 마술을 도와주세요." 배우들이 박수를 보내자 남자는 어깨를 으쓱하며 윌먼에게 다가갔다. 윌먼은 배우들이 가까이 몰려들기 시작하자 바닥에 의자를 놓았다. 그다음 남자에게 의자에 앉으라고 했다.

"이 남자를 여러분의 눈앞에서 사라지게 만들겠습니다"라고 윌먼은 외쳤다. 배우들이 각자 다양하게 의구심을 표하자 윌먼은 방수포로 그 남성을 덮었다. 몇 마디 '마술'과 같은 말을 한 후 윌먼은 방수포를 남자에게서 떼어냈고, 배우들은 훈련받은 대로 놀라움에 숨을 헐떡였다!

"어디로 간 거죠?" 한 사람이 물었다.

"어떻게 한 거예요?" 다른 사람이 말했다.

"대단한데요." 세 번째 배우가 말하자 모든 배우가 방금 '사라진' 남자에 대해 놀라움과 당황스러움이 섞인 감정을 드러냈다.

물론 남자는 사라진 것이 아니라 바로 앞에 놓인 의자에 계속 앉아 있었지만, 배우들이 너무 실감나게 연기를 해서 그조차 자신이 보이지 않는다고 믿을 정도였다. 그는 자신의 손과 발을 바라보며 얼굴 가득히 미소를 띠었다. 다른 사람은 자신을 볼 수 없다고 생각하자 온몸에 전율이 흘렀다! 나는 투명인간이 된 것이다! 얼마나 신나는 일인가!

곧 배우들이 흩어져 다시 공원 방문객 역할을 하는 동안 '투명인간'은 그들 사이를 걷기 시작했다. 그는 사람들에게 다가가 손을 흔들며 반응을 얻으려 했지만 잘 훈련된 배우들은 그저 그를 지나칠 뿐이었다. 남자는 공중으로 점프하여 원반을 낚아챘고 원반을 던진 소년은 놀라고 혼란스러워하는 반응을 보였다. 투명인간이 피크닉을 즐기고 있는 배우 커플에게 다가가 바구니를 열고 음식을 꺼내자 커플은 마치 유령을 본 것처럼 펄쩍 뛰었다.

그러는 동안 남자의 환한 미소는 쉽게 가시지 않았다. 그는 진심으로 즐거워했다!

하지만 투명인간의 즐거움은 고작 6분뿐이었다. 투명인간이 되었다는 기쁨이 서서히 사라지기 시작했다. 그의 표정은 "만세! 나는 투명인간이다. 아무도 나를 볼 수 없어!"에서 "맙소사! 아무도 날 볼 수 없다니!"로 바뀌었다.

그 순간, 모호함과 익명성을 바라던 그의 욕망이 다른 사람의 관심을 받고자 하는 인간의 본능적인 욕구로 대체된 것이다!

타인의 관심을 받고자 하는 마음은 인간의 욕구가 아니라 본능이다.

날씨, 업무, 애정 관계의 상대, 아이, 경제, 지역 스포츠 팀 같은 이야기는 불평꾼이 남의 관심을 얻어내려고 자주 꺼내는 주제다. 불평꾼들은 이런 식으로 말한다. "자, 날 좀 알아봐 줘! 나는 너와 이야기하고 싶어. 네 관심을 받고 싶어. 나는 불평 말고 다른 얘기가 나오면 어떻게 해야 할지 모르겠어."

직장 동료가 자주 찾아와 불평한다면 그가 관심을 받고 싶어서 그러는 건 아닌지 생각해보라. 그렇다면 먼저 그 사람에게 몇 가지 질문하는 식으로 직접적인 행동을 취해보라. 그 사람의 취미, 가족, 건강 등을 물어보라. 먼저 그 사람에게 관심을 보여주어 당신에게 찾아올 필요를 느끼지 못하게 하라. 그러면 그는 불평으로 당신의 관심을 끌려 하지 않을 것이다.

당신은 '난 그럴 시간이 없어'라고 생각할지 모른다. 그렇다면 그 동료가 계속 불평하는 것을 들어줄 시간은 있는가? 그 사람과의 관계를 정말 바꿔볼 생각은 있는가?

긍정적인 분위기로 대화를 시작할 수 있는 훌륭한 기술을 소개한다. 가령 이렇게 묻는 것이다. "요즘은 그 일(본인, 가족, 일, 취미 등)이 잘 되어가나요?"

상습적 불평꾼은 당신이 무슨 주제로 이야기를 건네든 잘 안된다고 대답할 것이다. 이런 사람은 불평으로 관심을 끄는 데 너무 익숙해져서, 심지어 일어나지도 않을 일에 대해서 불평하거나 누군가와 긍정적인 관계를 쌓을 수 있는 일에도 불평을 한다. 이런 반응에는 맞서 싸우기보다 그냥 받아들여라. 그저 훈련받은

마음은 우리 자신의 공간이며, 제멋대로 지옥을 천국처럼,
천국을 지옥처럼 느낄 수 있다.

존 밀턴John Milton

앵무새가 말하는 것이라고 생각하라. 꾸준한 인내와 끊임없는 노력이 필요하겠지만, 그 동료와 새로운 관계의 기반을 쌓기 위해서는 감수해야 한다.

직장 동료가 불평을 시작하면 미소를 지으며 세련된 어조로 물어보라. "그래요, 그런데 어떤 일이 잘 되어가고 있나요?" 혹은 "그래요, 그런데 뭐가 좋아 보이나요?" 혹은 "그래요, 그런데 이 일이 어떤 식으로 풀려야 한다고 보세요?"

불평 없는 하루를 보내기 위해서 몇 주 동안 밴드를 바꿔 차야 하는 것처럼, 직장 동료에게 그의 삶에는 훌륭한 면이 있다고 인식시켜주는 데도 굉장히 많은 방향 전환용 질문이 필요하다. 인내하고 동정심을 가져라. 이런 유형의 불평꾼은 불평하지 않으면 타인과 연결될 수 없다는 생각으로 두려워하는 사람이다.

어렸을 때 나는 사우스캐롤라이나주 매닝에 있는 할아버지의 철물점에서 놀곤 했다. 그곳에는 점원으로 일하던 남자 여섯 명이 있었는데, 내가 가장 좋아했던 사람은 윌리라는 남자였다. 윌리는 항상 고객을 매료시키고 고객과의 어떤 상호 작용도 유쾌하고 긍정적으로 만드는 방법을 알고 있는 것 같았다.

"무슨 일로 오셨나요?" 또는 "무엇을 도와드릴까요?"와 같이 대부분의 점원이 하는 평범한 말 대신 윌리는 항상 진실하고 열정적인 태도로 활짝 웃으며 "뭐 좋은 소식은 없나요, 손님?" 하고 물었다.

"뭐 좋은 소식은 없나요?"라는 질문은 고객의 긍정적인 반응을 얻기 위해 계산된 질문이었고, 매번 효과가 좋았다. 한번은 다른 점원이 페인트 색상을 잘못 판매하는 바람에 한 남자가 화가 나서 매장으로 들이닥쳤다. 남자의 분노가 확연히 느껴졌지만 윌리는 "뭐 좋은 소식은 없나요?"라는 주짓수 같은 언어로 그 분노를 녹여버렸다. 고객은 완전히 당황했다. 그는 잠시 생각에 잠겨 있다가 "음, 지난 주말에 딸이 결혼했어요"라고 말했다. 윌리는 "잘됐네요, 손님. 이제 주문하신 색상의 페인트를 구해드릴게요"라고 대답했다.

올바른 질문으로 다른 사람의 마음과 태도를 통제할 수 있다. "잘 지내세요?", "좋은 소식 없나요?", "어떤 점이 행복하세요?", "오늘 당신에게 일어난 일 중 가장 좋은 일이 뭔가요?" 등의 질문은 불평하는 사람들의 생각을 부정적인 것에서 긍정적인 것으로 바꾸면서 그들이 필요로 하는 관심을 얻을 수 있게 해준다.

책임 회피

일을 할 때 다른 사람의 기대에 미치지 못하면 우리의 사회적 지위, 그리고 결과적으로 개인적 지위에도 부정적인 영향이 미친다. 그래서 우리는 상대방의 기대치를 낮추기 위해 업무에 대해 불평함으로써 자신이 제대로 행동하지 못할 경우를 미리 변명한다. 이러한 불평을 선제적 불평preemptive complaining이라고 하는데, 실패에 책임을 질 수 없고 무엇보다 일을 하다 발생한 문제가 자신의 잘못이 아닌 것처럼 보이게 한다.

이러한 유형으로 불평하는 사람은 다음과 같이 말한다.

"나한테 원하는 게 뭐예요?"

"그건 불가능해요. 왜냐하면……."

"그러고 싶긴 하지만……."

"시청과 싸울 수는 없잖아요."

"그건 마케팅 부서 잘못이에요."

"아무도 나를 도와주지 않아요."

"전 살을 빼고 싶은데 남편과 아이들이 살찌는 음식을 좋아한다고요."

책임:
신, 운명, 운, 행운, 혹은 이웃 등의 어깨에 언제든지 전가할 수 있는 짐.
점성술이 횡행하던 시대에는 관습적으로 책임의 원인을 별들에게 돌렸음.

앰브로즈 비어스Ambrose Bierce

이 유형의 불평꾼들은 이렇게 말한다. "소용없어. 그러니 하지 않겠어." 또한 자신의 불평을 들어주는 사람들에게 자신이 피해자임을 확인받으려 하고, 그에 대한 동의를 요구한다.

이들은 노력 부족을 정당화하기 위해 다른 사람들과 주변 상황을 비난한다. 이들은 부모, 경제 상황, 부족한 학력, 나이, 그리고 불평의 근거가 되는 모든 것을 비난한다. 이들은 비난에 사로잡혀 있다.

『현존수업The Presence Process』에서 마이클 브라운Michael Brown은 '비난하다blame'란 단어를 떼어 '시시하다be lame'로 해석했다. 세상과 타인을 비난하는 불평꾼은 시시한 사람이다. 그는 뭔가를 더 향상시키는 일에는 무능력하다. 이런 유형의 사람은 당신이 개선하자고 제안하면 질색하면서 그 어떤 것도 거절한다. 그는 당신의 제안을 바라지 않는다. 대신 자신이 무력하고 절망적인 피해자라는 사실에 동의해주기만을 바랄 뿐이다.

이런 사람과의 교제는 대체로 이런 식으로 전개된다. 그는 문제가 생겼다며 불평을 하고, 당신은 가능한 해결책을 제시한다. 그러면 그는 그 제안은 될 법한 이야기가 아니라는 또 다른 불평을 내놓으며 거절한다. 당신은 또다시 이 사람이 할 수 있을 법한 다른 방법을 내놓지만 역시 거절한다. 정신의학자 에릭 번Eric Berne은 저서 『심리 게임Games People Play』에서 이런 식의 반응을 '이러면 어떨까요?…… 맞아요, 그런데' 게임으로 부른다. 당신이

'이렇게 좀 해보는 게 어떠니'라고 제안하면 상대방은 즉시 '맞아, 그런데……' 하는 반응을 보인다. 그러면서 당신의 제안이 왜 소용없는지 온갖 이유를 들이댄다.

시시해지려는 사람들은 이런 행동을 몇 시간이고 계속할 수 있다. 이들은 당신이 일을 해결해 주거나 혹은 그런 방법을 알려주기를 원치 않는다. 이들은 말은 번드르르하지만 속셈은 그렇지 않다. 그 문제는 해결할 수 없다는 점만 강조한다. 그리고 왜 문제를 해결할 수 없는지 정교한 이유를 늘어놓는다. 만약 이들의 핑계에 동의한다면, 그 자체로 그들의 나태함을 정당화해준다. 이들은 해결의 책임을 모면하려 하고, 주위에서 자신의 책임 회피를 인정해주길 바란다.

이들을 도울 수 있는 유일한 방법은 "이러면 어떨까요?……맞아요, 그런데" 게임에 동참하지 않는 것이다.

동기부여 강사 토니 로빈스Tony Robins는 불평꾼을 다루는 아주 훌륭한 방식을 알고 있다. 나는 20여 년 전에 그의 세미나에서 이 방법을 배웠다. 이후 그 방법을 수천 번 넘게 활용했고, 효과가 나타날 때마다 스스로 놀란다. 누군가가 "소용없는 짓이야"라고 말할 때, 이렇게 물어보자. "만약 그게 가능한 일이라면 어떻게 하고 싶으십니까?"

당신은 이 말이 상대방을 무시한다고 오해를 사거나, 조종하려는 느낌을 주지 않을까 걱정할지도 모른다. 그렇지만 앞서 말했듯이 이 말은 분명 효과가 있다! 누군가가 일이 잘될 것 같지 않다고 핑계를 자꾸 들이대면 자신 있게 물어보라. "만약 이게 가능한 일이라면 어떻게 하고 싶으십니까?" 이 질문은 오로지 장애물만 봐왔던 불평꾼으로 하여금 가능한 사항을 생각하게 만든다. 불평꾼은 일을 끝낼 수 있는 방법을 생각하고 실제로 그 일을 달성하는 방향으로 시선을 옮기기 시작한다.

내가 아는 어떤 남자는 술을 줄이려고 부단히 노력했지만, 친구들과 게임을 하며 어울릴 때마다 결국 굴복하곤 했다. 그는 "친구 집에 갈 때마다 맥주가 넘쳐나서 그냥 마셔버리고 만다"라고 불평한다.

나는 그에게 이렇게 물었다. "술을 줄일 수 있는 방법이 있다면 어떤 게 있을까요?" 그는 잠시 나를 바라보다가 대답했다. "친구 집에 탄산음료나 물을 가져갈 거예요. 아니면 다른 사람이 게임을 하는 모습을 그냥 지켜볼 수도 있겠죠." 그 방법은 매우 좋은 해결책이었고 언제라도 사용할 수 있는 방법이었지만, 그는 음주에 대한 책임을 회피하기 위해 연막이라도 치듯이 불평했다.

> 당신이 뭔가에 대해 '가능하지 않다'고 말한다면,
> 본심은 '나는 그것을 원하지 않아'이다.
>
> **사드구루 자기 바수데브**Sadhguru Jaggi Vasudev

아프리카 문화권에서는 누군가 힘든 일에 직면했거나 문제가 발생했을 때 "유감이네요"라고 말하지 않는다. 대신 'Pole(포오-리'로 발음함)'이라고 말한다. 이 스와힐리어 단어에 해당하는 우리말은 없지만, 이 말의 핵심은 "당신이 겪는 일이 힘들다는 것을 이해하며, 성공적으로 헤쳐 나갈 수 있으리라는 것을 알고 있어요"이다.

"만약 그게 가능하다면 어떻게 하고 싶으십니까?"라는 질문이 불평꾼의 "맞아요, 그런데"라는 말을 멈추게 하지 못하면 이렇게 말해보자. "당신은 이 문제를 해결할 방법을 찾을 능력이 있습니다." 그래도 안 되는 이유를 들이대며 불평을 계속하면 반복해라. "당신은 이 문제를 해결할 방법을 찾을 능력이 있습니다."

이 방법은 특히 아이들에게 잘 통한다. 불평꾼을 긍정적인 말로 제지하라는 앞의 제안과 마찬가지로, 이 경우에도 책임 회피만 바라는 투덜이는 당신을 괴짜 취급하며 멀리하려 들 것이다. 그러나 어느 쪽이든 당신의 승리다. 불평꾼은 더 이상 당신에게 불평하지 않을 것이기 때문이다.

질투 유발

지위는 다른 사람들과 비교되는 상대적 위치로 정의된다. 다시 말해, 자신과 비교할 다른 사람이 없다면 우리에게는 지위가 사라진다. 그래서 사람들은 때로 다른 사람의 부러움을 사려고 불평을 하는데, 이때 불평은 '자랑'의 다른 표현이다.

심지어 어떤 사람들은 성격적 결함이 없는 사람에 대해 재수가 없다는 식으로 불평하는 경우도 있다.

"내 상사는 아주 멍청해"라는 불평은 이렇게 해석할 수 있다. '나는 상사보다 영리해. 내가 저 자리에 있었다면 이보다 나았을 거야.' 아내들은 이런 불평을 한다. "내 남편은 지저분해." 이는 자신이 남편보다 깨끗하다는 사실을 뽐내는 것이다. 그렇다면 "그 여자는 운전할 때 미치광이 같아"라는 말은 어떻게 해석해야 할까? '나는 안전하고 세련되게 운전하지'라는 뜻이다.

불평꾼은 이런 모습을 무의식적으로 내보인다. 그가 부정적인 비교를 통해 자신을 과대포장하려는 것을 도와주어서는 안 된다. 질투를 유발하려고 불평하는 사람들은 실제로는 칭찬을 듣고 싶은 것이다. 이들은 공허함을 느껴 자신이 더 나은 사람임을 보여주기 위해 일부러 다른 사람을 공격한다.

스스로가 허풍쟁이라는 사실을 알고 있다면 두려워하라.
모든 허풍쟁이는 결국 멍청이가 되기 때문이다.
윌리엄 셰익스피어

이런 불평 겸 자랑은 가끔 역효과를 일으킨다. 한 연구에 따르면 누군가 다른 사람의 어떤 속성에 대해 불평할 때, 이를 듣는 사람들은 실제로 그 속성을 불평하는 사람의 탓으로 돌리기도 한다. "그 사람은 게으르고 의욕이 없어"라는 말은 그 불평을 하는 당사자를 게으르고 의욕 없어 보이게 한다.

거의 모든 문화권에서 자랑은 무례한 행동으로 간주된다. 그래서 어떤 사람들은 일부러 자신의 행운을 불평한다.

나에게는 일주일에 한 번씩 만나 커피를 마시는 친구가 있다. 한번은 그가 50만 달러짜리 보트를 샀다. 커피숍에 앉아 있는데 그가 옆 테이블에 앉아 있는 다른 친구들을 보았는지, 갑자기 몸을 뒤로 젖히며 큰 소리로 말했다. "월, 50만 달러짜리 보트를 사면 더 좋은 트레일러가 따라와야 한다고 생각하지 않아?" 옆에서 그 말을 들은 친구들이 달려와 "50만 달러짜리 보트를 샀다고?" 하고 놀라워한 것은 당연한 일이었다.

몇 주 후 우리가 커피를 마시고 있는데 그 친구가 지나가는 다른 친구들을 발견하고는 주머니에 손을 넣어 보트 열쇠를 꺼내더니 말했다. "아, 50만 달러짜리 보트를 사면 플로팅 키링도 줘야 할 것 같은데." 나는 어리둥절하게 앉아서 왜 커피숍에 보트 열쇠를 가져올까 생각하다가 이것이 사전에 계획된 행동이며, 그가 잘 보이고 싶은 사람을 발견하면 불평하는 척하면서 자랑할 준비가 되어 있다는 사실을 깨달았다. 그는 이런 식으로 자랑보다 불평을 통해 자신의 사회적 지위를 높였다.

오늘날 유행하는 말 중에 '플렉스 문화'가 있다. 플렉스 문화는 과시적 소비, 즉 부와 패션을 과시하는 상품이나 서비스를 구매해 남보다 돋보이고 사회적 지위를 부풀리려는 행위를 말한다.

험담은 질투를 불러일으키기 위해 불평하는 말이다. 당신이 누군가를 험담한다면 곧바로 밴드를 바꿔 차야 한다. 험담의 기저에 깔린 메시지는 이런 것이다. 험담꾼은 자신이 그 대상보다 우월하다는 것이며, 그 사실을 듣는 사람이 알아주기를 바란다.

험담은 현재 여기에 없는 사람에 대해 부정적으로 말하는 것이다. 그렇다고 해서 남들에 대한 이야기를 전혀 하지 말라는 것은 아니다. 나는 이렇게 하기를 제안한다.

1. 이 자리에 없는 사람의 긍정적인 면에 대해서만 말하라.
2. 이 자리에 없는 사람이 지금 여기에 있는 것처럼 말하라.

"그러면 수다 떠는 재미가 없잖아요." 많은 사람들이 내게 말

아무도 다른 사람의 숨겨진 미덕에 대해서는 험담하지 않는다.

버트런드 러셀

한다.

그 말이 맞다. 험담은 정보를 공유하려고 하는 말이 아니다. 험담꾼들은 자신이 알아낸 다른 사람들의 부정적인 면을 지적한다. 상대적 비교를 통해 자신을 돋보이게 하려는 것이다.

부러움을 불러일으키기 위한 불평에서 발견한 흥미로운 점은, 사람들이 최고의 상황뿐만 아니라 최악의 상황에 대해서도 자랑한다는 것이다. 한번은 작은 공항에서 한 여자가 옆에 앉은 커플에게 자신이 사는 도시의 끔찍한 상황에 대해 하소연을 쏟아내는 것을 들은 적이 있다. 운이 나쁜 남녀가 고개를 끄덕이며 어색하게 자리를 옮길 때까지 그 여자는 자기 마을의 범죄와 공해, 부패에 대해 끊임없이 이야기했다. 듣다 보니 이 여자가 자신에게 닥친 그 모든 어려움을 견뎌냈다고 자랑하고 있다는 생각이 들었다.

그러자 코미디 그룹 몬티 파이튼의 촌극 〈네 명의 요크셔 남자들The Four Yorkshiremen〉이 떠올랐다.

이 촌극에서 영국 요크셔에서 온, 세련되고 말끔하게 차려입은 네 명의 신사는 함께 앉아 값비싼 와인을 즐기고 있다. 이들의 대화는 자신들의 성공에 대해 감사를 표하는 말로 시작했다가 미묘하게 부정적으로 바뀌고, 시간이 지남에 따라 불평이 지나쳐 웃음을 자아낸다.

한 신사는 지금은 부유하지만 젊은 시절에는 차 한 잔을 살

돈만 있어도 운이 좋았다고 말했다. 두 번째 신사는 첫 번째 신사를 뛰어넘고 싶은 마음에 차가운 차를 사서 마실 수만 있어도 운이 좋았다고 말했다.

다른 사람들이 가세하며 불평은 더욱 거세졌다. 곧 그들의 발언은 각자 자신의 어린 시절이 가장 힘들었다는 것을 증명하려 애쓰면서 우스꽝스러운 분위기로 변했다. 한 신사는 어렸을 때 살았던 집의 허름한 상태를 이야기했다. 두 번째 신사는 혀를 끌끌 차며 눈을 굴리더니 말했다. "집이라! 집이 있다니 운이 좋았군! 우리는 스물여섯 식구가 한방에서 살았는데 가구도 없고 바닥의 절반이 없어서 넘어질까 봐 한 귀퉁이에 모여 잤다네."

한탄은 계속 이어졌고, 이야기는 갈수록 더 음울해졌다. 그때 한 사람이 말했다. "아, 방이 있다니 운이 좋았군. 우리는 예전에 복도에서 살았어."

그러자 다른 사람이 말했다. "아, 복도에서 사는 게 꿈인 적도 있었지. 우리는 쓰레기 더미 위에 있는 낡은 물탱크에서 살았거든. 매일 아침 일어나 보면 주변에 온통 썩어가는 생선들이 버려져 있었다니까!"

"내가 '집'이라고 부를 수 있는 건 비닐로 덮은 땅에 구멍이 뚫린 장소였지만 그래도 내겐 집이었다네."

"우리는 땅속의 집에서 쫓겨나 호수에 가서 살아야 했지."

"호수가 있다니 운이 좋았군! 우리는 150명이 길 한가운데에 있는 성냥갑 같은 집에서 살았다네!"

마침내 한 신사가 불행 경쟁이 충분히 진행되었으며 자신이 이길 것이라고 판단했다. 그는 결연한 표정으로 "좋네"라고 말한다. 심호흡을 하고 똑바로 앉은 그는 큰 소리로 말했다. "나는 아침에 일어나서 잠자리에 들기 30분 전인 밤 10시까지 황산 한 잔을 마시고, 방앗간에서 하루 스물아홉 시간씩 일하고, 방앗간 주인에게 출근 허가를 받기 위해 돈을 냈지. 집에 돌아오면 아버지는 우리를 죽이고 우리 무덤 위에서 '할렐루야'를 부르며 춤을 추었다네."

이 촌극에서 알 수 있듯이 불평, 심지어 부정적인 불평도 경쟁적인 스포츠다! 불평은 항상 한 방향으로, 즉 더 심한 쪽으로 향할 뿐 결코 반대 방향으로는 흐르지 않는다. 누군가 심각한 문제에 대해 불평하면, 그보다 사소한 문제로 불평하는 건 무신경한 행동이라고 생각하게 된다. 불평은 늘 심화되기 때문에 금세 걷잡을 수 없게 된다.

인간이 지닌 심화 성향을 연구한 결과가 있다. 두 사람을 서

사람들이 나를 짜증나게 하는 이유는
내가 그들에게 약간의 호기심을 주었기 때문이다.

랠프 월도 에머슨Ralph Waldo Emerson

로 마주 보게 한 다음, 한 사람에게 상대방의 팔을 부드럽게 잡도록 했다. 그다음 힘을 주어 상대의 팔을 꽉 잡을 것을 지시했다. 다음으로 역할을 바꾸어 두 번째 사람에게 첫 번째 사람이 받았던 압력과 똑같이 상대방의 팔뚝을 꽉 잡도록 요청했다. 연구진은 이런 식으로 두 사람의 역할만 바꾸어 같은 지시를 반복했다. "상대방이 당신 팔을 잡을 때와 똑같은 압력으로 꽉 움켜쥐세요." 연구진은 이들 사이에 가해진 압력의 수준을 측정했고, 참가자들이 자신이 받은 압력보다 평균적으로 14퍼센트 더 센 압력을 가한다는 사실을 발견했다. 즉, 한 사람이 상대방의 팔을 일곱 번만 꽉 쥐어도 실험을 시작할 때보다 압력이 두 배로 증가한다는 뜻이다. 이는 다른 사람의 팔을 꽉 쥐거나 말다툼을 하거나 불평을 할 때 그 정도가 심해지는 현상이 인간의 타고난 특성에 기인한다는 점을 보여준다.

부러움을 사려고 불평하거나 험담하는 사람들은 우리가 그들에게 동참하고 동의하도록 유도하기 위해 더욱 과장된 표현을 사용한다. 하지만 그렇게 하면 더 많이, 더 심하게 불평하게 될 뿐이다. 불평하는 사람이 토로하는 불만의 내용에서 벗어나, 그 사람이 진정으로 원하는 데 초점을 맞추어라! 마음의 여유를 가지고 역으로 불평하는 사람을 칭찬하라.

직장에서 회의를 앞두고 있는데 필립이라는 직원이 이렇게 말한다고 해보자. "회의를 시작할 수 있는데 줄리가 늦었어요. 평소처럼요!" 그럴 때는 이렇게 칭찬해야 한다. "내가 필립의 어떤 점을 높이 평가하는지 아세요? 당신은 항상 시간을 잘 지킨다는 거예요."

왜 그러는지 설명하지 마라. 그러면 이 방법의 효과가 사라져 버린다. 대신 불만 사항의 핵심 내용에 귀를 기울이고 정반대 요인으로 불평하는 사람을 칭찬하라. 그 사람은 곧 자신의 지위가 적절하게 높아졌다고 느끼고 더 이상 불평할 필요를 못 느낄 것이다.

권력 추구

권력만큼 사회적 지위를 높여주는 것은 없다. 불평은 권력을 살 수 있는 화폐와 같다.

권력이란 무엇인가? 권력이란 곧 다른 사람들이다. 내 편이 많은 사람일수록 더 많은 권력이 있다고 생각한다. 정치인에게 권력이 있는 이유는 다른 사람들이 그 사람에게 부여한 지지와 권한이 있기 때문이다. 사람들이 중립적일 때는 정치인의 권력에 어떠한 힘도 실리지 않기 때문에, 정치인에게 유권자를 중도에서 벗어나게 하는 것보다 더 중요한 일은 없다. 그리고 이 일을 하기에는 불평이 가장 좋은 방법이다.

내가 플로리다주 상원의원 선거에 출마해 다음과 같이 선거 유세를 한다고 상상해 보라.

안녕하세요, 저는 윌 보웬이고 이곳 플로리다주 상원의원 후보로 출마합니다. 저는 워싱턴 DC의 정치인들이 이미 훌륭하게 일하고 있다고 생각합니다. 저는 아무것도 바꾸지 않을 겁니다. 그러니 저를 상원의원으로 뽑아주셔서 워싱턴이 지금과 같은 상황을 유지할 수 있도록 도와주세요. 보웬에게 투표하는 것은 곧 현상 유지를 위한 투표입니다!

내가 당선될 수 있을까? 절대로 아니다! 정치인에게 아무 불만도 없다면 그는 선거운동도 하지 않을 것이다. 정치인이 지지 기반을 구축하려면 사람들을 화나게 해야 한다! 그래서 미디어 환경이 점점 더 세분화되어온 지난 수십 년간 정치적 담론은 정치적 비방으로 변질되어 왔다. 유권자의 눈에 띌 수 있는 유일한

> 권력은 수단이 아니라 목적이다.
> 혁명을 지키기 위해 독재 정권을 세우는 것이 아니라
> 독재 정권을 세우기 위해 혁명을 일으키는 것이다.
>
> 조지 오웰

방법이기 때문이다.

나는 이를 분노와 참여라고 부른다. 애석하게도 희망의 비전을 제시하는 것보다 분노하게 만드는 것이 사람들의 관심을 끌어모으기에 훨씬 더 쉽다.

강연을 위해 워싱턴 DC에 출장을 간 적이 있다. 공항에 도착해 호텔로 가는 셔틀을 탈 예정이었다. 이윽고 밴이 도착해 기사가 내 짐을 싣고 내가 앉을 자리를 말해주었다. 밴에 남은 좌석은 하나뿐이었다. 몸을 좌석에 밀어 넣어보니 내 옆에 한 남자가 앉아 있었다. 그런데 그의 복장이 내 눈길을 끌었다.

워싱턴 DC는 32도에 가까운 더운 날이었지만, 그 남자는 두꺼운 7부 길이의 양모 코트를 입고 팔꿈치까지 올라오는 장갑을 끼고 있었다. 게다가 스키 마스크를 두 개나 쓰고 있었다. 공항에서 테러리스트 위협 단계가 '높음'이라는 이야기를 들으면서 막 나온 참이었는데, 내 옆에 바로 그 전형처럼 보이는 사람이 앉아 있었던 것이다!

상황은 점점 더 좋지 않게 변했다. 그가 내 쪽으로 몸을 기울이며 계속 이렇게 물어왔다. "지금 몇 시입니까?"

'시간은 왜 물어? 정말 여기서 빠져나가고 싶군.' 나는 머릿속으로 그런 생각을 하고 있었다.

그는 자신이 작가이며 지금 라디오 인터뷰를 하러 가는데 시간이 늦었다고 말했다. 나는 그에게 나 또한 작가라고 말한 뒤,

그가 홍보하려는 책이 어떤 거냐고 물어봤다.

그는 주요 정당 중 한 곳에서 일하며, 상대 정당 대통령 후보자의 부정적인 부분을 모조리 캐내어 그에게 가능한 한 나쁜 영향을 주려 한다고 말했다. 그가 캐낸 정보는 소속 정당의 후보자 캠페인 팀에서 활용할 것이고, 그 팀은 유권자들의 마음을 흔들어놓을 부정적인 광고를 준비할 예정이라고 말이다.

"나는 부정적인 선거운동 요령을 알려주는 책을 썼죠." 이어서 그 양모 코트를 입은 남자는 내게 물었다. "그런데 선생님은 어떤 책을 쓰셨습니까?" 나는 웃음이 나오려는 것을 억지로 참으면서 불평 없이 살아보기 운동에 관한 책을 썼다고 말했다. 오랫동안 불편한 침묵이 감돌았다.

주제를 바꾸려고 나는 이렇게 물었다. "정말 더운 날이로군요. 선생님은 왜 그런 두꺼운 옷을 입으신 겁니까?"

"참 이상하지요. 한때 여기 워싱턴에 살았습니다. 지금은 플로리다주에 살고 있죠. 근데 여기 오면 쉽게 발작이 일어나고 천식 때문에 숨이 턱 막힙니다. 이렇게 입지 않으면 곤란해요." 그가 말했다.

차가 호텔 앞에 섰을 때 나는 속으로 생각했다. '참 흥미롭군. 전파를 오염시키는 일을 하는데, 정작 여기서는 숨을 잘 쉬지 못한다니. 이봐요, 인과응보입니다.'

정치뿐 아니라 모든 미디어, 특히 소셜 미디어 역시 불평으로 움직인다.

다큐멘터리 〈소셜 딜레마The Social Dilemma〉를 아직 보지 않았
다면 강력히 추천한다. 영화에서는 유튜브와 페이스북, 트위터와
인스타그램 및 기타 소셜 미디어 플랫폼의 전직 고위 관계자들
이 사용자를 플랫폼에 더 오래 머물게 하려고 사용하는 알고리
즘에 대해 솔직하게 이야기한다.

일단 취미와 관심사에 맞는 콘텐츠를 제공해 사용자가 이를
시청하면, 플랫폼은 해당 영상을 기반으로 사용자에게 다양한 이
야기와 영상을 추천할 수 있다. 이러한 콘텐츠를 보면서 사용자
는 서서히 점점 더 분노하게 되어, 그들이 제공하는 콘텐츠를 갈
망하게 된다는 것이다. 사용자가 플랫폼에 더 오래 노출될수록
더 많은 광고주가 사용자에게 접근할 수 있고, 소셜 미디어 기업
은 더 많은 수익을 올린다.

스티브 잡스에게 감사할 점은 많지만, 그의 업적 중에서도 스
마트폰은 빼놓을 수 없다. 하지만 스마트폰이야말로 불만과 분노
를 불러일으키는 가장 큰 원인이다. 잡스가 2007년 첫 번째 아

권력은 부패하지 않는다.
부패하는 것은 권력 상실에 대한 두려움일 것이다.

존 스타인벡John Steinbeck

이폰을 출시했을 때 자신이 새장 밖으로 어떤 괴물을 내보냈는지 제대로 알고 있었을까 궁금하다.

스마트폰은 항상 우리 곁에 있으며, 점점 더 오래 사용하도록 설계되었다. 온라인 케임브리지 사전에 따르면 '2018년 올해의 단어'는 스마트폰이 없을 때 느끼는 두려움을 나타내는 '노모포비아Nomophobia'였다. 미국의 리뷰 매체인 리뷰스(Reviews.org)에 따르면 미국인의 75퍼센트가 스마트폰에 중독되어 있다고 답했으며, 65퍼센트 이상이 잘 때도 옆에 스마트폰을 둔다고 인정했다. 평범한 성인은 깨어 있는 시간 중 거의 70퍼센트(매일 11시간)를 스마트폰 화면을 들여다보는 데 쓴다. 스마트폰과 단 10분만 멀어져도 사람들은 중독자가 약물을 거부당한 것처럼 중증의 불안 증상을 보인다. 두렵지 않은가?

《미국의학협회저널The Journal of the American Medical Association》에 발표된 연구에 따르면 스마트폰에 중독된 사람들은 외로움을 더 많이 경험하며, 이는 수면의 질 저하와 면역 체계 기능 저하 등 정신적 · 신체적 건강에 심각한 영향을 미친다. 스마트폰 사용자가 부정적인 뉴스를 자주 모니터링하는 패턴에 빠지면 기분이 나빠지고 흔히 '둠스크롤링(doomscrolling, 암울한 상황에 대한 소식만 찾아보는 행위)'이라고 불리는 패턴에 빠지며 불안감이 증가한다.

앞서 언급했듯이 나는 현재 마이애미에서 남쪽으로 한 시간

거리에 있는 열대의 섬, 플로리다주의 키라고에 살고 있다. 이곳 사람들은 아름다운 석양을 즐기기 위해 정기적으로 바닷가에 모인다.

얼마 전에는 내 반려견인 작은 골든두들 테드와 함께 일몰을 보기 위해 공원으로 향했다. 태양이 타오르는 흰색에서 은은한 노란색으로, 그리고 마지막으로 불타는 듯한 붉은색과 주황색, 푸른색이 섞인 색으로 변해 바다 밑으로 사라지는 동안 나는 일몰 앞에서 테드의 사진을 한 장 찍어 페이스북에 올렸다. 물론 페이스북에 올린 사진이 현실과 완전히 똑같지는 않았다. 실제로 나는 수십 장의 사진을 찍어 그중 특별히 잘 나온 사진을 고른 뒤, 사진을 자르고 필터를 추가해 더욱 멋지게 만들었다. 그런 다음에야 사진을 올렸다. 소셜 미디어에서는 우리 모두가 이렇게 행동한다.

우리는 사회적 지위를 높이기 위해 자신의 삶을 표현하고 과장하며 때로는 인위적으로 꾸며서 소셜 미디어에 올린다. 그 결과 친구와 가족, 팬과 팔로워는 사진만 보고 우리가 자기보다 훨씬 더 나은 삶을 살고 있다고 착각한다. 이는 보편적인 부족감으로 이어진다. "내 삶은 저 사람의 삶만큼 근사하지 않아"라고 생각할 뿐, 완벽한 모습을 보이기 위해 사진이 선별되고 더 좋아 보이도록 보정되었다는 사실은 잊어버린다.

과도한 소셜 미디어 사용으로 스스로를 초라하게 느끼는 현상을 나는 고벨 신드롬이라고 부른다. 코미디언 조지 고벨George Gobel은 당시 세계 최고의 스타였던 밥 호프Bob Hope, 딘 마틴Dean Martin과 같은 날 밤 〈조니 카슨의 투나잇 쇼Tonight Show with Johny Carson〉에 출연한 적이 있다. 고벨은 옆에 앉은 거물급 스타들을 바라보며 이렇게 중얼거렸다. "세상은 턱시도인데 당신은 고작해야 갈색 구두라는 느낌을 받은 적이 있나요?"

소셜 미디어에서 자신을 더 근사하게 포장하려고 노력하다 보면 의도치 않아도 다른 사람들은 턱시도 세상을 살고 있는데 나만 갈색 구두가 된 것 같은 부적절한 감정을 느끼게 된다. 우리 자신도 마찬가지다. 내 출판 에이전트인 스티브 핸셀먼Steve Hanselman이 페이스북에 올리는 멋진 여행과 레스토랑, 브로드웨이 연극과 가족 행사 사진을 보면 내 삶이 왠지 부족하다고 느껴지고, 내가 누리는 모든 축복에 감사하다가도 곧 부러움과 초라함을 느낀다.

소셜 미디어는 우리의 타고난 불안과 두려움을 자극하면서 비교와 불평을 조장한다. 전통적인 미디어도 같은 이유로 불평을 부추긴다. 우리를 화나게 하는 뉴스는 우리의 관심을 지속적으로 잡아두면서 미디어가 더 많은 광고를 판매할 수 있게 한다. 미디어의 목표는 가능한 자주 그리고 더 오랫동안 시청자의 참여를 유도하는 것이며, 불평은 이를 보장한다.

지금은 CNN으로 자리를 옮긴 전 폭스 뉴스 진행자 알리신

카메로타Alisyn Camerota는 폭스 뉴스에서 진행하는 팟캐스트 〈피아스코Fiasco〉 인터뷰에서 이렇게 말했다. "우리는 시청자들이 화를 내도록 훈련시켰죠. 대본에는 이따금씩 '광고가 끝나면 여러분은 분노할 것입니다'라는 멘트가 적혀 있었습니다. 우리는 사람들에게 분노할 때까지 계속 지켜보라고 말했고, 당신들이 분노할 것이라고 말했고, 그런 다음 분노할 것이라고 확신한다고 말했는데, 보세요! 놀랍게도 사람들은 정말 분노하더군요." 이로 인해 시청자는 더 오랜 시간 채널을 고정했고, 광고주에게는 제품을 홍보할 수 있는 더 많은 기회가 제공되었다. 분노와 참여는 언제나 효과가 있다.

1968년 개봉한 영화 〈기분이 좋다는 게 뭐가 그리 나쁜 걸까What's So Bad About Feeling Good〉에서는 행복 바이러스가 뉴욕시 전역에 퍼져 대다수 주민들이 이에 감염된다. 그러자 공무원들은 사람들의 긍정적인 변화를 축하하기는커녕 두려움에 휩싸인다.

정부 지도자들은 바이러스의 확산이 도시의 경제적 생명선을 위협한다고 생각한다. 주민들이 더 이상 술과 담배, 마약을 사지 않기 때문이다. 또한 모두가 행복하고 서로에게 친절하면 증권거래소와 상권이 붕괴될 위기에 처할 것이라고 경고한다.

이 영화는 비록 허구이지만 중요한 진실을 지적하고 있다. 권력을 쥔 사람들은 그들의 말과는 달리 우리가 행복해하고 우리의 불평이 사라지는 것을 원치 않는다. 그렇게 되면 자신의 권위가 위협당하기 때문이다.

그렇다면 우리 스스로의 삶을 되찾기 위해 우리는 무엇을 할수 있을까?

1. 스마트폰과 컴퓨터, 태블릿에서 모든 알림을 꺼라. 지금 바로! 이전에는 소프트웨어 앱에서 이런 간섭을 '경고'라고 불렀지만, 이제는 '알림'이라고 부른다. 경고는 누구도 원치 않지만 알림은 기꺼이 받으려 하기 때문이다. 알림을 꺼라! 그리고 새 앱을 설치할 때 알림을 받을지 묻는 메시지가 뜨면 '아니요'를 선택하라. 우리는 이미 지나치게 자주 휴대폰을 확인하고 있다!

2. 일할 때, 가족이나 친구와 어울릴 때, 특히 운전할 때는 휴대전화를 끄거나 '집중' 모드로 설정하라. 강박적으로 휴대전화를 확인하는 습관을 버려라. 운전 중 휴대전화 사용으로 전 세계적으로 매년 10만 명 이상이 사망한다. 휴대전

> 습관은 습관이다. 누가 창문 밖으로 내던질 수 있는 것이 아니다.
> 잘 구슬려서 한 번에 하나씩 계단을 내려오게 해야 한다.
>
> **마크 트웨인**

화를 확인하려는 강박이 얼마나 자주 느껴지는지 확인하고 완화될 때까지 휴대전화를 꺼라. 가급적 오랜 시간 동안 휴대전화를 꺼두어라. 마크 트웨인이 말한 것처럼, 휴대전화를 창밖으로 던지기보다는 잘 구슬려 한 계단씩 내려가게 하라.

3. 누군가 불평을 제기하여 우리의 분노를 이용하려고 할 때 이를 명민하게 알아차려야 한다. 불평의 대가로 우리의 힘과 소중한 시간을 내어주어서는 안 된다. 그럴 때는 침묵하거나 주제를 바꿔라. 누군가 어떤 사람을 들먹이며 불평한다면 "두 사람이 할 얘기가 많은 것 같네요"라고 말하라. 그렇게 하면 불평하는 사람에게 우리가 그 일에 연루되고 싶지 않으며, 다른 사람과 문제가 있다면 당사자와 직접 이야기해야 한다는 사실을 넌지시 알릴 수 있다.

고객을 '사용자'라고 부르는 업계는
불법 약물과 소프트웨어 업계, 이 두 곳뿐이다.

에드워드 터프티Edward Tufte, 〈소셜 딜레마〉

실패 후 핑계 대기

미국 국립정신건강연구소National Institute of Mental Health에 따르면 75퍼센트의 사람들이 대중 앞에서 연설하는 일이 가장 두렵다고 응답했다. 또한 많은 사람이 무대에 서서 청중에게 연설하는 행위가 죽기보다 무섭다고 답했다.

하지만 나는 이 응답이 사실이라고 생각하지 않는다. 나뿐만 아니라 내가 아는 전문 연설가들은 대중 연설을 두려워하지 않을 뿐만 아니라 오히려 좋아하기 때문이다! 왜 그럴까? 잘할 수 있다고 확신하기 때문이다. 내 생각에 사람들이 두려워하는 부분은 말하는 행위 자체가 아니라 청중과 대화할 때 발생할지 모를 당혹감이다. 한 사람과 대화하다가 스스로 멍청하다고 느끼는 말을 하거나 생각의 흐름을 놓치는 실수만 해도 충분히 기분이 나쁜데, 대중 연설은 대규모로 망신당할 수 있는 기회를 제공하지 않는가!

나는 지난 30년 동안 연설을 약 750번 정도 했는데, 완전히

> 변명을 능숙하게 하는 사람 치고 무언가를 잘하는 사람은 없다.
>
> 벤저민 프랭클린

망쳤다고 할 만한 적은 없었다. 그러나 딱 한 번, 유독 기억에 남는 순간이 있는데 그 연설을 생각하면 아직도 식은땀이 흐른다.

며칠 연달아 연설을 하던 시기였다. 그래서인지 내 머릿속에 자동 조종 장치 같은 게 켜져 있었던 것 같다. 나는 그 장소에 참석한 특정 청중을 대상으로 연설하면서 제대로 집중하지 못했다. 그때 그 자리에서 내가 무슨 말을 했는지 혹은 하지 않았는지도 잘 기억나지 않는다. 사람들이 당황한 표정으로 나를 쳐다보자, 뒤늦게 제정신을 차리기 위해 허우적거렸고, 두려움이 온몸을 휘감았다. 심장이 두근거리고 정신이 아득해졌다. 영원처럼 느껴졌던 순간(실제로는 채 1분도 채 되지 않았다)이 지났다. 나는 이내 어디까지 말했는지를 떠올리고 계속 진행했지만, 그때 일어난 일로 큰 충격을 받았다. 청중 앞에서 내 사회적 지위가 추락하는 것처럼 느껴졌고 비참한 기분이 들었다.

우리는 창피를 당하는 일을 두려워한다. 실수를 감추기 위해서라면 우리는 무엇이든 다 할 것이다. 이때 다른 사람이나 상황을 두고 불평하는 행위는 자신의 부진한 성과를 변명하기에 가장 좋은 방법이다.

사람들이 불평하는 다섯 가지 이유 중에서 '성과 부진에 대한 핑계'는 '책임 회피'의 과거형이라고 볼 수도 있다.

책임 회피는 어떤 일을 맡았는데 기대에 미치지 못할까 봐 두려워, 미리 다른 사람의 기대치를 낮추려고 그 일을 둘러싼 상황에 대해 불평하는 것이다.

성과 부진 핑계를 대는 사람이 어떤 일을 시도했다가 결국 실패했다고 하자. 이 사람은 실패에 대한 자신의 책임을 인정하기보다 다른 사람을 탓할 것이다.

다시 말해, 책임 회피는 무언가를 시도하기 전에 말하는 반면, 성과 부진 핑계는 무언가를 시도한 후에 말한다.

우리는 늘 이런 핑계를 듣는다. 정치인은 선거에서 패배한 후 언론을 탓한다. 골프 선수는 공을 잘못 치고는 "백스윙을 하는데 누가 기침을 했어"라고 불평한다. 회의에 지각한 사람은 교통 체증을 탓한다. 학교에 지각한 아이는 제때 깨워주지 않는 엄마 탓을 한다.

우리는 사회적 지위를 유지하려는 욕구가 너무 강한 나머지 자신의 부진한 성과를 변명하기 위해 자기 외의 다른 사람이나 사물을 탓한다.

안타깝게도 이런 전략은 효과가 있다. 핑계를 듣는 사람들이 실패가 우리 잘못이 아니라는 데 동의하게 만들 수 있다면, 우리

실패의 99퍼센트는 변명하는 습관을 지닌 사람에게서 비롯한다.

조지 워싱턴 카버George Washington Carver

는 사회적 지위를 회복할 뿐 아니라 경우에 따라서는 지위를 높일 수도 있다. 그래서 우리는 스스로를 실패한 사람이 아니라 통제할 수 없는 무언가의 피해자로 묘사한다.

부진한 성과를 변명하기 위해 불평하는 사례는 많다.

2003년 시카고컵스에서 뛰던 야구계의 전설 새미 소사Sammy Sosa는 탬파베이 레이스와의 경기에서 코르크 배트를 사용하다가 적발되었다. 코르크 배트는 나무나 알루미늄으로 만든 배트보다 가볍기 때문에 타자의 스윙 속도를 높이고 타격 타이밍을 개선할 수 있다. 소사는 불법 배트를 사용하다 적발되자 누군가 경기용 배트가 아닌 연습용 배트를 건네주었기 때문이라며, 자신의 잘못이 아니라고 항의했다.

보리스 존슨 전 영국 총리는 불법 약물 사용 혐의로 기소되었는데, 이때 그의 핑계는 가히 전설적이었다. 그는 이튼 칼리지 재학 시절 딱 한 번 코카인을 시도했다고 인정했다. 그러나 마약을 흡입하려다 실수로 재채기를 해서 코카인이 전부 날아갔다는 핑계로 책임을 무마하려 했다.

내가 지금까지 들어본 핑계 중에 가장 황당했던 건 스코틀랜드 음악 교사인 데릭 맥글론Derek McGlone의 핑계다. 그는 일하기를 너무 싫어한 나머지 출근할 수 없었던 핑계를 거듭 늘어놓았다. 한번은 아이슬란드에서 1킬로미터 넘게 떨어진 곳의 화산재 때문에 병에 걸렸다고 주장한 적도 있다. 가장 끔찍한 핑계는 교통사고로 인한 사망 사건을 들먹인 것이다. 그는 운전 중 실수로 어린 소녀를 치어 숨지게 했으니 당분간 교직에서 물러나야 한다고 말했다. 다행히 사고도 없었고, 차에 치여 죽은 어린 소녀도 없었으며, 아무도 다치지 않았다. 그저 학교에 출근하지 않기 위한 변명일 뿐이었다! 이 사건은 너무나 황당한 나머지 한동안 영국 전역을 떠들썩하게 했다.

하지만 변명 부문에서 명예의 전당을 차지할 사람은 단연 거물급 영화배우 우디 해럴슨Woody Harrelson이다. 2009년 4월 8일, 한 사진기자가 탬파 공항에서 허락 없이 해럴슨에게 접근해 사진을 찍었다. 그가 영화 〈좀비랜드Zombieland〉 촬영을 막 마친 시기였다. 해럴슨은 사진 촬영을 막기 위해 기자를 끌어내 주먹을 휘둘렀다.

해럴슨은 당시 상황에 대한 진술에서 "그가 좀비인 줄 알았습니다"라고 설명했다. 영화에서 좀비를 죽이는 배역을 맡았는데, 이에 너무 몰입한 나머지 사진기자가 좀비인 줄 알고 때렸다는 것이다.

"내 잘못이 아니야"는 자신의 부진한 실적에 핑계를 대기 위해 불평하는 사람의 근본적인 메시지다. 사회적 지위를 유지하고 창피를 당하지 않으려는, 필사적이고 우스꽝스러운 시도다.

물론 일상에서는 이런 황당한 핑계를 들을 일이 거의 없다. 가장 흔하게 듣는 핑계는 "개가 숙제를 찢어버렸어요"다. 하지만 이러한 핑계는 하나같이 자신의 게으름과 성과 부진에 대해 면죄부를 받으려는 시도라는 점을 기억하라.

상대방의 핑계에 휘둘리지 않고 그 사람이 앞으로 더 잘 해나갈 수 있게 도와주자. 불평하는 사람은 이미 실패한 사람이기 때문에 핑계를 들어주려 할수록 점점 더 방어적으로 행동할 것이고, 어떤 말을 해도 더 많은 변명만 늘어놓을 뿐이다.

이럴 때는 그저 "다음번에는 어떻게 개선할 계획입니까?"라고 질문하자. 이렇게 하면 불평하는 사람에게 책임을 돌려주고 향후 발생하는 사건에 대해 스스로 문제를 해결하도록 유도할 수 있다.

사람들이 불평을 제기하는 다섯 가지 이유와 이러한 불평에 대응하는 방법을 다시 한번 요약해보겠다.

불평 유형	대응 방법
관심 끌기	"잘 되고 있는데……."
책임 회피	"가능하다면 어떻게 하셨을까요?"
질투 유발	상대방의 불평 대상과 반대되는 요소를 칭찬
권력 추구	"두 분이 서로 할 얘기가 많을 것 같네요."
실적 부진 핑계	"다음에는 어떻게 개선할 계획이세요?"

05

깨어나라

✳ ✳ ✳

"불평하지 않는 사람은 행복을 부른다."
아부 바크르Abu Bakr

최근 여행을 했는데, 몇몇 도착지의 기상이 악화되는 바람에 항공편이 취소되거나 연기된 일이 있었습니다. 다른 항공편을 알아보고 이미 변경을 완료한 저는 비행기 탑승구 근처에 앉아 있었습니다. 카운터에는 불쌍한 항공사 직원이 있었지요. 수많은 승객이 좋지 못한 날씨와 비행편 취소 등 자신들을 불편하게 만든 모든 것이 마치 그 사람의 잘못인 양 차례로 폭격하듯 불평을 쏟아내더군요. 그냥 보기에도 그 직원은 벼랑 끝에 몰린 것 같았습니다.

머릿속에 '아하' 하는 생각이 들며 작은 전구가 탁하고 켜졌습니다. 저는 제 본능을 따르는 경향이 있어서, 자리에서 벌떡 일어나 자신의 재수 없음을 열심히 털어놓는 사람들 뒤로 줄에 섰습니다. 저는 인내심을 가지고 제 차례를 기다렸고, 마침내 제가 직원 앞에 서자 지친 기색이 역력한 그 사람이 저를 쳐다보더군요. 스트레스를 받아 이마에는 주름이 잔뜩 잡혀 있었습니다. 그 사람이 물었습니다. "무엇을 도와드릴까요?"

"네, 도와주실 게 있어요." 저는 이렇게 말하고 그 직원에게 제가 말을 건네는 동안 바쁜 척하라고 했습니다. 그러고는 5분 정도 휴식을 주려고 일부러 줄을 섰다는 말도 건넸죠. 직원이 자판을 두드리는 동안(무엇을 쳤는지는 모르겠지만) 저는 여기 있는 모든 사람들이 당신의 하루를 망치려고 여념이 없지만, 진정으로 당신을 염려하는 사람들도 당신 주변에 있으며, 당신 인생의 소중한 열정이 오늘 여기서 일어나는 일보다 훨씬 더 중요하다고 말했습니다. 따라서 오늘 일은 그리 중요하지 않고, 이로 인해 스트레스를 받지 말라고 했습니다. 우리는 몇 분간 주거니 받거니 대화를 나눴고 그동안 그 직원은 계속 바쁜 척했습니다.

직원은 마음의 평정을 찾은 듯했고, 저는 그녀가 일을 다시 해야 할 때가 되었다는 것을 알았습니다. 저는 그녀에게 좋은 하루 보내길 바란다고 인사를 전하며 다음 손님 차례가 되었다고 말했습니다. 나를 쳐다보는 그 직원의 눈에 약간 눈물이 맺혔습니다. "정말 고마워요. 어떻게 감사드려야 할지 모르겠네요." 직원이 말했습니다.

저는 미소를 지으며 제게 감사를 표하고 싶다면 기회가 있을 때마다 다른 누군가에게 친절을 베풀어 달라고 말했답니다.

뉴욕주 뉴욕에서

해리 터커

한 젊은 수도사가 완전한 침묵을 요구하는 수도회에 들어갔다. 그렇더라도 수도원장의 재량으로 수도사에게 말할 기회를 줄 수 있었다. 5년이 흐르자 수도원장이 그 초보 수도사에게로 다가가 물었다. "지금 두 마디는 말해도 됩니다."

그 수도사는 어떤 말을 할지 조심스레 생각했고, 마침내 말문을 열었다. "침대가 딱딱합니다." 진정으로 염려되는 표정으로 수도원장이 말했다. "침대가 편안치 못하다니 미안하군요. 다른 침대를 쓸 수 있는지 알아보도록 하죠."

또다시 5년이 지나 수도원장이 그 수도사에게 가서 말했다. "두 마디는 말해도 됩니다."

잠시 심사숙고하던 수도사는 살며시 말했다. "음식이 찹니다."

"할 수 있는 조치를 취하도록 하죠." 수도원장이 답했다.

이 수도사가 수도원에 온 지 15년이 되는 해에 수도원장은 또다시 두 마디를 말하도록 허용했다.

"수도 생활을 그만두겠습니다." 수도사가 말했다.

"그게 아마 최선이겠지요." 수도원장이 어깨를 으쓱이며 대답했다. "여기 온 이래 당신은 불평만 했으니까요."

젊은 수도사처럼 우리도 얼마나 자주 불평하는지 깨닫지 못했을 수 있다. 하지만 이제 우리는 자신의 진실에 눈을 떴다.

누구나 한번쯤 기대거나 누워서 얼마간 잠이 들었을 때 팔이나 다리가 눌려 쥐가 난 경험이 있다. 몸을 일으키면 팔과 다리로 피가 다시 통하고 얼얼한 느낌이 든다. 때로는 이 얼얼한 느낌이 불편하고, 심지어 고통스럽기까지 하다. 스스로가 자주 불평한다는 사실을 깨달을 때도 역시 이런 통증이 일어난다. 어쩌면 충격을 받을 수도 있다. 그렇지만 괜찮다. 밴드를 바꿔 차며 계속해나가자. 포기하면 안 된다.

불평하면 합리화하고 싶다는 기분이 들더라도 불평 없이 살아보기를 고수하라. 당신 스스로를 피해자로 묘사해 다른 이들로

> 당신이 보는 것이 곧 당신이 찾는 것이다.
> 아시시의 성 프란체스코

부터 동정을 살 수 있더라도 그렇다. 더욱 중요하게는, 며칠 연속으로 불평 없이 보낸 후 실수로 불평을 하더라도, 이 원칙을 고수하라. 불평 없이 연속으로 20일을 보냈더라도, 무심코 불평하게 되면 밴드를 바꿔 차고 1일 차로 돌아가 새로 시작하라. 불평할 때마다 밴드를 바꿔 차고 또 시작하고 또 시작하는 것, 이게 해야 할 일의 전부다. 윈스턴 처칠Winston Churchill은 말했다. "성공은 열정을 잃지 않고 실패를 거듭하는 것이다."

내 취미는 저글링이다. 나는 부서진 피칸 껍데기가 가득 담긴 사각형 가방 세 개를 치우다가 발견한 책에서 저글링을 배웠다. 그 가방은 땅에 떨어졌을 때 굴러가지 않게 고안된 것이었다. 이 가방의 디자인이 내포하는 메시지는 이런 것이다. '사람이라면 누구나 가방을 떨어뜨릴 수 있다.'

내가 저글링을 선보일 때 사람들은 종종 말한다. "나도 저렇게 할 수 있었으면."

"할 수 있지요, 시간만 들인다면." 내가 대답한다.

그러면 사람들은 이렇게 말한다. "그렇지 않아요. 난 당신처럼 잘 조절할 수가 없거든요." 이 말은 간단한 기술을 익히려는 노력조차 기울이지 않겠다는 의도, 즉 책임 회피다. 나는 저글링을 누구나 배울 수 있는 기술이라고 확신한다.

나는 여러 사람에게 저글링을 가르친 적이 있다. 가르칠 때 나는 굴러가지 않는 가방을 하나 주고는 바닥에 떨어뜨리라고 지시하면서 시작한다.

"이제 집어보세요." 배우는 사람들은 그대로 한다.

"다시 떨어뜨리세요." 그들이 다시 지시에 따른다.

"훌륭해요! 집어보세요."

"떨어뜨리세요."

"집어보세요."

"떨어뜨리세요."

"집어보세요."

이 동작은 학습자가 지쳐서 이런 질문을 할 때까지 수도 없이 반복된다. "저글링을 배우는 데 이게 대체 무슨 소용이 있나요?"

"이게 저글링을 배우는 데 필요한 전부입니다. 저글링을 배우려면 공을 수천 번은 떨어뜨리고 주울 준비를 해야 합니다. 이렇게 계속하면, 결국에는 저글링을 잘하게 되지요." 나는 그들에게 장담한다.

그저 공을 계속 집으면 된다. 심지어 당신이 지치고 불만스럽더라도 공을 다시, 또다시 집어 들면 된다. 사람들이 당신을 보고

무엇이든 가치 있는 일을 성취하기 위한 세 가지 필수 요소는
첫째 노력, 둘째 끈기, 셋째 상식이다.

토머스 에디슨Thomas Edison

웃어도 공을 집어라. 공을 떨어뜨린 시간이 저글링을 한 시간보다 훨씬 길다고 느껴져도 공을 집어라.

다른 저글링 방식을 익힐 때도 내가 한 일이라고는 공을 떨어뜨리고 줍기를 반복한 것뿐이다. 처음에 곤봉으로 저글링을 했을 때, 공중으로 곤봉 하나를 던졌다가 나무로 된 손잡이가 쇄골 위로 떨어져 살갗이 부풀어 오르고 너무나 고통스러웠다. 곤봉을 전부 옷장 안에 내던진 뒤, 다시는 저글링을 배우지 않겠다고 결심했다.

보라색 불평 제로 밴드를 서랍에 넣어둔 사람은 언제까지고 불평하지 않는 사람이 될 수 없다. 나만 하더라도 곤봉이 옷장에서 먼지를 뒤집어쓰고 있는 동안 저글링에 도전하지 못했다. 1년 뒤 나는 곤봉을 다시 꺼내 저글링을 시도했다.

딱딱한 손잡이가 내 위로 떨어지는 것을 조심스럽게 피하면서 나는 세 개의 곤봉을 공중으로 던졌다가 떨어뜨리기를 계속했다. 포기하지 않고 계속했기에 이제 곤봉뿐만 아니라 칼, 심지어 타오르는 횃불로도 저글링을 할 수 있게 되었다.

누구든 공, 곤봉, 칼, 횃불을 끊임없이 떨어뜨렸다가 다시 집어 들 생각이 있다면 얼마든지 저글링을 배울 수 있다. 마찬가지로 누구든 보라색 밴드를 다시, 또다시 바꿔 찰 의향이 있다면 불평하지 않는 사람이 될 수 있다.

때로는 자신이 하는 말이 불평인지 사실의 진술인지 의문이들 수도 있다. 그 둘의 차이점은 우리가 말 자체에 불어넣는 에너지에서 드러난다. 로빈 코왈스키 박사에 따르면, 특정한 발언이 불평이냐 아니냐를 판별하는 기준은 말한 사람이 내적 불만을 겪고 있느냐 그렇지 않느냐의 여부다. 불평이든 불평이 아니든 사용하는 단어는 동일하다. 둘을 구분하는 요인은 우리가 전달하려는 의미와 말의 이면에 있는 에너지다. 의식하며 불평하는 단계에서는 우리가 어떤 말을 하는지 또 그 말의 이면에 어떤 에너지가 있는지(이것이 더 중요하다) 인식해야 한다.

21일간의 도전을 가장 빨리 완수하는 사람이 된다고 해서 상을 받는 것도 아니다. 나는 한 주가 지나갔는데 이미 불평 없이 살아보기 7일 차라고 말하는 사람들을 회의적으로 본다. 내 경험상, 이들은 스스로 불평하고 있다는 것을 인식하지 못한다. 이들은 밴드를 차고 있지만 여전히 무의식적으로 불평하는 단계에 머물러 있다.

오히려 우리 페이스북 페이지(www.Facebook.com/WillBowen)에 이런 글을 올리는 이들이 정말로 발전한다. "10분 전에 밴

해결책을 제시하지 않고 문제에 대해 불평하는 행위를
우리는 '징징거린다'라고 부른다.

시어도어 루스벨트Teddy Roosevelt

드를 바꿔 찼어요. 벌써 다섯 번째네요." 한 시간 뒤에 그녀가 다시 글을 올렸다. "이제 열 번째네요!"

나는 그 글에 댓글을 달았다. "계속하세요. 제대로 하고 계십니다."

30년 전, 나는 생명보험설계사로 짧지만 성공적인 경력을 쌓았다. 회사에서 일한 첫해에는 1,000명 가까운 동료 영업사원 중 아홉 번째로 높은 실적을 올렸다. 좋은 성과를 올린 포상으로 일주일간의 라인강 크루즈 여행권, 그리고 일주일간 취리히 관광을 할 수 있는 유럽 2인 여행권을 받았다.

첫 유럽 여행을 가게 된 아내는 무척 신이 났고 나는 모든 일이 완벽하게 진행되기를 바랐다. 하지만 옛 격언처럼 "우리가 계획을 세우면 신은 웃는다."

우리 부부는 독일행 국제선 항공편으로 갈아타기 위해 캔자스시티에서 뉴욕으로 가는 비행기를 탔다, 그런데 기장이 거대한 폭풍이 뉴욕에 접근하고 있다고 안내했다. 악천후가 지나갈 때까지 목적지인 존 F. 케네디 국제공항에서 수백 킬로미터 떨어진 곳에서 대기해야 한다고 말이다. 독일행 비행기로 갈아타는 시간이 촉박했기 때문에 아내와 나는 가슴이 철렁 내려앉았다.

폭풍우가 지나가기를 기다리며 비행기가 크고 느리게 원을 그리며 비행하는 동안 우리는 독일행 비행기에 시간을 맞출 수 있을지 확인하며 시간을 계속 확인했다. 그렇게 한 시간이 지나자 제시간에 맞출 수 없다는 사실이 명확해졌다.

"폭풍우 때문에 국제선 비행기도 연착될지 몰라." 아내가 희망을 품고 말했다.

"그럴지도 몰라. 기다려보면 알겠지." 내가 대꾸했다.

마침내 JFK 공항에 도착했을 때 독일행 비행기가 폭풍우를 피해 일찍 출발했다는 소식을 들었다. 이제 우리는 오도가도 못하게 된 셈이었다. 항공사 고객지원센터에 전화했지만 오전 5시까지는 아무것도 도와줄 수 없다는 답변을 들었다. 그때가 오전 12시 15분이었다.

공항에는 우리와 비슷한 처지의 여행객들이 가득했고, 모두 지치고 불안해 보였다. 잠시 눈을 붙일 만한 의자를 찾아 터미널을 돌아다녔지만 찾을 수가 없었고, 결국은 외투를 벗어 바닥에 깔고 몇 시간 동안 불편한 자세로 잠을 청했다.

새벽 4시 30분에 여행사에 전화를 했더니 크루즈 역시 이미 출발했기 때문에 우리가 계획했던 도시로 갈 수 없다는 답변이 돌아왔다. 여행사 직원은 크루즈의 경로를 따라가야 크루즈를 탈

결국 비가 올 때 할 수 있는 최선의 방법은
그냥 비가 오도록 내버려 두는 것이다.

헨리 워즈워스 롱펠로우Henry Wadsworth Longfellow

수 있다며, 라인강을 항해 중인 다른 그룹에 합류하려면 어디로 가야 하는지 말해주었다.

목적지 변경을 위해 항공사에 전화한 결과, 해당 지역으로 가는 다음 항공편이 17시간 후에 JFK 공항에서 출발한다는 답변을 들었다. 역경 속에서도 우리는 최선을 다해 잠을 청했고 기다릴 수 있는 의자도 찾아냈다.

여행사에서 추천한 도시로 날아간 후에 크루즈가 정박해 있는 항구로 가는 기차를 타기 위해 3시간을 더 기다렸다. 극심한 피로에 눈이 퀭해진 채로 몇 시간 동안 기차를 타고 달렸다. 그리고 환승역에서 크루즈가 정박해 있는 항구로 가는 다음 기차를 몇 시간이나 기다렸다.

다행히 두 번째 기차 여행은 한 시간밖에 걸리지 않았고, 마침내 크루즈 앞에 도착했다. 우리 회사에서 여행용으로 제공한 운동복을 입은 사람들 수십 명이 보였기 때문에 우리가 탈 배라는 것을 알았다. 일행 중 몇 명이 우리를 알아보고 기차 쪽으로 달려와 반갑게 손을 흔들며 인사했다.

아내와 나는 가방을 챙겨서 열차에서 내리려고 문 앞으로 향했다. 하지만 문은 열리지 않았다. 손잡이를 밀었지만 꿈쩍도 안했다. 더 세게 밀어보아도 여전히 미동도 없었다. 우리가 어쩔 줄 몰라 하자 몇몇 사람이 우리에게 이런저런 말을 외쳤다. 하지만 안타깝게도 우리 둘 다 알아들을 수 없는 독일어였다.

밖에서 들려오던 친구들의 고함이 멈췄다. 기차가 칙칙 소리를 냈고 우리는 출발지에서 멀어졌다. '반가워'라는 친구들의 외침은 서서히 '잘 가'라는 느린 외침으로 바뀌었다. 알고 보니 그 기차는 페달을 밟아야만 문이 열렸고, 친절한 독일인들은 우리에게 이 사실을 말해주려 했다.

크루즈가 저 멀리 사라지자 아내와 나는 지친 표정으로 서로를 바라보았다. 다음 역에 도착하자 겨우 문을 열고 짐을 끌면서 기차에서 비틀거리며 내렸다. 거기서 간신히 영어를 할 줄 아는 택시기사를 만날 수 있었다.

한 시간 가까이 낡고 덜컹거리는 택시를 타고 자갈길을 달렸고, 결국 사흘 반 동안의 여정 끝에 나머지 여행 일정에 합류할 수 있었다.

우리가 불평했을까? 그렇지 않았다. 마침내 도착했다는 사실이 너무 감사하고 벅찰 뿐이었다.

만약 우리가 불평했다면 어땠을까? 그러면 날씨가 좋아지거나 국제선 항공편이 우리를 태우고 출발하거나 기차와 택시를

인생은 자연스럽고 자발적인 변화의 연속이다.
변화에 저항하면 인생이 고달프다. 어떤 현실이든 기꺼이 받아들여라.

노자

타고 여행하는 길이 더 편해졌을까? 그렇지 않다. 아무리 불평해도 상황은 조금도 개선되지 않았을 것이다. 오히려 불평하면 더 비참해지고 화만 났을 것이다.

나는 바쁜 강연 일정 때문에 매년 수십 차례 비행기를 탄다. 통계적으로 미국 내 모든 항공편의 약 3분의 1이 지연되거나 결항되는데, 아무리 불평해도 이런 상황은 바뀌지 않는다.

7년 전, 매일 두 번씩 오리 퍼레이드가 열리는 테네시주 멤피스의 한 호텔에서 연설하기 위해 비행기를 탄 적이 있다. 아침이 되면 직원이 호텔 옥상에 있는 청둥오리를 데리고 로비로 내려온다. 로비에서 청둥오리들은 레드 카펫을 따라 뒤뚱거리며 걷다가 호텔 분수대로 뛰어든다. 오리는 하루 종일 투숙객들을 즐겁게 하기 위해 물놀이를 하다가 그날 저녁 다시 같은 레드 카펫으로 돌아와 엘리베이터를 타고 옥상으로 올라간다.

나는 주위를 둘러보다가 전날 캔자스시티에서 멤피스로 가는 비행기를 탔던 한 남자를 발견하고 다가가서 대화를 나누었다. 우리가 타고 온 비행기는 몇 시간 지연되었고, 우리는 다른 승객들이 발이 묶였다는 사실에 얼마나 불평했는지 언급했다. 알고 보니 그와 나는 모두 업무상 출장이 잦은 편이었다. 같은 비행기를 탔던 몇몇 승객들은 크게 분노한 반면, 그와 나는 비행 지연에 별다른 영향을 받지 않았다.

그는 현명한 지적을 했다. "당신과 나는 여행을 자주 다니기 때문에 비행기가 그렇게 오래 지연되는 일이 얼마나 드문 일인지 알고 있지만, 다른 여행객은 비행기를 거의 타지 않기 때문에 이런 일이 항상 일어난다고 생각하죠. 그래서 비행기가 지연되면 화를 내고 불평하는 게 정당하다고 느낀 거예요."

우리가 처한 상황에 대해 불평한다고 상황이 개선되지는 않는다. 하지만 불평하면 감사하는 마음과 행복감이 줄어든다. 즉, 불평하는 행위는 명백히 우리에게 영향을 미친다.

최근 어느 모닝 라디오 프로그램에서 인터뷰를 했다. 진행자가 말했다. "하지만 저는 불평하는 게 직업이고, 불평하는 대가로 돈을 버는 걸요"라고 말했다.

나는 물었다. "그럼 1부터 10까지 점수를 매긴다고 할 때 지금 얼마나 행복하시죠?"

잠시 후 그가 대꾸했다. "마이너스도 있나요?"

불평하면 동정심과 관심을 얻고 라디오 청취자를 확보하는 등 여러 가지 이익을 얻을 수 있다. 하지만 행복은 불평해서 얻을 수 있는 혜택이 아니다.

그는 재킷의 무게에 대해 불평하려고 생각하다가
재킷이 있었기 때문에 새벽의 추위를 견뎌냈다는 사실을 기억해냈다.

파울로 코엘료Paulo Coelho

우리는 마땅히 행복할 권리가 있고, 원하는 만큼 물질을 소유할 권리도 있다. 마음을 채우고 욕구를 충족시켜주는 우정과 같은 관계를 누릴 권리도 있다. 건강할 권리, 좋아하는 직업에 종사할 권리도 있다.

우리는 원하는 것이 무엇이든 충분히 얻을 권리가 있다. 이 사실을 기억하자.

변명을 그만두고 꿈을 향해 나아가자. "남자는 책임지기를 싫어해", "우리 가족은 다 뚱뚱해", "나는 남들과 잘 어울리지 못해", "고등학교 선생님 말로는 나는 결국 아무것도 할 수 없을 거래." 같은 말을 하고 있다면 스스로를 피해자로 만드는 것이며, 피해자는 결코 승자가 될 수 없다. 어떤 사람이 될지는 스스로 선택해야 한다.

물론 당신이 정말로 불행하고 고통스러운 일을 겪었을 수도 있다. 하지만 안 좋은 일에 대해 하염없이 이야기하고, 이미 일어난 일을 두고 "끔찍하다"고 말하며, 남은 생의 가능성을 제한하는 핑계로 삼을 것인가? 아니면 새총처럼 살아갈 것인가?

새총에서 돌이 얼마나 멀리 날아갈지 결정하는 요인은 고무줄을 얼마나 뒤로 당겼는가다. 성공한 사람들의 삶을 연구해 보면, 그들은 인생의 어려움에도 불구하고 성공한 것이 아니라 그 어려움 덕분에 성공한 경우가 많다는 사실을 알 수 있다. 성공한 사람들은 잘못된 문제들을 떠벌리지 않고 이를 오히려 성장과 성공을 위한 자양분으로 바꾸는 방법을 모색한다. 그들은 새총을 멀리 당겼고 그 결과 더 멀리 돌을 던졌다.

인생의 경험에 발목 잡히지 말고, 그 경험을 앞으로 나아가는 원동력으로 삼자. 나의 내면과 주변에 있는 아름다움에 눈을 뜨자. 아름다움에 집중하고, 다른 사람을 용서하고, 집착을 내려놓자. 우리는 얼마든지 더 행복하고 건강하며 불평 없는 삶을 살 수 있다.

PART 3

의식하면서
불평하지 않는 단계

06

침묵 그리고 불평의 언어

* * *

말하기 전에 그 말이 침묵보다 나은지 생각해 보라.
스와미 크리팔바난드지Swami Kripalvanandji

보라색 밴드를 받아 든 저는 이제부터 불평하거나 비판하거나

험담을 하지 않기로 결심했습니다.

하루는 여자 친구와 함께 점심을 먹으러 나갔습니다. 그녀가

무언가 잘못된 점에 대해 말하면서 제가 동의하기를 바라기에

제 보라색 밴드를 보여줬습니다. 그러고는 제가 하려는 일에

대해서 말해줬죠.

그러자 여자 친구가 이렇게 말했습니다. "좋아, 그럼 이제 무슨

이야기를 하지?"

어색한 순간이었습니다. 저는 잘 모르겠다고 대답했습니다. 잠시 뒤 저는 먹고 있는 음식이 얼마나 맛있는지, 또 거리의 꽃들이 얼마나 아름다운지 등의 이야기를 시작했습니다.

입장을 바꾸어 누군가 대화 중간에 그런 식으로 말을 한다면 저 역시 기분이 상했을 겁니다. 하지만 이제는 친구나 친척, 혹은 그 외 다른 사람들에게 그런 식으로 말하기가 점점 쉬워지고 있습니다. 불평을 듣는 경우, 저는 대화 주제를 바꾸거나 대화를 밝은 쪽으로 이끌려고 합니다(혹은 "잠시 화장실 좀 다녀올게요"라고 말하기도 하고요).

캘리포니아주 포트 브래그에서

조앤 매클루어

의식하며 불평하지 않는 단계는 예민하게 반응하는 단계다. 이 단계에 들어서면 말하는 모든 것을 의식하기 시작한다. 이때는 밴드를 훨씬 덜 바꿔 차게 된다. 말할 때 굉장히 주의하기 때문이다. 이 단계에서는 대화에서 훨씬 더 긍정적인 용어를 사용하며, 말을 하기도 전에 사용하려는 단어를 알아채기 시작한다. 보라색 밴드는 불평을 인식하는 도구에서 불평을 입 밖에 내뱉으려는 순간 이를 걸러내는 여과장치로 바뀐다.

불평 없이 살아보기에 도전 중인 어떤 가족이, '의식하며 불평하지 않는 단계에 들어선 것 같다'고 이메일을 보내왔다. "일주일간 우리 가족은 저녁 식사를 하려고 둘러앉았을 때 서로 바라보기만 했습니다. 말하는 게 두려웠던 거죠."

침묵이 길어지는 현상은 이 단계에 들어선 사람들에게서 전형적으로 나타나는 모습이다.

'불평 없는 세상 만들기'라는 로고가 새겨진 밴드를 별도로 제작하기 전에, 우리는 '스피릿Spirit'이라는 이름의 밴드를 구입해 나눠준 적이 있다. 그 밴드는 단체 주문이 가능해서, 초록색 또는 붉은색 등을 선택해 제작할 수 있었다.

별도로 밴드를 제작하기 시작한 이후에도 우리는 한동안 이 스피릿이라는 단어를 그대로 두었다. '스피릿'이 '숨을 쉬다'를 의미하는 라틴어 '스피리투스spiritus'에서 나왔기 때문이다. 의식하며 불평하지 않는 단계에서 취할 수 있는 가장 좋은 방법은 즉시 말을 내뱉는 대신 심호흡하는 것이다. 불평은 습관이다. 시간을 내서 잠시 숨을 고르면 말을 더 신중하게 선택할 수 있다. '스피릿'이라는 단어를 나중에 삭제한 이유는 사람들이 이 단어를 보고 종교를 전도하는 행위라고 오해했기 때문이다. 불평 없이 살아보기 운동은 비종교적인 인간 변화 운동이니까.

스피리투스—숨을 쉬다. 불평꾼에게 둘러싸여 있다면, 잠시 뜸을 들이며 숨을 쉬어보라. 불미스러운 일이 생겨 누군가에게 불만을 털어놓을 기회가 생긴다면 그때도 먼저 심호흡을 해보라.

숨을 쉬어라. 그리고 침묵하라.

최근 연구에 따르면 우리 인간의 몸에는 맥박 조절기가 두 군데 있다고 한다. 하나는 가슴에서 심장 박동을 조절한다. 다른 하나는 호흡의 속도를 조절하며, 실제로 우리 머리에 있다. 우리의 정신 상태와 호흡은 매우 밀접하게 연관되어 있기 때문에, 호흡을 조절하는 맥박 조절기는 폐 근처가 아니라 뇌에 있다.

마음이 평온하면 호흡이 깊고 느리다. 흥분하면 호흡이 얕고 빨라진다.

마음을 진정시킴으로써 호흡을 늦출 수 있고 호흡을 늦춤으로써 마음을 진정시킬 수 있다. 요가 수행자들은 수천 년 동안 우리에게 이 사실을 가르치려고 노력해 왔다.

『호흡의 새로운 과학The New Science of Breath』의 저자 스티븐 엘리엇Stephen Elliott은 5.8초 동안 숨을 들이마시고 다시 5.8초 동안 내쉬면, 호흡을 조절하는 맥박 조절기를 이상적인 속도로 재설정할 수 있으며 결과적으로 마음을 진정시킬 수 있다고 설명했다. 그는 이를 위해 일관된 호흡을 할 수 있게 돕는 「두 개의 종Two

미소를 짓고 숨을 쉬어라. 그리고 천천히 행동하라.

틱낫한

Bells」이라는 곡을 만들었다. 아마존 뮤직과 애플 뮤직, 스포티파이 등 대부분의 음악 플랫폼에서 찾을 수 있으며, 나는 이 음악을 틀고 매일 명상을 한다. 높은 종소리가 나올 때 숨을 들이마시고 낮은 종소리와 함께 숨을 내쉬면 된다. 침대에서 일어나기 전에 이 연습을 하면 호흡이 느리고 깊고 경쾌해지면서 몇 시간 동안 마음이 평온해져 스트레스에서 벗어날 수 있다.

기도하기를 좋아한다면 이 시간은 기도 생활을 좀 더 심오하게 만들어주는 좋은 기회이다. 이제는 정말로 밴드를 옮기고 싶지 않은 경지에 도달했다. 그러니 숨을 깊이 들이쉬어라. 그리고 말하기 전 침묵의 순간에 짧게 기도하라. 입에서 나오는 말이 파괴적이기보다는 건설적인 것이 되게 해달라고 청하라. 만약 아무 말도 나오지 않으면 그대로 침묵을 유지하라. 침묵하는 것이 1일 차로 돌아가 다시 시작하는 것보다 낫다.

청년 시절에 나는 라디오 광고 판매 일을 했는데, 직장 동료는 어쩌다 몇 마디 하거나 아니면 아예 입을 다물고 있는 사람이었다. 어느 정도 친해진 다음, 나는 다른 사람들이 끊임없이 말하

> 미련한 자라도 잠잠하면 지혜로운 자로 여겨지고,
> 그의 입술을 닫으면 슬기로운 자로 여겨지느니라.
>
> 잠언 17장 28절

는 동안 왜 한마디도 하지 않느냐고 동료에게 물어보았다. 그러자 이런 대답이 돌아왔다. "내가 조용히 있으면 사람들은 나를 실제보다 더 영리한 사람으로 생각해." 아무 말도 하지 않으면, 사람들은 최소한 당신이 영리하다고 생각할지도 모른다. 쉴 새 없이 마구 지껄이면 그리 똑똑한 사람으로 보이지 않는다. 자신에게 편안함을 느끼지 못해 잠시도 침묵을 견디지 못하는 사람으로 보이는 것이다.

어떤 사람이 우리에게 특별한 존재인지 알아보는 방법 중 하나는 상대와 아무 말 없이 얼마나 오래 있을 수 있는지 확인하는 것이다. 그런 사람들과 함께 있으면 그저 편안하고 즐겁다. 무의미한 수다는 그들과 보내는 시간을 더 좋게 만들어주지 않는다. 오히려 그 반대다.

침묵은 말을 숙고하여 신중하게 선택하도록 한다. 그리하여 우리는 불평을 주절대는 대신 창조적 에너지가 필요한 일에 대해 말할 수 있다.

의식하며 불평하지 않는 단계는 국방부의 한 중령에게서 받은 다음 이메일로 설명할 수 있다.

우리가 불평 없이 살아보기 운동을 어떻게 실천하고 있는지 간단히 알려드리겠습니다. 밴드 열두 개를 동료들에게 분배했는데, 그중 조용하고 절제하는 성격을 가진 직원 한 명은 여태까지 굉장한 성공을 거두고 있습니다. 그 직원은 불평 없이 보낸 날이 두 자 릿수는 되는 것 같습니다.

그렇지만 나머지 사람들은 생각보다 진도가 잘 안 나가는 상황입니다. 비록 이 운동이 우리에게 굉장히 중요한 일을 해주고 있긴 하지만요.

우리가 불평할 때 그 사실을 금방 깨달아 말을 멈추고는 밴드를 다시 찬 뒤 앞서 말한 내용을 좀 더 긍정적으로 다시 말하고 있습니다. 제 경우엔 심지어 하루도 채우지 못했습니다만, 이 운동이 직장 분위기에 상승작용을 일으키는 강력한 소통 도구가 되었습니다. 우리는 불평할 때 서로를 보며 웃을 수 있게 되었고, 더 나은 방법을 찾는 도전을 하고 있습니다. 누군가 21일을 채워 목표에 도달하면 다시 상황을 알려드리겠습니다. 이 운동에 참가한 동료들은 국방부의 더 많은 직원들이 동참하면 좋겠다며 들떠 있습니다. 우리 모두 앞으로 나아갈 수 있으면 좋겠습니다. 그리하여 하루하루가 멋진 공군의 날이 되었으면 합니다.

캐시 해버스토크

믿어야 한다. 그렇지 않으면 결코 이루어지지 않는다.

닐 게이먼Neil Gaiman

내가 하는 말은 나의 생각을 반영하며, 나의 생각은 나의 현실을 만든다. 이 진리를 깨닫고 말을 아주 조심해야겠다고 결심한 최초의 순간을 나는 아직도 기억한다. 당시 나는 창고에서 뭔가 가져오기 위해 21년 된 소형 트럭을 빌렸다. 이 낡은 F-150 포드 트럭은 이미 수십만 킬로미터를 주행한 뒤라, 1갤런의 기름으로 겨우 30킬로미터를 갈 수 있었다. 시시때때로 기름을 넣어주어야 했기에 1갤런짜리 기름통을 비상용으로 싣고 다녔다.

물건을 챙기려고 떠나는 길은 200킬로미터 정도 되어, 나는 기름통이 충분히 채워졌는지 확인한 다음 애완견 깁슨을 옆자리에 태웠다.

사우스캐롤라이나주의 애노어에 있는 우리 집에서 짐을 가져와야 하는 창고가 있는 매닝까지는 차로 몇 시간 걸렸다. 돌아오는 길에 나는 지름길로 가기로 결정하고 그린리빌로 향하는 2차선 국도를 탔다. 이전에 매닝에서 산 적이 있어서 그린리빌로 향하는 길은 잘 알고 있었다. 차가 거의 없는 20킬로미터의 일방통행로였다.

나는 낡은 트럭을 꼼꼼하게 점검하고 기름을 채워주었지만 해가 지자 계기판의 엔진 점검등에 불이 켜졌다. 나는 습관처럼 "아, 이런! 난처한데! 이렇게 아무것도 없는 곳에서 내려야 하다니!" 하고 생각했지만, 겨우 스스로를 다잡았다.

나는 옆 좌석에서 졸고 있는 깁슨을 바라보며 이렇게 말했다.

"괜찮아, 잘될 거야." 하지만 그 말은 깁슨에게 한 것이 아니라, 어떻게든 이 헌털뱅이 트럭을 몰고 텅 빈 국도를 달려 나가야겠다고 다짐하는 혼잣말이었다. 앞에서 말했듯이 나는 이 일방통행로를 잘 알았다. 그 20킬로미터 구간에는 열두 채 정도 되는 집이 산발적으로 흩어져 있었다. 게다가 나는 휴대전화도 가져오지 않았다.

트럭은 털털거리는 소리를 내면서 약 2킬로미터를 더 가다 갑자기 멈춰 섰다. 나는 앙다문 이빨 사이로 말했다. "잘 풀릴 거야." 나 자신에게 확신을 주기 위한 말이었다. 트럭은 점점 느려지더니, 결국 어떤 집 앞에 멈춰 섰다.

"역시 그렇지!" 나는 나 자신과 깁슨에게 말했다. 그 순간을 자축하면서 '어떻게 이리도 운이 좋지' 하고 생각했다. "저 집 사람들이 전화를 쓰게 해줄 거야." 나는 우리를 픽업해줄 사람을 부를 수 있을 것이며, 트럭은 수리할 때까지 길가에 둬야겠다고 판단했다.

그렇지만 곧 트럭 뒤 칸에 내 짐이 한가득이라는 사실을 떠올리고는 이렇게 크게 말했다. "아니, 그러면 안 돼. 오늘 이 차를 몰고 집으로 가야 해. 길가에 내 짐을 놔둘 수는 없잖아. 일이 어떻게 풀릴지는 모르겠지만 잘될 거야. 오늘 밤에 우리 집에 이 트럭을 주차시킬 거야. 내 짐도 같이."

이는 내 전형적인 사고방식과는 동떨어져 있었다. 이전이라면 트럭에서 내려 욕을 하거나 타이어를 발로 차는 등의 행동을 했을 것이다. 하지만 나는 눈을 감고 깁슨과 내가 우리 집의 차도로 들어서는 모습을 상상했다. 마음속 장면에서 시간은 트럭이 도로에서 멈춘 때와 같은 저녁이었고, 나는 지금과 같은 옷을 입고 있었다. 나는 잠시 앉아서 이 이미지를 분명하게 그려본 뒤 길가의 집으로 걸어가 초인종을 눌렀다.

집 안에서 인기척이 들렸을 때, 나는 미소를 짓고 다시 말했다. "역시 그렇지!" 트럭이 멈춰 선 순간 그 집이 바로 앞에 있었다는 것, 그리고 지난 수 킬로미터를 지나치는 동안 내가 유일하게 본 그 집에 사람이 있다는 사실에 너무도 감사했다. 한 남자가 문을 열고 나왔다. 우리는 서로 자기소개를 주고받았다. 내가 트럭이 고장났다고 설명하고 전화를 잠시 사용할 수 있겠냐고 물었을 때, 그는 나를 지나쳐 어둠 속을 유심히 들여다보고는 이렇게 물었다. "몰고 계신 트럭이 어디 거죠?"

"포드입니다." 내가 대답했다.

남자가 미소를 지었다. "제가 포드 트럭 대리점에서 서비스

어린아이처럼 믿으면 마법 같은 일이 생길 것이다.

테레사 랭던Teresa Langdon

담당으로 일하고 있습니다. 공구를 가져와서 상태를 한번 봐 드리죠."

남자가 공구를 가지러 간 사이, 나는 다시 말했다. "역시 그렇지!" 일이 잘 풀리자 흥분되어 마음이 들떴다. 적막한 일방통행로에서 트럭이 고장 나 누군가의 집 바로 앞에 멈춰 선 것도 다행인데, 그 집에 사는 사람은 150킬로미터 혹은 그 이상 차를 몰고 가야 만날 수 있는 트럭 수리 담당자였던 것이다.

세상에!

남자가 후드 밑에서 임시변통으로 수리하는 15분 동안 나는 손전등을 들고 이곳저곳 비추며 도와주었다. 마침내 그가 내 쪽을 보면서 말했다. "연료 장치에 뭔가 문제가 생겼어요. 작은 부품이 하나 필요합니다. 1~2달러 정도 하는데 지금 제 집에는 없어요." 그가 말을 이었다. "기계적인 문제라기보다는 배관의 문제입니다."

"그렇군요." 내가 어깨를 으쓱이며 말했다. "그러면 전화를 잠시 빌릴 수 있을까요?"

"가만있어, 배관이 문제지……. 실은 제 아버지가 켄터키에서 오셔서 여기 머무르고 계십니다. 아버지가 배관공이거든요. 가서 차를 좀 봐달라고 말씀드리겠습니다."

그는 아버지를 데려오기 위해 바삐 집으로 걸어갔다. 나는 깁슨의 목 주변 털을 문지르며 기쁨을 주체하지 못해 미소를 지었다. 그러고는 말했다. "역시 그렇지!"

몇 분 뒤 남자의 아버지는 트럭의 문제를 진단해냈다.

"7.5센티미터 길이에 폭은 0.5센티미터 정도 되는 관이 하나 필요하겠구나." 아버지가 말했다.

"이런 거요?" 남자가 공구함에서 아버지가 언급한 규격과 꼭 맞는 관을 꺼내며 말했다.

"맞아, 그거다. 어디서 가져온 게냐?" 아버지가 말했다.

"그건 모르겠는데, 한 달 전쯤인가 작업대에 있기에 공구함에 넣어뒀죠. 필요한 경우에 쓰려고요." 남자가 대답했다.

역시 그렇지!

5분 뒤 깁슨과 나는 다시 길 위로 나섰다. "이게 대체 무슨 횡재인지." 나는 깁슨을 바라보며 말했다. 옆 좌석에 앉은 깁슨은 신난 듯 창밖으로 머리를 내밀고 있었다.

트럭이 고장 났지만 일은 잘 풀렸다. 우리는 다시 도로에 나섰다. 나는 그날 밤 내 짐을 모두 챙겨서 우리 집에 도착할 수 있을 것 같았다.

하지만 바로 그 순간 계기판의 주유등이 깜빡거렸다. 우리가 남자의 집 앞에서 시간을 보내는 사이 고장 난 배관을 통해 트럭의 기름이 새 나갔던 것이다. 계기판을 보니 잔여량은 위험할 정도로 아슬아슬했다. 마지막 남아 있던 기름은 짐을 챙기고 창고를 떠나기 전에 이미 주유한 뒤였다.

그릴리빌로 향하는 코너를 돌자마자 나는 마을에 딱 하나 있다는 주유소에 차를 댔다. 사장은 주유소 문을 막 닫으려는 중이었다.

"무엇을 도와드릴까요?" 사장이 물었다.

"기름 좀 넣으려고 하는데요."

주유소의 불을 다시 켜며 사장이 말했다. "넣으실 만큼 넣으시죠." 쿼트 병이 진열되어 있는 선반으로 향하면서, 나는 바지 주머니에 손을 넣어 가진 돈을 모두 꺼냈다. 트럭이 기름을 먹는 거리를 생각해보면 집까지 가는 데 쿼트 병 네 개는 있어야 했다. 재빨리 가진 돈을 계산했더니 고작 4달러 56센트였다. 나는 가진 돈에 맞게 기름통 두 개를 들고 계산대에 올려놓았다.

"다른 회사 것도 보셨나요?" 사장이 물었다.

"아뇨."

사장이 주유기 쪽으로 걸어갔고, 나는 그 뒤를 따랐다.

"이겁니다. 좋은 물건이죠. 제 생각엔 손님이 쓰려는 것보다 더 나을 겁니다. 그렇지만 더는 취급하지 않으려고 해요. 그래서

날 수 있을지 의심하는 순간, 영원히 날 수 없게 된다.

J.M. 배리Barrie, 『피터팬』

지금 반값으로 할인해서 팔고 있습니다." 사장이 말했다. 거의 미쳐버릴 정도로 기뻤지만, 그렇게 보이지 않으려고 애쓰면서 나는 기름통 네 개를 안고 기분 좋게 계산대로 향했다. 그날 밤 11시 17분에 깁슨과 나는 안전하게 우리 집에 도착할 수 있었다.

어떻게 이런 일이 가능했을까? 무슨 천우신조가 있었던 것일까? 대체 어떤 가능성과 개연성이 겹쳐 이런 기적이 일어났을까? 어떻게 이런 일이?

이런 질문에 대한 대답은 "누가 알겠는가?"이다. 어쨌든 이런 일은 일어났고, 이것은 믿음의 용기만 있다면 종종 일어나는 일이다. 미래는 정해져 있지 않다. 현재 상황에 대해서 불평을 하는 것은 바람직하지 않은 상황만 불러올 뿐이다.

내가 자주 받는 질문 중 하나는 "하지만 원하는 것을 얻으려면 때로는 불평도 필요하지 않나요?"이다. 앞서 D.E.A.R.M.A.N 전략에서 설명했듯이, 가지지 못한 것에 대해 불평하기보다는 원하는 것을 표현하는 편이 더 낫다.

바라는 것을 얻는 가장 빠른 길은 문제 자체에 집중하기보다

불평하는 데 시간을 낭비하는 대신 상황을 바꿀 수 있는 기회에 집중하라.

니틴 남더Nitin Namdeo

는, 문제 너머를 보는 것이다. 당신이 바라는 것만 말하고 해결해 줄 수 있는 사람에게만 말하라. 그러면 바라는 것을 추구하면서 기다리는 시간이 줄어들고, 그 과정도 보다 행복해진다.

"하지만 이 나라에서 일어난 위대한 일은 불평에서 시작됐어요. 토머스 제퍼슨Thomas Jefferson이나 마틴 루터 킹Martin Luther King 을 생각해 보세요!" 나는 이런 이메일을 받은 적이 있다.

물론 어느 정도 동의한다. 진보의 첫걸음은 불만족이다. 하지만 우리가 불만족에만 머무른다면 결코 밝은 미래로 나아갈 수 없다. 항해를 하면서 목적지를 불평하는 사람은 자신이 출발한 항구도 만족하지 못한다. 우리는 일어나지 않았으면 하는 일보다 일어나길 바라는 일에 집중해야만 한다.

제퍼슨과 킹은 우리나라의 불만족스러운 사항들을 지적했다. 하지만 그들은 불만족에 머무르지 않았고, 어떻게 변해야 하는지 청사진을 제시했다. 그들의 불만족은 사람들로 하여금 현재의 여러 문제가 완전히 해결된 상태를 상상하게 만들었고, 이런 미래상에 대한 그들의 열정은 사람들의 귀감이 되었다. 밝은 미래를 향한 그들의 끊임없는 집중은 전 국민의 심장을 빠르게 뛰게 했다. 그들은 또 다른 위대한 미국인 로버트 케네디Robert Kennedy의 말처럼 살았다. "있는 그대로를 보고 '왜?'라고 묻는 사람들이 있다. 나는 일어나지 않았던 일을 꿈꾸며 묻는다. '왜 안 돼?'라고."

불평하는 사람들은 묻는다. "왜?"

불평에서 자유로운 사람들은 묻는다. "왜 안 돼?"

1963년 8월 28일, 20만 명 넘는 사람들이 동등한 권리를 요구하며 워싱턴으로 행진했다. 이 역사적인 사건에서 마틴 루터 킹 목사는 링컨 기념관의 연단에 섰다. 연단에서 울려 퍼진 그의 연설은 모여든 관중을 매료시켰다. 킹 목사는 이 나라의 문제를 정확하게 짚어냈다. "미국은 흑인들에게 부도 수표를 주었습니다. 그 수표는 '예금 부족'이라고 적힌 것이었습니다." 하지만 킹 목사는 청중이 불만에 취해 허우적거리도록 방치하지 않았다. 대신 아직 다가오지 않은 세계에 대한 비전을 보임으로써 사람들이 희망을 품도록 고무했다.

킹 목사는 "제게는 꿈이 있습니다!"라고 선언했다. 이어 그는 '20세기 최고의 연설'을 시작했다. 킹 목사는 인종차별 없는 세상을 청중의 마음속에 그려주었다. 그는 "저는 산상(山上, 모세가 하나님으로부터 율법의 석판을 받아온 곳으로, 여기서는 거룩한 계시, 즉 앞으로 다가올 이상세계를 보았다는 뜻_옮긴이)에 갔다 왔습니다"라고 말했고, 그의 말은 청중들을 산상으로 데려갔다. 킹 목사는 현재의 문제를 넘어서서 그에 대한 해결안에 집중했다.

「독립선언문」에서 토머스 제퍼슨은 대영제국의 지배 하에서 식민지 국가들이 괴로워하는 문제를 명확하게 짚어냈다. 그렇지만 이 선언문은 불평을 장황하게 늘어놓지 않았다. 그랬더라면 아마 독립국가라는 꿈을 불붙이지 못했을 것이고 식민지 사람들의 뜻을 통합하지도 못했을 것이다.

미국의 「독립선언문」 첫 문단은 이렇다.

인류의 역사에서 한 민족이 다른 민족과의 정치적 결합을 해체하고 세계의 강국들 사이에서 자연법과 자연의 신의 법이 부여한 독립적이고 평등한 지위를 차지하는 것이 필요하게 되었을 때…….

잠시 우리가 13개 식민지 중 한 나라에 사는 사람이며 "자연법과 자연의 신의 법이 부여한 독립적이고 평등한 지위를"이라는 문구를 읽었다고 생각해보자. 제퍼슨이 이 선언문을 썼을 때, 영국은 세계 초강대국이었다. 제퍼슨은 어떤 과장도 없이 이 신생 식민지가 정치와 군사면에서 강대국인 영국과 '동등'하다고 한 것이다.

그 열정에 고무된 식민지 사람들이 고무된 상태로 이 문구를 읽는 장면을 상상해보라. 그들의 가슴에는 자긍심과 낙관적인 생각이 부풀어 올랐을 것이다. 어떻게 그들은 영국과 동등하다는 드높은 이상을 세울 수 있었을까? 바로 "자연법과 자연의 신의 법이 부여한"이라는 문구 덕분이다.

이는 불평이 아니라 밝은 미래를 향한 강력한 비전이다. 당면한 문제를 넘어 해결책을 찾는 데 집중하는 것이다.

불평을 그만두면 밝은 미래가 펼쳐진다. 사용하는 단어를 바꾸고 인생이 바뀌는 것을 느껴보라. 예를 들면 다음과 같다.

이러한 표현 대신	이런 말을 써보자
문제	기회
차질	도전
괴롭히는 사람	스승
고통	불편
강력히 요구합니다	이랬으면 좋겠어요
해야만 해요	하려고요
불평	요청
투쟁	여정

한번 시도해보자. 처음에는 어색하게 느껴지겠지만, 말을 바꾸면 다른 사람이나 상황을 대하는 태도도 바꿀 수 있다. 말이 바뀌면 세상을 보는 관점도 바뀐다.

내가 가장 많이 받는 질문 중에는 "발에 물건을 떨어뜨려서

욕하면 그것도 불평인가요?"와 같은 내용도 있다.

내 대답은 "아니요"이다. 믿거나 말거나, 그런 말은 자연스러운 반사 작용이다.

그렇다고 쿠엔틴 타란티노Quentin Tarantino 감독의 영화 속 등장인물처럼 욕을 해도 된다는 뜻이 아니다. 욕설은 실제 일상에서 사용하는 말과는 다른 뇌 부위에 저장된다. 뇌 표면 바로 아래에 저장되어 있어 화나는 일이 발생했을 때 무슨 말을 해야 할지 생각할 필요도 없이 터져 나오는 것과 마찬가지다. 속상한 일이 발생하면 사람들이 일반적으로 사용하는 욕설(심지어 고함도)이 자신도 모르게 터져 나오는 것과 같다.

흥미로운 점은 일반적인 욕설이 아니라 자기만의 욕설을 사용해도 시간이 지나면 언제든 즉시 사용할 수 있도록 뇌의 해당 부분에 저장된다는 것이다.

어제는 한 이웃이 내 보트에 앵커 클리트(닻을 고정하는 장치)를 설치하는 것을 도와주고 있었다. 그는 뜨거운 햇볕 아래서 땀을 줄줄 흘리며 작업을 하고 있었고, 닻 보관소 안에서 불편한 자

> 저속함은 좋은 와인과 같다.
> 특별한 날에만 코르크 마개를 따고 적절한 사람들과만 나눠 마셔야 한다.
>
> 제임스 루프James Roof

세로 몸을 뒤틀고 있었다. 작업하다가 날카로운 유리 섬유 조각에 수십 차례 가느다란 상처를 입어 팔에는 피가 맺혀 있었다.

그러던 중 땀에 젖은 그의 손에서 너트와 나사받이가 미끄러지더니 두 금속이 부딪혀 쾅 소리를 내며 배의 선체 깊숙한 곳으로 굴러떨어졌다. 내 이웃은 대단히 침착한 사람이라, 매우 실망했을 텐데도 그저 한숨을 내쉬고는 떨어진 부품을 찾기 시작했다.

부품을 찾아서 제자리에 놓자마자 그는 다시 부품을 떨어뜨렸고 이번에는 이렇게 중얼거렸다. "이런, 퍼지FUDGE!" 당시 상황과 그의 좌절감을 감안한다 해도 내가 예상했던 욕설은 아니었다. 하지만 그의 반응을 보면 우리 모두 자기만의 욕설을 가지고 있으며, 일단 그 표현을 선택하면 뇌 속의 작은 욕설 상자에 저장되어 있다가 화가 났을 때 언제든 튀어나올 준비가 되어 있다는 점을 알 수 있다. 그는 어느 순간 '퍼지!'를 욕설로 선택했고, 그래서 그 말을 내뱉은 것이다.

우리가 사용하는 말과 감정의 반복적인 특성을 고려할 때, 나는 욕설을 자주 사용하는 사람이 그렇지 않은 사람보다 더 쉽게 화를 내는 경향이 있다는 점을 목격했다. 다시 말해, 변덕스러운 사람이 욕을 하는 것이 아니라 욕을 하는 행위 자체가 욕하는 사람의 마음을 화나게 하는 원인이 된다고 생각한다. 자신이 쉽게 화를 내는 사람이라면, 평소 욕설을 사용하지 않겠다고 결심하는 것만으로도 예전처럼 쉽게 화가 나지 않고 전반적으로 더 행복해졌다는 느낌이 들 것이다.

책의 서문에서 사람들은 하루 평균 15번에서 30번 불평을 한다고 언급했다. 불평 없이 살아보기 챌린지에 도전하다 보면 자신이 불평하는 빈도가 평균 이하인지, 평균 이상인지 금방 알 수 있다. 만약 챌린지를 수행하기 힘들다면 자신이 자라온 환경 때문일 수도 있다.

생활방식 지향 테스트Revised Lifestyle Orientation Test. LOT-R를 통해 자신이 타고난 낙관주의자인지 비관주의자인지 알아보는 것도 흥미롭고 유익할 것이다.

다음 각 항목에 아래의 숫자로 점수를 매기며 솔직하게 답해 보자.

0 전혀 그렇지 않다

1 그렇지 않다

2 보통이다

3 그렇다

4 매우 그렇다

솔직하게 답해야 한다는 점을 기억하라. 정답이나 오답은 없다.

	항목	점수
1	불확실한 상황에서는 보통 가장 좋은 일을 기대한다	
2	쉽게 긴장을 푼다	
3	무언가 잘못될 만한 일은 일어나게 마련이다	
4	항상 미래에 대해 낙관적이다	
5	친구들과 자주 즐거운 시간을 누린다	
6	항상 바쁘게 지내는 것이 중요하다	
7	일이 내 뜻대로 될 거라고 기대하는 경우가 거의 없다	
8	너무 쉽게 화를 내지는 않는다	
9	나에게 좋은 일이 일어나리라고 거의 믿지 않는다	
10	전반적으로 나에게 나쁜 일보다 좋은 일이 더 많이 일어날 것으로 기대한다	

점수

1. 2번과 5번, 6번과 8번 문항은 점수를 무시하라. 단지 칸을 채우기 문항일 뿐이다.
2. 3번과 7번, 9번 문항의 점수를 뒤집는다. 즉, (0 = 4), (1 = 3), (2 = 2), (3 = 1), (4 = 0)이 된다.
3. 1번과 3번, 4번과 7번, 9번과 10번 문항의 점수를 더한다.

점수 범위	해석
0~13	낮은 낙관주의(높은 비관주의)
14~18	보통 낙관주의
19~24	높은 낙관주의(낮은 비관주의)

낙관주의와 비관주의 중 어디에 속하든, 불평 없는 사람이 되면 점수를 높일 수 있다. 좋게 말할 수 없다면 차라리 침묵을 연습하고 아무 말도 하지 마라. 말을 해야 한다면 하기 전에 그 말의 내용이 불평인지 아닌지 확인하라.

07

비판과 비꼼

* * *

> 돌이켜보면 비꼬는 말은 대개 악마의 언어였다.
> 그런 이유로 나는 오래전부터 비꼬는 말을 버린 것과 다름없이 지내왔다.
>
> 토머스 칼라일Thomas Carlyle

저는 불평 없이 살아보기 운동을 굉장히 잘 해나가는 중이었습니다. 불평 없는 나날을 연속으로 보냈고, 그것이 제 인생을 변화시킨다는 것을 느낄 수 있었습니다.

그런데 남편은 제가 불평 없이 살아보기 운동을 관둬야 한답니다. 제가 너무 재미없다는 겁니다. 남편은 불평이 재미있다고 생각하는 모양입니다. 그렇지만 저는 남편이 불평하는 소리를 더 이상 들어주지 않을 겁니다.

익명

비판과 비꼼은 구체적인 불평의 형태다. 둘 중 어느 쪽이든 그런 말을 하면 밴드를 바꿔 차라.

비판은 못마땅한 태도로 다른 이들의 과오를 지적하는 것이다. 따라서 '건설적 비판'은 모순된 표현이다. '건설적'이라는 말은 무언가를 창조해낸다는 의미다. 비판은 무언가를 해체하는 것이다. 따라서 누군가를 비판한다면 당신은 결코 건설적이지 못하다.

아무도 비판을 받고 싶어 하지 않는다. 또한 비판은 싫어하는 행동을 줄이기는커녕 오히려 늘리는 경우가 많기 때문에 효과적인 전략이 아니다.

위대한 지도자들은 비판보다는 감사에 더 호의적인 반응이 돌아온다는 사실을 잘 안다. 칭찬은 사람으로 하여금 더 노력하도록 동기를 부여하고, 그리하여 더 많은 칭찬을 받게 한다. 비판은 사람을 허물어뜨린다. 비판을 받으면 사람들은 자신이 가치 없다고 생각하고 일을 잘해낼 수 있다는 생각을 하지 못한다.

그리하여 악순환이 만들어진다. 누군가 실수하면 상사는 그를 비판한다. 그러면 직원은 자신이 무능력하다고 생각하고 또

사람들은 비판을 청하지만, 실은 칭찬만을 바란다.

W. 서머싯 몸Somerset Maugham

다른 실수를 저지른다. 어김없이 상사는 다시 비판한다. 이렇게 하여 실수와 비판이 계속되는 악순환이 이어진다.

문제의 열쇠는 과거가 아니라 미래에 대해서 말하는 것이다. 어떤 사람이 과거에 하지 않은 일에 대해서 비판하지 말고, 그가 앞으로 어떻게 해주었으면 좋겠다고 희망사항을 말하자. "오후 5시에 근무시간 기록표를 반납하라고 했잖아! 뭐 하는 거야, 이 멍청아!"라고 하는 대신, "근무시간 기록표는 5시까지 내는 거야. 난 자네가 다음엔 기억할 거라고 확신하네"라고 말해보라.

비판은 공격이다. 공격을 받았을 때는 두 가지 선택지가 있다. 맞서 싸우기, 아니면 도망치기. 사람들은 아마 싸우지 않을 수도 있다. 하지만 물러난다고 해서 전쟁이 끝났다고 생각해서는 안 된다. 상대는 같은 행동을 반복하거나 또 다른 거슬리는 행동을 하면서 반격을 가해올 것이다. 모든 사람은 권력을 추구한다. 만약 그것을 성취할 수 있는 유일한 방법이 수동 공격이라면 사람들은 그렇게 할 것이다.

관심은 행동을 이끌어낸다. 우리는 그 반대로 생각하지만 이

무엇을 가르치든, 학생에게 부끄러움이 아닌
자부심을 키워주는 방식을 취해야만 비로소 가르침을 줄 수 있다.

하비 매카이Harvey Mackay

는 사실이 아니다. 우리가 누군가를 비판하면, 나중에 그 사람에게서 똑같은 비판을 다시 확인할 뿐이다. 이는 당신의 배우자, 아이들, 부하직원들, 친구들에게도 적용되는 이야기다. 조지 버나드 쇼George Bernard Shaw의 희곡 『피그말리온Pygmalion』에서 일라이자 둘리틀은 피커링 대령에게 이렇게 말한다.

"입은 옷이나 화법으로도 숙녀와 꽃 파는 여자를 구별할 수는 있겠지만, 그건 아무나 할 수 있어요. 둘의 차이는 어떤 행동을 하느냐가 아니라, 어떤 대접을 받느냐에서 드러나죠. 히긴스 교수님께 나는 항상 꽃 파는 여자였어요. 그분은 저를 그렇게 대접했으니까요. 그리고 앞으로도 항상 그러실 거예요. 하지만 대령님께는 숙녀일 수 있어요. 대령님은 언제나 저를 숙녀로 대접해주셨고 앞으로도 항상 그러실 거니까요."

우리는 자신의 인생을 만들어가는 데 있어 스스로의 생각보다 강력한 힘을 발휘한다. 사람들을 어떻게 생각하는지가 우리의 인간관계를 결정한다. 또한 우리의 말은 다른 사람들에게 어떤 기대를 품고 있는지 알려준다. 비판적인 말을 하면 그들의 행동은 그 비판적인 기대를 고스란히 드러낸다.

부모들은 아이의 좋은 점수를 보고 축하해주기보다 나쁜 점수에 더 신경 쓴다. 아이가 A 네 개와 C 한 개가 적힌 성적표를 가져오면, 부모는 "왜 C를 받았어?"라고 말한다. 이 부모는 네 개의 훌륭한 점수보다는 하나의 평범한 점수에 더 신경 쓴다.

내 딸 리아는 항상 훌륭한 점수를 받아왔지만 어느 순간 성적이 내려가기 시작했다. 리아가 성적표를 가지고 왔을 때, 나는 A나 B는 축하해 주고 이보다 낮은 점수에 대해서는 아무 말도 하지 않았다.

"점수가 나빠서 화가 나지 않으셨어요?" 리아가 물었다.

"화를 내야 할 이유가 없지 않니? 네 성적이니까, 네가 만족한다면 그걸로 된 거야."

그러나 리아는 점수에 만족하지 않았고, 떨어진 과목의 점수를 눈 깜짝할 사이에 전부 끌어올렸다. 만약 내가 낮은 점수를 받아왔다고 리아를 질책했다면 딸은 맥이 빠지고 화가 났을 것이다. 그러면 내게 앙갚음이라도 하려는 듯이 모든 과목에서 예전보다 더 점수가 떨어진 성적표를 들고 올 수도 있다. 내가 용인 가능한 점수를 스스로 결정할 권한을 주자 리아는 스스로 선택을 했다. 그리고 내가 직접 격려하고 권장할 때보다 더 나은 성적을 받아왔다.

리더십은 아주 힘든 일이다. 비판은 사람들을 이끄는 재능이 부족한 지도자에게서 나타나는 징후다.

지도자의 일은 사람들을 고양시켜 가장 우수한 성과를 거두게 하는 것이다. 누군가 최선을 다한다면, 조직은 이득을 보고 당사자는 만족스러운 성취감을 경험한다. 직원들은 전에는 있는지도 몰랐던 자신의 숨겨진 재능을 발견하고 전율한다. 사람들은 더 높은 수준에 올라 더 많은 일을 해내고 더 크게 성장하면서 흥분과 전율을 경험한다.

지도자는 동기 부여와 지시 사이에서 균형을 잡아야 한다.

얼마 전 어느 학회에서 강연할 기회가 있었다. 내 차례가 되기 전, 그 학회를 후원하는 회사의 CEO와 이야기를 나누게 되었다. 이 사람은 간단한 사업을 크게 키워 10년 사이 회사를 다국적 기업으로 성장시켰고 한 해에 수백만 달러를 벌어들였다. 이야기를 나누는 동안 그는 내게 회사의 경이로운 성장에 대해, 또 자신이 마주했던 큰 어려움에 대해 말해주었다.

"오랫동안 직원들은 저를 굉장히 싫어했습니다. 사업을 키우긴 했지만 직원들이 나를 맹렬히 비판했죠. 우리 회사의 폭발적인 성장은 고점을 찍고 쇠퇴하기 시작했습니다." 그가 말했다.

"그래서 어떻게 하셨습니까?" 내가 물었다.

"직원들의 활기를 없애기보다 고양하는 법을 배웠습니다. 잠시 머리를 식히려고 서부로 여행을 갔는데, 거기서 우연히 커다란 교훈을 얻었거든요."

"어떤 것이었습니까?" 내가 물었다.

"여행 중에 소몰이를 하게 되었습니다. 소들을 원하는 방향으로 움직이게 하는 일 말입니다. 그런데 조금 해보니 소 무리를 나아가게 하는 법과 흩어지게 하는 법을 구분하기가 쉽지 않았습니다. 어느 날은 열심히 소 무리를 다그쳤더니 소들이 놀라서 한쪽으로 우르르 몰려가더군요. 그래서 목동에게 제가 무엇을 잘못하는지 물어봤습니다. 목동이 알려주기를, 소는 움직이기 전에 그 방향으로 체중을 싣는다고 하더군요. 그래서 소가 움직이기 전까지 다그쳐서는 안 된다는 거예요. 제가 원하는 방향으로 무게를 실을 때까지 살짝 건드려주기만 하래요. 결국 소 무리가 어느 방향으로 무게를 실으려 하는지 보려면 뒤로 물러서야 한다는 거였죠."

그는 말을 계속했다. "소 무리를 원하는 방향으로 움직이게 하려면 얼마만큼 다그치고 뒤로 물러서야 하는지 알아야 했어요. 이건 정말 대단한 기술입니다. 어떤 때는 너무 지나치게 소 무리를 다그쳤고, 어떤 때는 충분히 다그치지 못했습니다. 여러 번 시도한 끝에, 저는 그 강도가 어느 정도여야 하는지 알아냈습니다. 그리고 사람들을 이끄는 것도 소 무리를 다루는 법과 비슷하다는 사실을 깨달았습니다.

직원들을 제가 원하는 방향으로 움직이려 고양시키면 직원들은 그 방향으로 움직입니다. 그때는 뒤로 물러서야 해요. 하지만 이전까지 저는 물러서기보다 직원들을 더 나아가게 하려고 들들 볶았죠. 저는 그 방향으로 계속 가야 하는 이유를 설명하고 중요성을 강조했습니다. 직원들은 제가 원하는 방향으로 나아갔지만,

그래도 저는 직원들이 멈출까 봐 두려워서 계속 다그쳤습니다. 그에 대한 반발로 직원들은 일하는 속도를 늦췄고 저는 그들을 비판했습니다.

그러자 직원들은 창의성을 잃고 무기력해졌어요. 그리고 마침내 저에게 분개하더군요. 직원들은 점점 더 움직이려고 하지 않다가 마침내 멈추어 섰습니다. 여기서 저는 큰 교훈을 얻었습니다. 이제는 직원들이 제가 바라는 방향으로 움직이면 저는 일단 뒤로 물러납니다."

최근 가혹하고 비판적인 관리자와 격려하면서 힘을 실어주는 관리자의 차이점에 대한 팟캐스트를 들었다. 아이러니하게도 두 접근 방식 모두 한 가지 눈에 띄는 예외를 제외하고는 업무를 완수하는 데 효과적이다. 그 예외란 바로 직원의 이직률이다. 비판적인 관리자는 업무 성과를 달성하지만 그 아래에서 일하는 직원의 이직률이 매우 높다. 대부분의 기업에서 이미 알고 있겠지만, 새로운 직원을 구하고 면접을 보고 채용하고 새로 교육하는 것보다 기존의 직원을 유지하는 편이 훨씬 저렴하다.

리처드 브랜슨Richard Branson은 『비즈니스 발가벗기기Business Stripped Bare』에서 경영의 핵심을 알려준다. 그의 말에 의하면 경영이란 사람들이 마음속 깊숙한 곳에서 자신과 회사를 위해 최선을 다하고 있음을 명확히 깨닫는 것이다. 또한 브랜슨은 사람들이 일반적으로 스스로에게 엄하다는 말도 했다. 이를 이해하는 지도자는 비판하지 않아도 사람들이 실수를 반복하지 않으려 애쓴다는 사실을 안다.

가정, 시민단체, 교회, 기업의 지도자는 자신이 바라는 방향으로 사람들이 움직이도록 유도한 뒤 물러서 있어야 한다. 지도자의 이런 모습은 구성원들의 자긍심을 형성해 조직의 추진력에 힘을 실어준다.

비판처럼 비꼼 또한 불평이다. 비판은 직접적으로 공격하는 불평인 반면, 비꼼은 수동적으로 공격하는 불평이다.

영화 〈슬링 블레이드Sling Blade〉에서 컨트리 가수 드와이트 요아캄Dwight Yoakam은 분노하는 젊은 남자 도일을 연기한다. 도일은 다른 인물에게 상처를 주는 말뿐만 아니라, 악랄한 말까지도 반복해서 내뱉는다. 그러고는 자신의 신랄한 말을 "이봐, 그냥 농담이야"라는 말로 취소한다.

빈정거리는 사람은 부정적인 말을 내뱉은 다음 어깨너머로 "이봐, 농담이었어!"라고 소리치고 속력을 올리며 뺑소니치는 운

비꼼은 상상력이 고갈된 사람들의 마지막 피난처다.

카산드라 클레어Cassandra Clarei

전자와 마찬가지다.

비꼼의 정의는 '상처나 고통을 주기 위해 하는 날카롭고 종종 풍자적이거나 아이러니한 말, 상처 주는 것을 목적으로 남의 심장을 찌르는 말, 종종 아이러니한 발언'이다. 어원을 조사해 보면 비꼼의 날카로운 성격을 알 수 있다. 비꼼의 라틴어 어원은 '살을 찢다'라는 뜻의 살코sarco다. 좀 더 자세히 살펴보면 비꼼은 살을 찢거나 뜯어낸다는 뜻의 사카스모스sarcasmos 또는 사르카제인sarkazein에서 유래했다. 사카스모스와 사르카제인은 모두 고대 중세 시대에 사용된 고문의 한 종류였다.

오늘날 비꼼은 살을 찢지는 않지만, 가치관을 무너뜨린다. 내가 불평 없이 살아보기 21일에 도전했을 때 단연코 가장 힘든 일은 빈정대기를 그만두는 것이었다.

사람들은 이렇게 묻는다. "조금 빈정거린다고 뭐가 문제인가요? 재미있자고 하는 거잖아요." 비꼼은 재미 요소를 가진 비판적 발언이며, 농담의 맥락을 빌려 표현하는 신랄한 말이다. 비꼼은 지적하고 싶지만 그 결과 일어날 수 있는 어떠한 악영향도 책임지지 않으려는 사람들의 마지막 도피처다.

탄자니아의 병원에 분만 센터를 짓는 사업을 도우러 간 적이 있다. 그러다 하루는 아프리카 유물을 전시한 박물관을 방문하기 위해 낡은 관광버스를 탔다. 탄자니아 므완자의 샛길은 흙투성이였다. 큰 바위(어떤 건 욕조만큼이나 컸다)들이 튀어나와 있어, 이리저리 피하며 운전하거나 반대 차선의 갓길까지 쭉 들어가야 할 때도 있었다. 우기 동안 내린 비 때문에 깊게 파인 물웅덩이도 있었는데, 웅덩이 때문에 짧은 거리를 가는데도 시간이 굉장히 오래 걸렸다.

내 옆에는 가이드의 대화를 통역해 주는 젊은 친구가 앉아 있었다. 차 안에서 우리는 좌우로 흔들렸고, 다른 차가 지나가는 동안 오래 기다려주어야 했으며, 20분 내내 몸이 좌석에서 마구 튕겨 올라갔다. 겨우 2~3킬로미터를 이동하면서 벌어진 일이었다. 나는 가이드를 향해 몸을 기울이며 빈정거렸다. "참 좋은 길이군요."

그런데 통역은 아무런 말도 하지 않았다.

"방금 내가 한 말을 왜 통역하지 않아요?" 내가 물었다.

"그럴 수 없어요."

"왜요?"

"비꼬는 말이라서요. 아프리카 사람들은 비꼬는 걸 이해하지 못해요. 제가 선생님이 말한 대로 길이 좋다고 하면 저 사람은 그대로 믿을 거예요. 제가 길이 좋지 못하다고 전달하면 비판하는 게 되고요."

"이곳 사람들은 비꼬아서 말하지 않는다고요?"

"네. 비꼬는 말 자체가 없어요. A라고 말하면서 B를 뜻하는 말을 여기 사람들은 아예 이해하지 못해요 이 사람들한테는 의

도한 바 그대로 말씀하셔야 해요." 통역이 말했다.

탄자니아 사람들의 낙관적인 태도와 그들이 비꼬는 말을 모르는 것 사이에는 아무런 관계도 없을지 모른다. 그러나 탄자니아 사람들은 말을 할 때 오로지 진심만을 말하며, 그럼으로써 마음의 평화를 얻는다.

말이 나온 김에 덧붙이자면, 나는 이런 점이 아프리카 사람들의 높은 행복도와 직접적인 관련이 있다고 생각한다. 아프리카 사람들은 다른 사람에게 불평하는 행위를 무례하다고 여긴다. 이들은 자기 짐을 다른 사람의 어깨에 올려놓아봤자 자신의 불행을 덜어주지 못한다고 여긴다. 오히려 상대방에게 불행을 더해준다고 생각한다.

비판과 비꼼은 불평의 여러 형태 중에서도 가장 음흉하다. 우리 스스로 비판이나 비꼬는 말을 얼마나 자주 내뱉는지 돌아보자. 그리고 그런 말을 하면 재빨리 밴드를 바꿔 차자.

그리고 명심하자.

다시 1일 차가 된다 해도 절대 부끄러워할 필요가 없다는 걸!

08

행복하면 경적을 울리세요

* * *

행복이란 당신의 생각과 말, 행동이 조화를 이루는 것이다.
마하트마 간디

저는 불평 없이 살아보기에 도전 중이었고, 이것은 곧 제 가족에게도 영향을 미쳤습니다. 제 딸 로즈는 드라마에 흔히 나오는 사춘기 소녀의 특성을 전부 가진 초등학교 6학년생입니다. 언젠가 한 친구가 제 딸에게 너는 형편없는 아이라고 말하며 그 이유를 잔뜩 적은 쪽지를 보냈더군요. 쪽지에는 다른 아이들 모두 그렇게 생각한다는 내용도 있었습니다. 로즈가 이 이야기를 제게 말했을 때 전 정말 신경이 쓰였습니다. 6학년 아이의 인생에서는 정말 큰일이었기 때문이죠. 그래서 딸아이에게 어떻게 대응했는지 물었습니다.

그러자 로즈는 친구들에게 가서 이렇게 말했다고 합니다. "난 그 쪽지를 받지 않았다고 생각할 거야. 이제부터는 서로 좋은 이야기만 하자. 난 네 신발이 정말 마음에 들어." 로즈가 웃으며 말하자, 다른 아이들은 굉장히 놀랐다고 하더군요.

저는 딸아이가 정말 자랑스럽습니다. 제 밴드, 그리고 제가 어떻게 불평하지 않게 되었는지 딸에게 들려준 이야기는 정말로 큰 성과가 있었어요.

뉴욕주 화이트 플레인스에서

레이철 카미너

의식하며 불평하지 않는 단계는 많은 이들이 "더 이상 밴드를 바꿔 차지 않겠어"라고 결심하는 단계다. 뭔가 말하려는 순간 자신도 모르게 불평이나 험담, 비판을 하거나 비꼬는 말을 하려고 한다는 것을 깨닫는다. 그러면 스스로에게 제동을 걸면서 "더 이상 밴드를 바꿔 차지 않겠어"라고 결론을 내린다.

많은 이들이 불평 없이 살아보기 21일 동안 진행 상황을 솔직하게 털어놓을 수 있는 '불평 없는 친구'가 도전을 지속하는 데 도움이 되었다고 말한다.

1장에서 언급했듯이, 불평을 하지 않으면 행복감이 커지는 부수적인 혜택을 얻을 수 있다. 살아가면서 닥치는 여러 문제에 불평하기를 그만두고 잘되어가는 것만 이야기하면, 우리는 새로운 곳에 초점을 맞추게 된다.

30년 전 나는 한 남자를 만났다. 그의 연인은 부정적인, 아니 매우 비극적인 상황에 처해 있었다. 하지만 그는 엄청난 애정을 가지고 연인이 그 상황을 재구성할 수 있도록 도움을 주었다.

모든 것은 작은 표지판에서 시작되었다.

표지판은 넝마가 된 마분지로 만든 것이었고, 철물점에서 페인트를 젓는 데 쓸 것 같은 막대기에 철심으로 박혀 있었다. 나는 사우스캐롤라이나주 콘웨이 외곽에 있는 와카모 강둑길을 막 건너면서 그 표지판을 보았다. 둑길 옆의 쓰레기 더미와 불개미굴 사이에 아무렇게나 놓인 그 표지판에는 이렇게 적혀 있었다.

'행복하면 경적을 울리세요!'

나는 표지판을 세운 사람의 천진난만함에 고개를 젓고는 계

자신이 행복하다고 생각하지 않는 자는 행복할 수가 없다.

푸블릴리우스 시루스Publilius Syrus

속해서 차를 몰았다. 물론 경적은 울리지 않았다.

"시시하기는! 행복? 대체 행복이 뭐지?" 나는 코웃음을 치며 말했다. 그때만 해도 나는 행복이 무엇인지 진정으로 알지 못했다. 즐거움은 알았지만, 가장 즐겁고 성취감을 느끼는 순간에도 곧 나쁜 일이 생겨나 암울한 현실로 되돌아가야 할지 모른다는 의심을 품었다. '행복은 사기야. 인생은 고통스럽고 문제가 가득해. 일이 잘 풀리더라도 그 행복한 환상에는 악마가 숨어 있지. 거기서 정말로 빨리 깨어나게 하는 뭔가가 길모퉁이에 도사리고 있단 말이야. 죽은 다음엔 행복해질 수 있으려나.' 나는 이렇게 생각했다. 하지만 죽은 다음에도 행복해질 수 있을지조차 확신하지 못했다.

2주일 뒤 일요일, 나는 당시 두 살 된 딸아이 리아와 차를 타고 친구들을 만나기 위해 544번 고속도로를 타고 서프사이드 해변을 향해 달리고 있었다. 리아와 나는 '인기 동요'라는 상표가 붙은 카세트테이프를 틀고 노래를 따라 불렀다. 우리는 한껏 웃고 즐기면서 좋은 시간을 보냈다. 차는 와카모 강둑길에 가까워졌고, 그 표지판을 다시 보았다. 나는 생각할 틈도 없이 경적을 눌렀다.

"아빠, 뭐 해?" 리아가 길에 뭔가 있는지 궁금해하며 물었다.

"길옆에 행복하면 경적을 울리라고 적힌 표지판이 있어. 아빠는 행복해서 경적을 울린 거야."

리아에겐 표지판의 말이 너무도 합당해 보였을 것이다. 아이들은 시간 개념도 없고, 세금을 낼 필요도 없고, 실망과 배신도 없으며, 어른들이 짊어져야 할 그 어떤 제약이나 상처도 없다. 리아에게 삶은 바로 이 순간이며, 이 순간은 행복을 준다. 다음 순간 역시 행복을 위한 것이었다.

그날 늦게 집으로 돌아가면서 우리는 표지판을 다시 지나쳤고, 리아는 소리를 질러대기 시작했다. "경적, 아빠! 경적!" 이때 나는 친구들을 만날 기대에 잔뜩 부풀었던 오전과 달리 다음 날 일터에서 나를 기다리고 있을 긴급한 일을 생각하느라 스트레스를 받고 있었다. 도저히 행복하다고 할 수 없는 기분이었지만, 리아를 기쁘게 해주기 위해 경적을 울렸다.

그다음 일어난 일을 나는 지금도 잊을 수 없다. 잠시 마음속 깊은 곳에서 경적을 누르기 전보다 조금은 더 행복한 기분이 들었다. 마치 경적을 울려서 그런 행복이 찾아온 것 같았다. 일종의 조건반사적인 반응이었을지도 모른다. 아마 경적 소리가 아침에 경적을 눌렀을 때 느꼈던 행복한 감정을 불러일으켰을 것이다.

그날 이후 리아는 그 구간을 지날 때마다 내게 경적을 울리라고 했고, 덕분에 경적을 울리지 않고 그 구간을 지나친 적이 없었다. 나는 경적을 누를 때마다 마음이 따뜻해지는 느낌이었다. 행복감을 1~10 척도로 표현할 경우, 내가 원래 2 정도를 느끼고 있었다면 경적을 울린 뒤에는 6 혹은 7로 올라가는 것 같았다.

표지판을 지나치면서 경적을 울릴 때마다 이런 느낌이 계속 생겨났다. 나는 혼자 차를 타고 표지판을 지나칠 때조차 경적을 울리기 시작했다.

표지판을 보고 경적을 울리며 가졌던 긍정적인 감정은 확장되기 시작했다. 나는 표지판이 설치된 구역을 달릴 때면 저절로 기대를 하게 되었고, 표지판이 보이기도 전부터 더 강한 행복감을 느꼈다. 더 나중에는 544번 고속도로 방향으로 차를 틀기만 해도 내면의 행복지수가 즉시 올라가기 시작했다. 21킬로미터 정도 되는 그 도로 구간은 내게 정서 회복의 장소가 되었다.

표지판은 고속도로 갓길에 있었고 그 옆으로는 숲이 있었는데, 이 숲이 둑길과 인근 집들을 나누고 있었다. 이윽고 나는 누가, 어떤 목적으로 이 표지판을 세웠는지 궁금해졌다.

당시 나는 보험 방문 판매 일을 하고 있었다. 하루는 544번 고속도로에서 북쪽으로 1킬로미터 정도 떨어진 한 가정을 방문하기로 되어 있었다. 그렇지만 도착해 보니, 만나기로 했던 그 집 남편이 약속을 잊고 외출한 상황이었다. 일정을 다시 잡아야 했다. 잠시 실망했지만, 그 집에서 나오면서 마침 그곳이 고속도로에 접한 숲의 뒤쪽이라는 것을 알게 되었다. 나는 길을 따라 운전하면서 표지판까지 거리가 얼마나 남았는지 계속 살폈다. 그리고 그 표지판에 가까워졌을 때 차를 표지판과 가장 가까운 집 앞에 세웠다.

그 집은 회색 단층 조립식 주택이었고, 외관은 진홍색으로 마감했다. 황갈색 계단이 현관으로 이어진 그 집은 단순하게 생겼지만 잘 관리되어 있었다.

누군가 문밖으로 나오면 무슨 말을 할지 생각해 보았다. "안녕하세요, 숲 옆의 고속도로에 세워진 마분지 표지판을 봤습니다. 궁금해서 그러는데, 그것에 대해 아시는 게 있습니까?" 혹은 "실례합니다. 혹시 '행복하면 경적을 울리세요'라는 표지판을 세운 분이신가요?" 따위의 말들이었다.

조금 어색하긴 했지만, 그래도 내 생각과 인생에 굉장한 영향을 준 그 표지판에 대해서 더 많이 알고 싶었다. 초인종을 누른 뒤 나는 연습한 인사말을 건네려고 했지만 그럴 기회가 없었다.

"들어오세요!" 한 남자가 활짝 웃으며 온화하게 말했다.

그러자 나는 정말로 어색한 기분이 들었다. '저 사람은 누군가를 기다리고 있었는데, 그게 나일 거라고 잘못 생각하는 거야' 하는 생각이 머릿속을 스쳤다. 나는 남자의 집으로 들어섰고, 그와 따뜻한 악수를 나눴다. 나는 이 집 근처 고속도로로 1년 넘게 차를 몰고 다녔다고 말한 뒤, '행복하면 경적을 울리세요' 표지판을 계속 보아왔다고 했다. 추측이지만 이 집이 표지판과 가장 가까이 있으니 혹시 그에 대해 뭔가 알지 않을까 해서 들렀다고 말했다. 남자는 미소를 지으며 자신이 표지판을 세운 지 1년이 넘었다고 말했다. 더 나아가 나 말고도 이 집에 들러 표지판에 대해 물어본 사람이 더러 있었다고 했다.

마침 근처를 지나가던 차가 두어 번 경적을 울렸다. 남자가 말했다. "전 이 지역 고등학교에서 스포츠 팀 감독을 하고 있습니다. 아내와 저는 해변 근처인 이곳을 좋아했죠. 그에 못지않게 사람도 좋아했습니다. 우리는 오랜 세월 행복하게 지냈습니다." 남자의 맑고 푸른 눈이 내 마음을 꿰뚫어보는 것 같았다. "얼마 전 아내가 병에 걸렸습니다. 의사들은 더 이상 할 수 있는 게 없다면서, 아내에게 신변을 정리하라고 하더군요. 앞으로 4개월, 기껏해야 6개월 남았다고요."

잠시 침묵이 흘렀고, 나는 앉아 있기가 불편했지만 남자는 그런 기색조차 없었다. "처음에 우리는 충격을 받았습니다. 그리고 화를 냈죠. 서로 부둥켜안고 하루 종일 운 것 같습니다. 결국 우리는 아내의 삶이 곧 끝난다는 사실을 받아들였습니다. 아내는 죽음을 맞이할 준비를 했습니다. 병원 침대를 집 안으로 들여놓았고, 아내는 거기에 누운 채 어둠 속에서 지냈습니다. 우리 둘 다 참으로 비참했지요. 어느 날 아내가 잠들 무렵 저는 집 앞 발코니에 앉아 있었습니다. 아내는 너무 고통스러워했어요. 자는 것조차 힘들 정도로요. 저는 절망에 빠져들었습니다. 마음이 괴로웠죠. 그렇게 발코니에 앉아 있는데 둑길을 지나가는 차 소리가 들려왔습니다. 해변으로 향하는 차였죠."

남자의 눈길은 잠시 방의 한쪽 구석으로 향했다. 그러고는 마치 자신이 다른 사람에게 이야기하고 있다는 사실을 처음 깨달은 것처럼 고개를 흔들고 이야기를 이어나갔다. "사우스캐롤라이나 해안에서 72킬로미터나 뻗어 있는 그랜드 스트랜드 해변에 관광객이 붐빈다는 사실은 아시죠?"

"어…… 네, 잘 알고 있습니다. 한 해에 1,300만 명 넘는 관광객이 휴가를 즐기러 오는 곳이죠."

"잘 아시는군요. 선생님께선 휴가를 가실 때보다 더 행복한 적이 있으셨습니까? 휴가 갈 계획을 짜고, 돈을 아끼고, 그런 다음 가족이나 연인을 동반해서 휴가지로 떠나 즐기고 오는 거죠. 정말 훌륭한 일 아니겠습니까."

지나가는 차의 긴 경적 소리가 남자의 요점을 강조했다.

제가 여태까지 경험한 바에 따르면,
우리의 행복 혹은 고통은 외부 상황이 아니라 우리의 성격에 달려 있더군요.

마사 워싱턴Martha Washington

그는 잠시 생각에 잠기더니 다시 이야기를 이었다. "그때 발코니에 앉아 있다가 불현듯 이런 생각이 들었습니다. 비록 아내는 죽어가고 있지만 행복은 아내와 함께 사라지는 것이 아니라고 말입니다. 실제로 행복은 도처에 있습니다. 매일 우리 집에서 수백 미터 떨어진 곳을 지나가는 차들에도 행복이 있어요. 그래서 표지판을 세웠습니다. 그렇다고 기대하지는 않았어요. 전 그저 차 안의 사람들이 그 순간을 당연하게 여기지 않기를 바랐습니다. 가장 소중한 사람과 누리는 다시없는 특별한 순간을 충분히 만끽하기를 바랐지요. 저는 사람들이 그 순간의 행복을 인식해야 한다고 생각했습니다."

다른 경적 소리가 잇따라 빠르게 들려왔다. 남자가 다시 말을 이었다. "아내는 경적 소리를 듣기 시작했습니다. 처음엔 이곳저곳에서 몇 번 안 되게 들려왔죠. 아내는 왜 경적 소리가 나는지 물었고, 저는 표지판 이야기를 해줬습니다. 경적 소리는 점차 늘어나기 시작했고, 그 소리는 아내에게 치료약 역할을 했습니다. 침대에 누워 있는 동안 아내는 경적 소리를 들으며 자신이 어두운 방에 격리된 채 죽음을 기다리고 있는 것만은 아니라며 커다란 위안을 얻었습니다. 아내는 세상에서 들려오는 행복의 일부가 되었습니다. 문자 그대로 행복은 아내의 주변 어디에나 있었습니다."

나는 그의 이야기를 마음속 깊이 받아들이며 잠시 침묵했다. 이 얼마나 감동적이고 감명 깊은 이야기인가.

"제 아내를 만나보시겠습니까?" 그가 물었다.

"아, 그럴까요." 나는 다소 놀란 기색으로 대답했다. 그의 아내에 대한 이야기를 오래 해서 그런지, 나는 그가 실제 인물이라기보다는 멋지게 윤색된 훌륭한 이야기 속 등장인물처럼 여겨졌다. 우리는 거실을 가로질러 부부가 사용하는 방으로 향했다. 나는 병들어 죽어가는 그의 아내를 보고 놀라는 모습을 보이지 않으려 마음을 단단히 먹었다. 하지만 방에 들어서자, 죽음의 문턱에 있다기보다는 병자 연기를 하는 듯 미소 짓는 여자가 있었다.

또 다른 경적 소리가 울렸고, 그녀는 남편을 보며 즐거운 듯 미소를 지었다. "해리스 가족이 지나가고 있나 봐요. 그 사람들이 내는 소리를 들으니 기분이 좋아요. 한동안 저 가족의 경적 소리를 듣고 싶었는데." 남자가 아내를 보며 미소로 화답했다.

서로 자기소개를 한 뒤, 그녀는 자신의 인생이 여느 때보다 풍요롭다고 말했다. 밤낮으로 새가 수백 번 찍찍거리는 소리, 트럼

사람들은 자신에게 생긴 문제를 세어보는 것은 즐겨도
자신에게 찾아온 행복을 세지는 않는다.
의무적으로라도 그런 행복을 세어본 사람이라면
행복은 모든 사람에게 충분히 주어졌다는 사실을 알게 될 것이다.

표도르 도스토옙스키Fyodor Dostoyevsky

펫처럼 울리는 소리, 양이 메에 하고 우는 소리, 폭발하는 듯한 굉음, 으르렁거리는 소리 등 다양한 경적 소리를 들으니 너무나 행복하다는 거였다. 그 소리는 세상에 이렇게나 많은 행복이 있다는 사실을 그녀에게 일깨워주었다. "제가 여기 누워서 그런 소리를 듣는다는 걸 사람들은 모르겠죠. 하지만 전 그 사람들을 알아요. 이젠 경적 소리만으로도 그들을 알아보는 수준이 됐거든요."

그녀는 얼굴을 붉히고 나서 말을 이었다. "제 나름대로 그 사람들에 대한 이야기를 만들었어요. 그들이 해변에서 시간을 보내거나 골프를 치면서 느낄 즐거움을 상상하죠. 비가 오는 날이면 수족관이나 쇼핑몰에 몰리는 사람들을 상상하고요. 밤에는 사람들이 놀이공원을 방문하거나 별빛 아래에서 춤추는 모습을 상상해요. 사람들은 행복한 삶을 살고 있어요." 그녀는 졸린지 목소리가 차츰 잦아들었다. "이 얼마나 행복한 삶인가요……. 얼마나 행복하고, 또 행복한 삶인가요……."

또 다른 경적이 창밖에서 울렸고, 방 안의 세 사람은 잠시 아무 말도 하지 않았다.

마침내 나는 남자를 바라보았다. 그는 미소를 지었다. 남자와 나는 일어서서 부부의 침실에서 나왔다. 그는 아무 말 없이 나를 문까지 배웅했다. 막 떠나려는 순간 질문이 하나 떠올랐다.

"의사들은 기껏해야 앞으로 6개월 산다고 하셨죠?"

"맞습니다." 내가 다음으로 물어볼 말이 무엇인지 이미 아는 듯 미소를 지으며 그가 대답했다.

"하지만 선생님께서는 표지판을 세우기 몇 달 전부터 아내가 병상에 있었다고 했지요?"

"그랬죠."

"제가 이곳을 지나며 표지판을 본 지가 1년이 넘었습니다."

"맞습니다." 남자가 내 어깨에 부드럽게 손을 올리며 말했다. 그러고는 덧붙였다. "조만간 다시 우리 부부를 찾아주세요."

표지판은 한 해 더 그 자리에 있다가 갑자기 사라졌다. '그 부인이 죽었구나.' 나는 차를 몰면서 굉장히 슬퍼졌다. '적어도 그 부인은 끝까지 행복했고 역경을 이겨냈어. 의사들도 틀림없이 놀랐을 거야.'

그로부터 며칠 뒤 나는 해변을 따라 544번 고속도로를 달리고 있었다. 그 둑길에서 처음으로 행복보다는 슬픔을 느꼈다. 그 허약하고 작은 표지판이 바람이나 비 때문에 망가진 게 아닐까 궁금해서 다시 확인해 보았다. 하지만 그것은 사라지고 없었다. 나의 내면에 어둠이 내려왔다.

나는 고통과 죽음의 한가운데서도 행복을 찾아냈던 그 부인을 계속 생각했다. 그녀가 바라던 모든 것을 가진 수많은 사람들이 엄청난 절망감에 빠져 불평하며 지내는 현실을 생각했다.

바로 그다음 주 나는 다시 544번 고속도로를 따라서 달렸다. 그런데 둑길에 다다르자 멋진 광경을 볼 수 있었다. 페인트를 젓는 막대와 작은 마분지로 만들어진 표지판이 있던 자리에 새로운 표지판이 서 있었던 것이다. 180센티미터를 살짝 넘는 너비에 120센티미터 갓 넘는 높이의 새 표지판은 밝은 노란색 바탕에 가장자리가 휘황찬란하고 반짝이는 작은 전등으로 꾸며져 있었다. 새 표지판의 양면에는 크고 환하게 빛나는 글자가 반짝거렸다. 내게 익숙한 문장이었다. '행복하면 경적을 울리세요!'

그 표지판을 보자 그녀가 아직 살아 있다는 사실에 감동하며 내 두 눈에 눈물이 솟구쳤다. 나는 경적을 울려 남자와 그 부인에게 내가 지나가고 있다는 사실을 알렸다. "저기 월이 가네요." 나는 미소를 지으며 남편에게 말하고 있을 부인의 모습을 내 마음대로 상상했다.

사랑스러운 남편의 지원을 받으면서, 이 훌륭한 부인은 의사들이 진단한 암울한 현실에 집중하기보다 자신의 주위 어디에나 있는 행복에 집중했다. 그렇게 그녀는 역경을 넘어 자신의 삶을 긍정하면서 수백만의 사람들에게 감동을 주었다.

인생은 지금 어디에 서 있느냐보다 어느 방향으로 가고 있느냐가 더 중요하다. 그 방향은 당신이 어디를 보느냐에 따라 결정된다.

태어나 처음 숨을 들이쉬는 순간부터 우리는 무덤을 향해 가고 있다. 우리가 언제 무덤에 다다를지는 아무도 모른다. 인생의 비극은 죽음에 있는 것이 아니라, 그 죽음이 오기 전에 올바르게 살지 못했다는 데 있다. 다시 말해 현재 머무는 곳에서 삶을 즐기지 못했다는 것, 그것이 가장 큰 비극이다.

우리는 행복을 '언젠가'로 미루는 경향이 있다. 모든 문제가 해결되면 그때는 행복할 것이라고 생각한다. 그렇지만 문제가 더 이상 없는 날은 당신이 마지막으로 숨을 내쉰 바로 그날뿐이다. 그때까지 당신 앞에는 문제가 계속 생겨날 것이고, 계속 투쟁을 벌여야 한다. 그러니 결정을 내려야 한다. 지금 이 순간 내가 있는 곳과 상관없이 행복해지고 말겠다는 결정을.

수년 전 중국을 방문해 내 책의 출판사인 베이징미디어기업 대표들과 저녁 식사를 할 때였다. 그중 한 분이 굉장히 오래된 중국 이야기를 들려주었다. 항상 불행한 어떤 부인에 대한 이야기였다.

이야기 속의 부인에게는 두 아들이 있었다. 하나는 우산을 팔고 하나는 소금을 팔았다.

매일 아침 일어날 때마다 부인은 창밖을 바라보았다. 햇빛을 보면 그녀는 이렇게 불평했다. "아, 끔찍하구나. 아무도 내 아들

참 훌륭한 삶을 살았어! 좀 더 빨리 깨달았다면 좋았을 텐데.
시도니 가브리엘 콜레트Sidonie Gabrielle Colette

의 우산을 사지 않겠지."

　창밖을 보았을 때 비가 내리면 이 부인은 또 이렇게 불평했다. "재수도 없구나! 아무도 내 아들한테서 소금을 사지 않을 거야."

　여러 해 동안 절망을 느껴온 이 부인은 마침내 한 스님에게 행복해지려면 어떻게 해야 하는지 상담했다. 스님의 대답은 단순하지만 심오했다. "현상을 바라보는 방법을 바꾸십시오. 비가 내리면 우산을 사려는 사람들이 몰릴 테니 감사드리면 되고, 날이 맑으면 사람들이 소금을 사려고 몰릴 테니 축하하면 됩니다."

　스님의 조언을 받아들이고 부인의 인생은 빠르게 변화했다. 바뀐 것은 부인이 가지고 있던 관점 하나뿐이었지만, 그 관점이야말로 가장 중요한 것이었다. 세상을 바라보는 관점을 바꾸는 것만으로 새로운 세상을 바라볼 수 있고, 식상한 것도 다르게 바라볼 수 있다. 늘 불평만 하면 모든 것이 안 좋아 보인다. 하지만 불평 없는 사람이 되면 우리는 행복하게 여겨야 할 것들이 너무 많다는 사실을 알게 된다.

　미국 독립선언문에는 다음과 같이 명시되어 있다. "우리는 다음과 같은 사실을 자명한 진리로 받아들인다. 즉, 모든 사람은 평등하게 창조되었고, 창조주로부터 양도할 수 없는 권리를 부여받았다. 그 권리 중에는 생명과 자유와 행복 추구의 권리가 포함된다."

　'행복 추구'라는 문구에 대한 오늘날의 이해는 토머스 제퍼슨이 의도한 의미와는 다르다. 1700년대 후반 '추구'라는 단어에는 매우 다른 의미가 있었다. 오늘날 '추구'라는 단어는 '무언가를 좇다'를 의미한다. 이러한 관점을 고려할 때, 제퍼슨은 우리에게 '행복을 추구할 권리'가 있다고 주장했다고 생각할 수도 있다.

그러나 식민지 시대에 '추구'라는 단어는 한 사람이 의사와 변호사, 사업가와 주부, 학생 등의 직업 활동에 직접 참여(실천)하는 것과 같이 '실천'을 의미했다. 1700년대의 누군가가 "당신이 추구하는 일은 무엇입니까?"라고 묻는다면 상대방은 "저는 대장장이입니다," "목수입니다," "의류상입니다"라고 대답할 것이다.

미국 건국자들에게 직업은 추구하는 것이 아니라 참여하는 것이었다. 따라서 미국 독립선언문은 신이 우리에게 행복을 추구할 권리가 아니라 행복에 참여할 권리를 주었다고 명시하고 있다.

행복을 실천하기 위해서는 가장 먼저 자신이 행복하다고 믿어야 한다. 이를 위해서는 자신의 삶과 경험을 불평하거나 불만을 갖는 것을 그만두어야 한다. 자신이 행복한 사람이라고 결정하면 자연스럽게 그 결정을 뒷받침할 증거를 찾게 될 것이다.

> 행복만이 유일한 선이다. 행복할 시간은 바로 지금이다.
> 행복할 장소는 바로 여기다.
>
> 로버트 G. 잉거솔Robert G. Ingersol

행복에는 분명 환상적인 요소가 있다. 하지만 불행에 대해서도 똑같은 얘기를 할 수 있다. 오스트리아계 영국인 철학자 루트비히 비트겐슈타인Ludwig Wittgenstein은 이렇게 말했다. "행복한 사람의 세상은 그렇지 못한 사람의 세상과 다르다."

인생은 환상이다. 우리의 관점도 환상이다. 어차피 환상이 불가피하다면 당신에게 가장 중요한 것, 즉 행복의 환상을 선택하면 된다.•

• 저자 윌 보웬은 다른 저서 《행복하다, 행복하다, 행복하다》에서 환상과 공상이라는 말을 구분해 사용하고 있다. 환상은 현재 사실적 근거가 많지 않으나 언젠가 현실로 나타날 수 있는 생각을 뜻하고, 공상은 사실적 근거가 전혀 없이 부정적 결과만 가져오는 생각을 뜻한다. 인생도 행복도 하나의 환상이라는 말은 이런 뜻으로 사용되었다. 여기서 환상을 생각이라고 읽으면 그 뜻이 한결 분명해진다. 인간의 지각은 생각과 관계없는 세계에 대한 지식을 얻을 수가 없다. 그래서 어떤 사람들은 생각과 무관한 세계는 알 수 없는 세계이거나 존재하지 않는 세계라고 주장한다. 그러면서 우리가 말하는 구체적 대상은 우리의 생각에 따라 존재 여부가 결정된다고 본다. 가령 광화문에 교보문고가 있다는 생각이 없는 사람 — 가령 체코인 — 에게는 교보문고가 없는 것이나 마찬가지다. 그래서 영국의 철학자 버클리는 물체의 존재는 인간의 지각에 의해 비로소 인식된다고 말했다. 저자는 이런 인식에 바탕을 두고 행복을 생각하면 행복이 있는 것이고, 그것을 생각하지 않으면 행복은 없는 것이라는 주장을 펴고 있다. 저자가 말하는 인생, 즉 환상은 이런 뜻을 담고 있다_옮긴이.

09

헌신

＊ ＊ ＊

이 진실을 모르면 수많은 아이디어와 훌륭한 계획이 물거품이 되고 맙니다.
바로 사람이 완전히 헌신하는 순간 섭리도 움직인다는 사실 말입니다.

윌리엄 허친슨 머레이|William Hutchinson Murray

2006년 7월 어느 주말, 윌이 처음으로 불평 제로 밴드를 나눠
주며 21일 동안 불평 없이 살아보기에 도전하자고 했을 때 저
도 그 자리에 있었어요.

저는 말도 안 되는 짓이라고 생각했어요! 누구든 불평을 안 하
고 살 수는 없으니까요. 하지만 주변에서 이 생각을 받아들인
사람들이 얼마나 많은지 알고 깜짝 놀랐죠.

제 말을 믿으세요. 불평하지 않는 게 쉬워 보이지만 실천하기
는 매우 어렵거든요. 그만두기는 너무나 쉽고요.

남편도 처음에 저와 함께 시도했지만 몇 주 만에 도저히 못 하겠다며 그만두더라고요. 하지만 저는 계속했죠.

10일 정도 지나니 저도 모르게 불평을 하게 되더라고요. 어떨 때는 이 밴드를 창밖으로 던져버리고 싶었지만 그러지 않았어요. 계속 끼고 다녔죠. 밴드를 너무 오래 끼고 다니면서 여러 번 바꾸다 보니 처음의 보라색은 닳아 없어지고 지저분한 회색으로 변하기 시작했어요. 하지만 어느덧 제게 밴드는 명예의 상징이 되었답니다.

그리고 마침내 1년 반이 넘는 노력 끝에 마침내 성공했어요! 21일 동안 단 한 번도 불평하지 않은 거예요. 가장 좋은 점은 제가 훨씬 더 행복해졌다는 사실이에요.

저는 제 자신과 남편에게 계속하면 결국 해낼 수 있다는 것을 증명했어요! 포기하지 않는다면 누구나 할 수 있다고 진심으로 믿어요.

미주리주 캔자스시티에서

헬렌 매튜스

포크레인이 부딪히고 덜컹거릴 때마다 코자크의 다리는 죽을 만큼 아팠다.

미국으로 건너온 폴란드 출신의 이민자 코자크 지올코프스키Korczak Ziolkowski는 남다른 사명이 있는 사람이었다. 그는 수십 년 전, 아직 세상에 존재하지 않는 무언가를 만들겠다는 사명을 품었다. 뼈가 부러졌다고 그의 발걸음이 늦춰지지는 않았다.

포크레인으로 거대한 흙더미와 바위 더미를 밀어내는 동안, 코자크는 뼈가 시릴 정도로 무자비한 통증에 이를 악물었다. 몸을 뒤척일 때면 번번이 허벅지를 칼로 찌르는 듯한 날카로운 통증이 찾아왔다. 그럴 때마다 숨을 헐떡이며 욕설을 내뱉었지만 작업 속도는 한 번도 느려지지 않았다.

코자크가 자신의 사명에 헌신하기 위해 일하다가 부상을 입은 건 이번이 처음이 아니었다. 하지만 지금까지는 그 무엇도 그의 속도를 늦추지 못했다. 프로젝트 초기에 그는 산 중턱에서 넘어져 중상을 입었다. 몇 년 후에는 손목과 엄지손가락이 부러졌다. 한번은 36킬로그램이나 되는 잭 해머(망치와 끌을 직접 결합하는 전기 도구_옮긴이)를 들고 산 정상까지 741개의 울퉁불퉁한 계단을 오르던 중 미끄러져 아킬레스건이 찢어지기도 했다.

수십 년 동안 매일같이 무거운 공구를 들고 산을 오르내린 끝

헌신은 약속을 현실로 바꾼다.
에이브러햄 링컨

에 코자크는 결국 척추 디스크를 세 개나 제거하는 대수술을 두 차례에 걸쳐 받았다. 두 번이나 심장마비를 겪었고, 그중 한번은 심각한 상태로 치달았지만 그는 산행을 멈추지 않았다. 매일 아침 해가 뜰 무렵이면 산에 올랐고 해가 진 후에도 한참을 산에 머물렀다. 항상 몸 바쳐 일하고, 절대 게으름을 피우지 않았고, 헌신적으로 움직였다.

코자크는 거대한 바위 주변에서 포크레인을 운전하고 다니며 혼자 중얼거렸다. "다리가 부러진 건 한심하기 짝이 없는 내 잘못이지. 산에서 그렇게 오랜 시간을 보냈는데 아직도 그렇게 조심성이 없어서야."

바로 전날, 코자크는 회전 방향을 잘못 계산해 문제의 포크레인을 산의 옆쪽으로 끌고 갔다. 사람과 기계 모두 산비탈에서 휘청거리다 쓰러졌고, 그대로 굴러떨어지다가 나무 둥치에 걸려 멈춰 섰다. 그 자리에 나무가 없었더라면 코자크는 다리가 부러져서 심한 통증을 느끼는 정도로 그치는 게 아니라 죽을 수도 있었다.

"몇 주, 아니, 한 달 정도 쉬면서 다리가 나을 때까지 기다리세요." 의사가 권고했다. 그러나 코자크는 다음 날 아침 바로 현장에 복귀할 생각으로 그저 미소만 지었다.

그리고 다음 날 다시 일을 시작했다.

코자크는 공식적인 미술 교육을 받지 않고도 인류 역사상 가장 큰 조각품을 만들었다. 1948년에 시작된 이 조각은 그가 살아생전 완성하지 못할 줄 알았던 작품이었다.

갓난아기 때 고아가 된 코자크는 위탁 가정에서 어린 시절을 보냈다. 10대 시절에는 조선소에서 목공 견습생으로 일했으며, 스무 살 무렵에는 뛰어난 가구 제작자가 되었다.

하지만 코자크가 큰 꿈을 꾸고 인간의 정신이 무엇을 창조할 수 있는지 깨닫게 된 것은 서른한 살에 맡은 일 때문이었다. 그는 조각가 거천 보글럼Gutzon Borglum이 미국 역대 대통령 4인의 얼굴을 '러시모어산'으로 조각하는 동안 조수로 잠시 일했다.

러시모어산을 본 적이 있는 사람이라면 이 바위산이 얼마나 큰 경외심을 불러일으키는지 알 것이다. 문제는 러시모어산이 수천 년 동안 여러 아메리카 원주민 부족의 터전이었던 신성한 언덕에 자리 잡고 있다는 점이다. 미국은 원주민들의 신성한 땅 한가운데에 역대 대통령들의 기념비를 세운 것이다. 100년이 넘는 세월 동안 조약 파기와 학대, 죽음으로 원주민을 괴롭혔던 대통령을 기리기 위해서 말이다.

그러자 십여 명의 인디언 추장은 자신의 부족과 땅을 기념하는 비석을 세우겠다고 다짐했다.

폰카 부족의 추장 헨리 스탠딩 베어Henry Standing Bear는 동료들에게 한 유명한 연설에서 이렇게 말했다. "다른 추장님과 저는 백인들에게 우리 인디언에게도 위대한 영웅이 있다는 사실을 알리고자 합니다."

헨리 스탠딩 베어가 이 프로젝트의 리더로 선정되었고, 거대한 동상을 만드는 일을 맡아 무료로(그렇다, 무료다) 작업해 줄 예술가를 찾아 나섰다.

여러 예술가가 물망에 올랐지만 헨리 스탠딩 베어와 동료 추장들은 코자크 지올코프스키가 적임자임을 확신했다. 코자크가 인류 역사상 가장 큰 조각상을 만드는 것보다 더 야심 찬 목표를 그렸기 때문이다. 그는 그 주변에 아메리카 원주민 문화센터와 아메리칸 인디언 전용 무료 대학을 세우고 싶어 했다.

코자크는 이 조각상이 크기뿐 아니라 예술적 범위에서도 러시모어산 조각상보다 훨씬 웅장해야 한다고 생각했다. 러시모어 조각상은 워싱턴과 제퍼슨, 링컨과 루스벨트 대통령의 상반신과 앞면만을 보여주지만, 코자크는 기념할 인물을 모든 면에서 다 보여주는 360도 조형물을 구상했다.

화강암에 새겨져 불멸의 존재가 될 아메리카 원주민을 선정할 때, 이 책의 3장에 등장한 위대한 헤요카 추장을 포함시킨 것은 당연한 선택이었다.

헌신은 말이 아니라 행동이다.

장 폴 사르트르

오글라라 라코타 부족의 일원이었던 그는 태어날 때 이름이 차오하였지만 어머니는 그를 '라이트 헤어Light Hair'라고 불렀다. 차오하는 젊은 용사로서 여러 차례 전투에서 뛰어난 모습을 보였고, 그 결과 아버지의 이름을 물려받을 수 있는 큰 영예를 얻었다. 차오하 아버지의 이름은 '그의 말들은 미쳐야 한다His Horses Must be Crazy'라는 뜻을 지닌 타슈카 위트코Tasunke Witco였다. 백인 정착민들은 나중에 그의 이름을 줄여서 '성난 말Crazy Horse'이라고 불렀다.

코자크는 프로젝트를 시작하기 전 7년 동안 아메리카 원주민의 문화와 역사에 대해 구할 수 있는 것은 무엇이든 읽고, 공부하고, 배우는 데 투자했다. 그리고 1948년, 마흔 살의 나이에 아내 루스와 함께 사우스다코타의 배드랜드로 이주하여 작업을 시작했다. 그가 선더마운틴을 시추하고 폭사시키고 조각하는 동안 그의 인생을 건 작품의 나머지는 그 자리에서 공개되기를 기다리고 있었다.

조각상에는 셔츠를 입지 않은 성난 말이 자신의 말 위에 올라

탄 채 머리카락과 말갈기를 바람에 휘날리며 허리를 숙인 채 조상의 땅을 가리키는 모습을 담았다. 이 모습은 한때 미국의 어느 갈보리(예수가 십자가에 못 박히고 묻힌 곳_옮긴이) 사람이 성난 말에게 "이제 너의 땅은 어디냐?" 하고 비웃듯 물었을 때 그가 "내 땅은 내가 죽어 묻히는 곳이다"라고 대답한 데서 유래했다.

성난 말 기념관이 완공되면 그 높이는 172미터, 너비는 195미터가 된다. 성난 말의 머리가 차지하는 공간에만 러시모어산 조각상 전체가 들어갈 정도로 큰 규모였다.

그리고 코자크는 약속대로 작품에 대해 단 한 푼도 받지 않았다. 그는 산에서 긴 하루를 보낸 후 저녁에 자신이 만든 그림과 조각품을 팔았다. 성난 말 기념 기금에서 받은 돈은 전부 헌신을 다하기 위해 필요한 물품과 장비 구입에만 사용했다.

미국 정부는 두 차례에 걸쳐 코자크에게 프로젝트 완공을 위해 1,000만 달러를 주겠다고 제안했지만, 그는 두 번 모두 거절했다. 인디언을 자신의 땅에서 쫓아낸 바로 그 정부로부터 돈을 받는 것은 부정직한 태도라고 생각했기 때문이다.

사우스다코타의 한여름 무더위와 겨울의 혹독한 추위 속에서 코자크는 무려 34년간 휴가도, 휴일도, 병가도 없이 매일같이 일에 파묻혔다.

전 세계가 크리스마스를 즐기는 동안에도 그는 산에서 헌신을 다해 일했다. 하지만 그가 74세의 나이로 세상을 떠났을 때

조각상에서 성난 말의 뚜렷한 특징이라고는 전혀 찾아볼 수 없었다. 그는 1982년에 사망했고, 그로부터 17년이 지난 1998년이 되어서야 성난 말의 얼굴이 완성되었을 뿐이다. 이 얼굴을 옆으로 눕히면 축구장 세 개 정도의 길이가 된다. 이 조각상은 위대한 추장과 매우 닮았으며, 코자크 지올코프스키가 작업을 시작한지 80여 년이 흐른 지금까지도 얼굴과 거칠게 다듬어진 팔의 일부가 완성되었을 뿐이다.

당신이 이 글을 읽는 지금 이 순간에도 코자크의 자녀 일곱 명은 아버지가 시작한 일을 계속하고 있다. 자신들도 아버지가 그린 비전이 완성되는 모습을 볼 수 없다는 사실을 알면서도 여전히 산에 오른다.

코자크와 그의 자녀들이 보여주는 행동이 바로 헌신의 본질이다. 헌신하는 사람은 변명하지 않는다. 외부 환경을 탓하지도 않는다. 그리고 단 하루도 쉬지 않는다. 불평 없이 살아보기 21일의 도전에 실패하는 사람은 본 적 없지만, 헌신을 저버리고 포기하는 사람은 많다.

연설을 마치고 로비로 나가 참석자들에게 사인을 해주고 사진을 찍을 때면 사람들은 내게 번번이 이렇게 말한다. "불평 없이 살아보기 챌린지는 참 좋은 아이디어예요. 그 효과가 얼마나 대단한지 알겠어요. 그런데 지금은 제 삶이 너무 힘들거든요. 나중에 상황이 나아지면 한번 시도해 보려고요." 그러면 나는 혼자 이

렇게 생각한다. '그래, 몸 상태가 좋아지기만 하면 곧장 헬스장에 가겠지.'

불평 없이 살아보기 챌린지는 삶이 고통스러울 때 해야 더욱 의미가 있다. 불평을 그만두면 삶의 초점이 한계가 아니라 가능성으로 이동하기 때문이다. 그 결과 삶이 발전하기 시작한다. 하지만 도전하는 것만으로는 충분하지 않다. 계속 이어나가야 한다!

캘빈 쿨리지 대통령은 헌신의 힘에 대해 다음과 같은 유명한 말을 했다.

이 세상 그 어떤 것도 끈기를 대신할 수 없다. 재능으로도 대신하지 못한다. 재능이 있는데도 실패한 사람은 수두룩하다. 천재성도 끈기에는 못 당한다. 보상받지 못한 천재성은 조롱거리가 될 뿐이다. 교육으로도 끈기를 이길 수 없다. 세상에는 교육만 많이 받은 한심한 사람이 넘쳐난다. 끈기와 결단력이 가장 힘이 세다. '계속밀고 나가는 거야!'라는 구호는 인류의 문제를 해결해 왔고, 앞으로도 그럴 것이다.

더 큰 행복을 누리고 더 건강해지며 좋은 관계를 맺는 등 불평 없는 인생의 모든 혜택을 누리려면 삶이 힘들 때도 계속 밀고 나가야 한다.

당신이 평범한 사람이라면 이미 이 도전에 참여한 다른 사람들처럼, 처음에는 지칠 때까지 한쪽 손목에서 다른 손목으로 밴드를 옮기게 된다. 하지만 그대로 계속하다 보면 어느 날 침대에 누워 잠이 들려고 할 때에야 손목을 힐끗 쳐다볼 것이다. 몇 주 만에 처음으로 그날 아침 침대에서 일어났을 때와 똑같은 손목에 보라색 밴드가 그대로 있는 모습을 보게 된다. '오늘 불평을 했는데 미처 눈치 채지 못했나 보다'라고 생각할 수도 있다. 하지만 마음 목록표mental inventory를 작성하면서 스스로 해냈다는 사실을 깨달을 것이다. 실제로 온종일 불평하지 않고 지냈다는 사실을 말이다. 우선 단 하루만이라도 시작하는 것이다. 당신은 할 수 있다.

나폴레온 힐의 『생각하라, 그러면 부자가 되리라Think and Grow Rich』는 역사상 가장 위대한 자기계발서라 할 만하다. 1937년에 처음 출간된 이 책은 그 어떤 책보다 많은 사람을 부와 행복의 길로 이끌었다.

작년에 나폴레온 힐의 또 다른 저서인 『결국 당신은 이길 것이다Outwitting the Devil』를 읽었는데, 이 책은 힐이 사망한 지 41년 만에 출간된 책이다. 이 책은 저자가 사탄을 직접 인터뷰하며 어떻게 어둠의 왕자가 수많은 사람의 건강과 행복을 방해하는지 알아내려 하는 우화 형식으로 되어 있다.

"모든 것은 결국 표류drifting의 문제다"라고 악마는 말한다. 표류란 우리가 원하는 것이 무엇인지 알고 이를 달성하기 위한 계획도 세웠지만, 집중력이 흐트러지면서 정말 중요한 것에 집중하지 못하는 상태를 말한다. 표류는 정말 중요한 것으로부터 주의를 분산시키기 때문에 훌륭한 계획을 모조리 망치게 한다.

불평 없이 살아보기 챌린지를 향한 헌신을 계속 지키다 보면 표류할 여유조차 사라진다. 매일 보라색 밴드를 착용하고 다니며, 첫날부터 불평할 때마다 부지런히 한쪽 손목에서 다른 쪽 손목으로 밴드를 옮겨야 하기 때문이다.

불평 없이 살아보기 챌린지에 실패하는 유일한 방법은 다른 그럴듯한 우선순위로 표류하여 헌신하겠다는 약속을 저버리는 것이다. 이런 일이 생기지 않게 하라. 100여 년 전, 시인 에드거 게스트Edgar A. Guest의 시 「계속 가라Keep Going」가 미국 전역 신문에 게재되었는데, 이 시는 우리에게 성공의 비결을 알려준다.

계속 가라

가끔 일이 잘 안 풀릴 때가 있다.
지금 걷고 있는 길이 가파른 언덕으로 보일 때,
자금은 부족하고 빚은 많을 때,
웃고 싶지만 한숨이 나올 때,
걱정에 한없이 짓눌릴 때
쉬어야 한다면 쉬더라도 포기하지는 마라.

인생은 기묘하며, 우여곡절투성이다.

우리 모두 가끔은 알게 되듯이

그리고 계속 버텼더라면

수많은 실패가 성공으로 탈바꿈했을지도 모른다.

속도가 더디더라도 포기하지 마라.

뜻밖의 성공을 거둘지도 모르는 일이다.

나약하고 불안정한 사람이 생각하는 것보다

목표는 종종 더 가까이 있다.

고군분투하는 사람은 승자의 컵을 차지할 수 있는 순간에

번번이 포기하곤 한다.

그리고 밤이 깊어졌을 때 너무 늦게 깨닫는다.

자신이 황금 왕관에 얼마나 가까웠는지.

성공과 실패는 한 끗 차이다.

의심에 가득 찬 잿빛 구름 속에서는

성공에 얼마나 가까이 있는지 결코 알아차릴 수 없다.

멀게만 느껴질 때 가까이 있을 수도 있다.

그러니 가장 절망스러울 때에도 계속 싸워야 한다.

상황이 최악으로 보이더라도 그만두지 말아야 한다.

PART 4

의식하지 않아도
불평하지 않는 단계

10

달인의 경지

✳ ✳ ✳

태양이 눈을 비추었고, 나는 거의 앞을 볼 수가 없었다.
내게 할당된 일을 해야 하는데 큰 방해가 되었다.
강렬한 햇빛에 분개하며 나는 불평을 하기 시작했다.
그때 돌연 장님의 지팡이 소리가 들려왔다.

얼 머셀먼Earl Musselman

4년 전, 스무 살의 경찰관이었던 저희 집 장남 벤이 운전을 하다가 뇌출혈로 쓰러졌습니다. 고난의 여정이었지만, 저희 가족은 믿음과 사랑으로 그 상황에 맞섰습니다.

의사들 모두 회복되지 못할 거라고 했지만 벤은 이제 회복 중입니다. 벤은 자신이 장애를 가지게 되었다는 걸 겸허한 마음으로 받아들였고, 이는 가족 모두에게 큰 교훈이 됐습니다.

벤은 약간의 실어증 증세가 있고 신체 오른편에 힘을 주는 것을 힘들어하지만 계속 호전되고 있습니다. 벤은 이 현실도 불평 없이 받아들이고 있습니다. 모두 밴드 덕분입니다.

이 불평 없이 살아보기 운동에 행운이 계속되길 바랍니다. 당신은 정말 큰 영향을 주셨습니다!

코네티컷주 스토닝턴에서

노린 케플

지구상에는 맹어盲魚로 알려진 어류가 몇 종 있다. 이들 대부분은 미국 미시시피주 삼각주의 석회암 동굴 지역에서 서식한다. 이 물고기는 12센티미터 정도까지 자라고 체내에 색소가 거의 없거나 아예 없다. 창백한 비늘을 가진 것에 더해, 하나의 종을 제외한 나머지는 눈이 전혀 없다. 과학자들은 오래전 이 어종의 선조가 육괴陸塊나 수로를 이동하던 중 동굴에 갇혔을 것이라고 추측한다. 완전한 어둠에 둘러싸여 아무것도 볼 수 없게 된 물고기들은 주어진 환경에 적응했다. 이제 이 어종들은 완전한 어둠 속에서 번성하고 있다.

수 세대에 걸쳐 새끼를 낳으면서, 맹어 무리는 태양으로부터 피부를 보호할 색소 생산을 중단했다. 더 이상 그럴 필요가 없기 때문이다. 비슷한 이유로 이 물고기는 시간이 흐르면서 눈이 없는 치어를 낳기 시작했다.

불평하지 않는 사람이 되려고 노력하면서 몇 달을 보내면 당신은 스스로 변했음을 알게 된다. 수 세대를 거치는 동안 맹어의 몸에서 색소와 눈이 모두 사라진 것처럼, 당신의 마음에 더 이상 부정적인 것들이 깃들지 않는다는 사실을 알게 된다. 더 이상 부정적인 생각을 표현하지 않기에, 당신 마음속의 불평 공장은 문을 닫는다. 당신은 수도꼭지를 틀어막았고 물은 더 이상 흘러나오지 않는다. 당신의 말을 바꿈으로써, 사고방식 또한 새롭게 정립했다. 이제 당신은 의식하지 않아도 불평을 하지 않는 사람이 되었다.

불평 없이 살아보기를 주제로 세미나를 개최한 적이 있다. 나는 모두가 불평할 때 분위기가 얼마나 무겁고 부정적으로 되는지 보여주고 싶었다. 그래서 참석자 모두가 짝을 지어 돌아가면서 불평을 하고 그다음에 밴드를 바꿔 차도록 제안했다.

마침 한 사람이 짝이 없어서 함께 연습을 해주겠다고 제안했다. 그 사람이 먼저 자기 어머니에 대한 불평을 늘어놓았다. 밴드를 바꿔 찬 그 사람은 잔뜩 기대하는 얼굴로 나를 바라보았다. 그는 내 차례가 되었는데 왜 말하지 않는지 의아하다는 표정을 지었다. 나는 침묵을 지키며 서 있었다. 나는 불평할 것이 생각나지 않았고, 심지어 간신히 그것을 떠올렸을 때조차 말로 표현하기가 굉장히 힘들었다.

내가 하는 말을 여러 달에 걸쳐 면밀히 관찰하자 나의 내면에는 변화가 일어났다. 마음이라는 공장이 불평 제작부를 폐쇄한 것이다. 더 나아가 그동안 불평을 감지, 예방하려고 매우 집중한 덕분에 이제는 불평의 순간에 벼락이 떨어질 것 같은 기분마저 들었다.

나는 이제 의식하지 않아도 불평하지 않는 단계에 들어섰다. 맹어에게 빛이 필요 없는 것처럼 내게는 불평이 필요 없다. 아니, 불평하는 능력을 잃어버렸다. 그리고 무엇보다 중요한 것은, 변화하려는 노력을 기울인 결과 내 삶이 훨씬 행복해졌고 또한 그것을 자각하게 되었다.

그래서 우리는 불평 없이 살아보기에 도전해 성공한 사람들에게 '불평 없이 살아보기 인증서'가 아닌 '행복 인증서'를 준다. 21일의 도전을 계속하는 사람들이 더 행복해지는 경험은 너무도

챔피언은 결코 불평하지 않는다. 더 나아지기 위해 너무 바쁘기 때문이다.

존 우든John Wooden

일반적이어서 그들에게 진정한 변화가 일어났음을 인증해주고 싶었다.

당신이 성공적으로 21일의 도전을 마쳤다면 atCustomer-Service@WillBowen.com로 이메일을 보내 행복 증서를 다운받을 수 있다. 21일의 도전을 계속한 것은 대단한 업적이며, 이로 인해 당신의 인생은 긍정적이고 흥미로운 쪽으로 나아가게 된다.

의식하지 않아도 불평하지 않는 단계에 도달한 당신은 더 이상 "아야"를 찾아다니지 않는다. 당신의 생각은 원하고 바라는 것에만 집중하고, 당신이 원하고 바라는 것은 저절로 나타난다. 당신은 전보다 더 행복할 것이고, 주변 사람들 또한 전보다 더 행복해 보일 것이다. 낙관적인 사람들이 당신 주위에 모여들고, 당신의 긍정적인 면은 주변 사람들을 고양시켜 이전보다 정신적·정서적으로 더 고차원적인 상태에 도달하게 해줄 것이다. 간디의 말을 풀어 쓰자면, 당신은 이 세상에서 몸소 실현하기를 원했던 변화 그 자체가 된 것이다. 어려움이 닥쳤을 때 다른 사람들에게 불평함으로써 에너지를 주지 마라. 문제를 해결해 줄 사람에게만 직접 말해야 한다.

이 단계에서 당신은 주변의 누군가가 불평할 때 얼마나 불편한지 깨닫게 된다. 그것은 마치 굉장히 불쾌한 냄새가 갑작스럽게 방 안으로 퍼져나가는 것과 같다. 당신은 오랜 시간 불평하지 않으려고 자제해왔기 때문에, 누군가가 불평하면 마치 그 말이 신성한 침묵의 순간을 깨뜨리는 심벌즈 같다고 생각하게 될 것이다. 사람들의 불평이 별로 유쾌하지 않더라도 그들을 바로잡아 줘야겠다고 생각하지 않을 것이다. 대신 당신은 그들이 불평하는 것을 그저 지켜보기만 한다. 당신이 비판하지도 불평하지도 않기에, 불평꾼은 자신의 행동을 정당화할 필요성을 느끼지 못하고 곧 불평을 멈추게 된다.

당신은 아주 사소한 것에도 감사를 표하게 된다. 예전이라면 당연시하던 것들도 고맙게 여긴다. 이 단계에 들어서면 당신의 기본적인 사고방식은 감사가 된다. 물론 여전히 손에 넣고 싶은 것이 있을 것이다. 그러나 그런 욕구는 건강한 것이다. 이제 당신은 새로 발견한 긍정적인 힘으로 자신이 원하는 것을 마음속에서 상상한다. 그러면 지금 이 순간에도 그것이 당신 쪽으로 다가오는 것을 느낄 것이다.

당신의 재정 상황도 좋아진다. 돈은 그 자체로는 아무런 가치가 없다. 돈은 가치를 드러내는 종잇조각이나 동전에 지나지 않는다. 당신 자신과 당신이 살고 있는 세상을 더욱 의미 있게 평가하기 시작하면서, 더 나은 경제적 혜택을 끌어들이는 파동을 발산하게 된다.

아무리 사소해도 친절하거나 관대한 행동을 보면 그에 대해 감사하라. 누군가 당신을 위해 문을 잡아주거나 물건을 들어주면 우주로부터 오는 풍성한 축복이라고 여겨라. 그렇게 함으로써 더 많은 축복을 끌어들이게 된다.

당신은 다른 사람의 삶에 먹구름이 아니라 한 줄기 햇살이 될 것이고, 삶은 당신의 새로운 존재 방식에 보답할 것이다.

워싱턴주의 시애틀에 있는 라디오 방송국에서 일하던 시절, 마사라는 안내원을 만난 적이 있었다. 마사는 내가 본 사람 중 가장 진심 어린 미소를 짓는 사람이었다. 항상 다른 사람을 칭찬했고 진정으로 행복해했으며, 다른 사람을 위해 어떤 일이라도 기꺼이 하려고 했다. 사무실에 있을 때 사람들은 마사의 존재감을 여실히 느꼈다. 모두들 마사가 주변에 있으면 더 신명 나게 일했다.

방송국을 퇴사하고 몇 년 뒤 친구들을 만나려고 그곳에 들렀는데, 분위기가 뭔가 예전과 달랐다. 방송국 로비에서 둘러보니 전반적인 기운이나 분위기가 바뀐 것 같았다. 마치 누군가가 벽을 어둡게 페인트칠하거나 조명이 흐릿해진 느낌이었다.

"마사는 어디 있습니까?" 내가 물었다.

영업부장이 한숨을 쉬었다. "우리보다 봉급이 두 배나 많은 곳으로 이직했어요." 그녀는 천천히 사무실을 둘러본 뒤 얼굴을 찌푸리며 이렇게 말했다. "그 회사는 정말 횡재한 거죠!"

마사의 행복하고 낙관적인 성격은 방송국의 모든 직원에게 퍼져나갔다. 그녀의 이직은 방송국의 행복감과 생산성을 전반적으로 떨어뜨렸다. 영업사원들은 마사가 없으니 고객의 불만 건수가 늘어났을 뿐만 아니라 불만 강도도 세졌다고 말했다. 마사는 그 특유의 친절함으로 전화를 걸어오는 고객들을 편안하게 했다.

불평하지 않는 사람이 얻는 가장 큰 선물 중 하나는 가족에게 영향을 미칠 수 있다는 것이다. 아이들은 당신의 행동을 본받을 뿐 아니라 당신의 인생관도 받아들인다. 아이들은 당신을 그대로 따라 하며 당신의 관점대로 세상을 바라보기 시작한다.

부모로서, 조부모로서, 혹은 친척 어른으로서 당신은 주변의 영향을 쉽게 받는 어린아이들의 본보기가 된다. 아이들은 자신들이 보아온 어른들처럼 자란다. 당신은 불평하는 것이 얼마나 파괴적인지 잘 안다. 그런데도 아이들이 상습적으로 불평하는 어른으로 자라길 바라는가? 아이들이 우울한 세계관을 받아들여 무력한 희생자가 되기를 바라는가? 물론 아닐 것이다.

강연을 마친 내게 한 부인이 다가와 물었다. "어떻게 해야 제 아이들이 매사에 불평하는 걸 그만두게 할 수 있을까요?" 그러면서 부인은 아주 상세하게 자신의 아이들이 일으키는 문제에 대해 말했다.

> 항상 화를 내거나 불평만 한다면 사람들은
> 당신을 위해 시간을 내지 않을 것이다.
>
> 스티븐 호킹Stephen Hawking

"먼저 부인께서 불평 없는 사람이 되려고 노력하셔야 할 것 같습니다." 나는 매서운 눈초리를 번뜩이는 부인에게 말했다. 아이들은 그저 엄마의 말과 태도를 그대로 따라 한다는 말도 덧붙였다.

그 부인은 분노로 가득한 매서운 눈빛으로 나를 노려보더니 말했다. "지긋지긋한 애들만 아니었어도 난 불평하지 않았을 거라고요!"

하아.

이 엄마는 부정적인 생각의 악순환에 갇혀 있었고, 내가 방금 자신에게 제시한 방법을 받아들이려 하지 않았다. 더 안타까운 사실은 그녀가 자녀들에게도 불행하고 만족스럽지 못한 삶을 살도록 길을 닦아 놓았다는 점이다.

불평하지 않는 사람은 자신이 바라는 것을 좀 더 쉽게 얻는다. 사람들은 이리저리 수다스럽게 비난하는 사람보다는 그들에게 기분 좋게 대해주는 사람을 더 도와주고 싶어 하기 때문이다. 이제 당신은 불평 없는 사람이 되었다. 그런 만큼 사람들은 당신을 위해, 또 당신과 함께 일하고 싶어 할 것이다. 당연히 당신은 생각보다 더 많은 것을 성취하고 또 받게 된다. 시간을 두고 기다려보라. 분명 그런 일이 벌어질 것이다.

종종 나는 이런 질문을 받는다. "그렇지만 사회적 문제는 어떻게 해야 하나요? 불평하지 않는다면 어떻게 긍정적인 변화를 일으키죠?" 앞에서 논의한 대로 모든 변화는 불만족에서 시작된다. 당신 같은 사람이 현재 있는 것과 앞으로 될 수 있는 것 사이에서 괴리를 느낄 때 변화는 시작된다. 불만족은 시작이지 끝이 될 수는 없다.

당신이 현재 상황에 대해 불평하면 아마도 다른 이들의 관심을 불러일으키겠지만 상황 자체는 해결하지 못한다. 당신이 해결이 아니라 문제에 집중하기 때문이다. 어떤 조치를 취해야 하는지 파악하고 그 간극을 메우고 문제가 해결되었을 때의 상황이 어떨지, 새로운 관점에서 이야기를 시작해보라. 그러면 사람들의 관심을 불러일으켜서 문제 해결 과정에 동참시킬 수 있다.

불평하지 않음으로써 생기는 또 다른 혜택은 이전보다 화를 덜 내고 덜 두려워하게 된다는 것이다. 분노는 외부로 향하는 두려움이다. 당신은 더 이상 다른 사람을 두렵게 하지 않으므로, 당신 주위에서 분노하고 두려워하는 사람들이 자연스럽게 사라진다.

내 친구는 작은 마을에서 목사로 일하고 있다. 이 친구의 종단에서는 교회의 신자 수를 늘리기 위해 자문위원을 파견했다.

> 인생이 레몬을 주면 레모네이드를 만들어
> 불평하느라 목이 마른 모든 사람에게 팔아라.
>
> 나폴레온 힐Napoleon Hill

그 자문위원은 이렇게 말했다. "신자들이 무엇을 두려워하는지 찾아보세요. 그걸 이용해서 신자들을 화나게 만드세요. 그러면 신자들은 다른 이들에게 그 분노 상황에 대해서 불평할 것이고, 이것이 마을 사람들을 단합시킬 겁니다. 그러면 사람들은 그 상황을 타개하기 위해 교회에 몰려들 거예요."

이런 접근법은 내 친구가 볼 때 정직하지 못한 것이었다. 목회의 목적은 어려움에 처한 사람들을 돕는 것이지 사람을 화나게 만들어 배후에서 조종하는 것은 아니기 때문이다. 내 친구는 동료 목사에게 전화를 걸어 두려움을 퍼뜨리는 수법이 정말 새로운 신자들을 끌어들이는 효과가 있는지 물어보았다.

"효과야 대단하지. 새 신자들을 아주 많이 데려올 수 있어. 그런데 큰 문제는 말이야, 그들이 분노와 공포 때문에 지속적으로 불평만 하는 사람들이라는 거지. 지금 난 그 사람들을 상대하느라 여념이 없다네." 동료 목사가 말했다.

권력을 얻기 위해 불평을 도구로 사용하는 좋은 사례는 로버트 프레스턴Robert Preston이 주연한 고전 영화 〈더 뮤직 맨The Music Man〉에서 볼 수 있다. 프레스턴은 유창한 말솜씨를 가진 부도덕한 세일즈맨 해럴드 힐 교수 역을 맡았다. 힐은 이곳저곳을 돌아다니며 악단에서 사용하는 악기를 팔았다. 아이오와주의 리버 시티에 도착한 힐은 오래 알고 지낸 한 친구에게 이렇게 묻는다. "이 도시 사람들을 화나게 하는 데 써먹을 수 있는 일이 좀 없을까? 이 도시에서 일어난 걸로." 그러자 친구는 이 도시에 막 도착한 최초의 당구대가 요즘 가장 큰 화제라고 말한다.

힐은 그 사건을 이용하기로 한다. 당구를 치게 되면 청년들이 비행을 저지르고 타락한다는 소문을 널리 퍼뜨려 도시 전체가 두려움에 빠지도록 부추긴 것이다.

당구에서 생기는 '도덕적 타락'과 '집단 히스테리'의 해결책으로 힐이 내놓은 것은 모든 청년들이 악단에 참가하는 것이다. 탁월한 세일즈맨인 해럴드 힐은 그 도시의 악단에서 사용할 악기와 유니폼을 팔아치움으로써 승리를 거둔다. 힐은 불평을 함으로써 마을 사람들을 조종하고, 그리하여 이익을 얻는다.

종종 이런 질문을 받는다. "하지만 불평은 건강에 좋지 않나요? 좌절감을 해소하려면 불평을 터트려야 하지 않나요?

부정적인 감정을 표출한다는 개념은 1970년대 미국에서 몇몇 심리학자들이 환자들에게 '절규 요법Scream Therapy'에 참여하도록 권장하면서 인기를 끌었다. 절규하면 환자들의 내면에 있는 부정적인 감정과 고통을 해소할 수 있다는 믿음이 있었던 것이다. 하지만 훗날 이러한 접근 방식은 신화에 불과하다는 사실이 밝혀졌다.

미시간 대학교 사회조사연구소 연구교수인 브래드 부슈먼Brad Bushman 박사는 35년 가까이 분노를 연구해왔다. "우리 연구 결과는 분노의 감정을 터뜨리는 것이 공격적인 성향을 증가시킬 뿐 줄여주지 않는다는 것을 분명하게 보여줍니다." 부슈먼 박사가 말했다.

〈탐구적 심성─당신을 위한 사회심리학(http://www.in-mind.org/)〉에 올린 한 논문에서 부슈먼 박사는 카타르시스 이론에 대한 글을 썼다. 카타르시스는 분노의 배출을 가리키는 심리학 용어이다.

카타르시스 이론은 분노를 표출하는 것이 정서의 건강한 발산이며, 따라서 정신 건강에 유익하다는 주장을 한다. 지그문트 프로이트부터 아리스토텔레스까지 거슬러 올라가는 카타르시스 이론은 우아하고 매력적이다. 하지만 불행히도 사실과 연구 결과는 분노의 표출이 긍정적인 가치가 없음을 보여준다. 오히려 분노의 표출은 자기 자신과 남들을 해친다.

라스베이거스의 마술사인 펜Penn과 텔러Teller는 민간신앙(분노 표출=카타르시스)이 틀렸다고 생각한다. 그들은 부슈먼 박사와 협력하여 자신들이 진행하는 쇼타임 방송 프로그램 〈Bulls**t!〉에서 그것을 증명하기로 했다(Bulls**t는 Bullshit를 줄여 쓴 것으로, 헛소리 혹은 개소리에 해당하는 욕설_옮긴이).

부슈먼 박사는 여섯 명의 대학생을 심리 실험에 참가시켰다. 학생들은 각자 종이와 펜을 지참하여 작은 방으로 들어갔고, 스스로 선택한 주제에 대한 과제물을 작성하라는 요구를 받았다. 30분 정도 지나고 부슈먼 박사의 연구 조교인 존이 과제물을 수거했다. 존은 다른 학생이 과제물에 점수를 매겨줄 것이라고 말하며 자리를 떠났다.

실제로 다른 학생은 없었다. 존은 붉은색 펜을 들고 학생들이 제출한 과제물 첫 페이지에 이렇게 적었다. "F! 지금까지 읽은 에세이 중 최악!" 그러고는 학생들에게 과제물을 돌려주었다. 당신이 영상을 본다면, 자신의 과제물에 표시된 그 가혹하고 비판적인 논평을 보고 학생들이 분기탱천한 표정을 확인할 수 있다.

존은 이후 학생들 중 절반에게 베개를 가져다주고 이 일로 인해 생긴 분노를 풀라며 몇 분 동안 베개를 주먹으로 치라고 했다.

통제군인 다른 학생들에게는 그저 조용히 앉아 마음을 가라앉힐 시간이 주어졌다.

존은 이후 학생들에게 F를 준 인물에게 똑같이 복수할 기회를 주겠다고 말했다. 단, 여기서 F를 준 학생은 허구의 인물이라는 사실을 기억해야 한다. 그런 학생은 존재하지 않고 그 대신 존

절대 얻지 못할 것에 대한 불평과 요구를 그만두면 좋은 삶을 살 수 있다.

어니스트 헤밍웨이 Ernest Hemingway

이 F와 비판적 논평을 과제물에 표시한 것인데, 실험에 참가한 학생들은 이를 모른다.

존은 엄청나게 매운 소스와 컵을 올려놓은 쟁반을 들고 학생들이 앉아 있는 방으로 들어섰다. 존은 학생들에게 '다른 학생(허구)'이 마시게 될 컵에 소스를 얼마만큼 넣을 것인지 선택할 수 있다고 말했다. 지독히 매운 소스를 학생들이 각자 원하는 대로 컵에 따르게 한 뒤 그 무게를 달았다.

결과는 흥미로웠다. 베개를 마구 때려 분노를 쏟아낸 학생들은 통제군의 학생들보다 훨씬 더 많은 소스를 컵에 부었다.

이 사실을 잠시 생각해보라. '카타르시스=분노의 표출'이라는 유명한 공식을 믿는 사람들은 베개를 두들겼던 학생들이 이를 통해 분노를 충분히 배출했다고 생각할 것이다. 하지만 실제로는 베개를 두들긴 학생들이 조용히 앉아 있던 학생들보다 더 큰 분노와 적개심을 품고 있었다.

부슈먼 박사는 이렇게 말했다. "우리 연구 결과는 분노를 표출한 사람들이 그렇게 하지 않은 사람들보다 공격성이 두 배 정

> 화가 나면 말하기 전에 열을 세고, 아주 화가 나면 백을 세어라
> 토머스 제퍼슨Thomas Jefferson

도 올라갔다는 사실을 보여줬습니다.”

　이 연구의 또 다른 부분은 분노를 터뜨리는 것이 감정을 해소하기보다는 오히려 그 감정을 더욱 증폭시킨다는 점을 보여준다. 각 학생들은 부분적으로 빈칸 처리된 단어들이 적힌 종이 한 장을 받고 빈칸을 채우도록 요구받는다. 단어 목록은 다음과 같다.

　　CHO_E

　　ATT_C_

　　KI__

　　R_P_

　조용히 분노를 삭인 학생들은 이런 식으로 단어를 채웠다.

　　CHOSE(선택하다)

　　ATTACH(붙이다)

　　KITE(연)

　　ROPE(밧줄)

　반면 베개를 두들긴 학생들, 즉 사회적 통념에 따르면 더 중심이 잡히고 평화로워야 마땅한 학생들은 아래의 단어를 채웠다.

CHOKE(목을 조르다)

ATTACK(공격하다)

KILL(죽이다)

RAPE(강간하다)

부시먼은 "분노를 표출한 후에는 공격성이 더 커진다"고 설명한다. 한마디로 화풀이에 대한 이런 대다수 통념이 수십 년 동안 상담사와 심리학자, 미디어를 통해 수용되고 대중화되어 온 신화나 마찬가지라는 것이다.

부시먼 박사가 레이 바우마이스터Ray F. Baumeister, 안젤라 스택 Angela D. Stack과 공동 집필한 「카타르시스와 공격성, 설득력 있는 영향: 자기충족적 예언인가, 자기패배적 예언인가?Aggression. and Persuasive Influence: Self-Fulfilling or Self-Defeating Prophecies?」라는 제목의 논문에서 연구진은 다음과 같이 설명한다. "공격적인 행동이 긴장을 풀고 분노를 줄이기에 좋은 방법이라고 주장하는 카타르시스 친화적인 메시지를 읽은 참가자들에게서 이후 샌드백을 때리고 싶은 욕구가 더 커졌다."

아칸소 대학교의 심리학 교수 제프리 로어Jeffrey Lohr는 수십 년 동안 카타르시스적 분노를 연구한 결과 동일한 결론을 내렸다. 그의 연구에 따르면 "베개를 때리거나 접시를 깨뜨린다고 해서 그 후의 분노 표출이 줄어들지는 않는다. 연구 결과가 이를 명

확하게 보여준다. 오히려 화를 많이 낼수록 더 화가 난다는 사실
이 결과에서 명확하게 드러난다."

일반적인 경험 역시 화를 낸다고 해서 기분이 나아지지 않는
다는 점을 증명한다. 분노를 표출하는 것이 사람들을 더 행복하
게 한다면, 우리가 아는 가장 불평이 많은 사람이 가장 행복한 사
람이어야 하지 않을까? 하지만 우리 모두 그렇지 않다는 사실을
알고 있다. 부시먼이 쓴 것처럼 "분노를 다루는 데 문제가 있는
사람들이 분노를 표출하게 하는 치료사를 만나고 있다면 빨리
새로운 치료사를 찾아야 한다!"

루이스빌 대학교의 심리학자 마이클 커닝엄Michael Cunningham
박사는 사람들이 불평하기 좋아하는 것은 어떤 비상사태가 종족
을 위협하면 소리를 질러 경고하던 우리 선조들의 대응 방식에
서 진화했을 것이라고 주장한다. "우리 포유류는 불평하는 종입
니다. 우리는 도움을 구하거나 공격 세력을 얻기 위해, 우리를 괴
롭히는 것에 대하여 투덜거립니다."

우리는 불평할 때 흔히 이렇게 말한다. "뭔가 잘못됐어." 계속
불평을 하면 우리는 영원히 '뭔가 잘못된' 상태로 사는 것이다.
그것은 우리의 삶에서 스트레스를 증가시킨다.

누군가 당신을 지속적으로 따라다니며 "조심해!" 혹은 "주의
해. 뭔가 안 좋은 일이 일어날 거야!" 혹은 "이전에 좋지 못한 일
이 있었다는 건 더 좋지 못한 일이 생길 거란 징조야"와 같은 소

리를 한다고 해보라. 당신 주변의 누군가가 예상되는 위험과 곤란함을 반복해서 지적한다면 당신은 더 큰 스트레스를 받을 수밖에 없지 않겠는가?

물론 당신은 스트레스를 받는다. 또한 당신이 자주 불평할 때, 그 경보를 울리는 사람은 다름 아닌 당신 자신이다. 불평함으로써 우리의 스트레스 단계가 높아진다. 우리가 "뭔가 잘못됐어"라고 말하면 신체가 그런 스트레스에 반응한다.

로빈 코왈스키Robin Kowalski 박사는 논문 「불만과 불평: 기능과 선행 조건, 그리고 결과Complaints and Complaining: Functions. Antecedents. and Consequences」에서 불평이 우리 몸에 미치는 영향에 대해 "증상을 이야기하는 만큼 증상이 심각해진다"라는 말로 간결하게 요약한다. 즉, 자신의 삶과 건강에 불평이 많을수록 더 많은 문제를 경험하게 된다는 뜻이다.

나는 "치료사에게 내 문제나 불평 같은 걸 이야기해도 괜찮나요?"라는 질문을 자주 받는다. 치료사와 이야기하는 것은 문제를 해결하는 데 도움을 줄 수 있는 사람과 직접 소통하는 것이기 때문에 내 대답은 물론 "네"다. 좋은 치료사는 인생의 고통스러운 경험에 의미를 부여하고 더 나은 삶을 위한 희망과 건설적인 패러다임을 제공할 수 있다.

하지만 친구와 동료, 가족, 낯선 사람에게만 불평을 털어놓는 것은 끝없는 부정성에 대한 평계가 되어 더 많은 문제가 생길 수 있다. 그리고 부정적이고 불평이 많은 다른 사람을 자주 접하면 뇌의 부정적인 영역이 활성화된다. 그 결과, 현재 주어진 것과 잘 풀리는 일에 감사하기보다 잘 안 풀리는 일에 집중하고 잘못된 점과 부족한 점만 바라보게 될 가능성이 커진다.

매거진 《잉크Inc.》의 한 기사는 이 현상을 다음과 같이 설명한다. "(분노나 슬픔, 행복 등) 어떤 감정을 체험하는 사람을 볼 때, 우리의 뇌는 상대방이 어떤 감정을 겪는지 상상하기 위해 같은 감정을 '느끼려 시도'한다. 그리고 이를 위해 자신의 뇌에서 동일한 시냅스를 활성화하여 지금 관찰하고 있는 감정에 결부시키려 한다." 따라서 앞서 설명한 것처럼 다른 사람이 불평하거나 부정적인 표현을 할 때 자리를 뜨는 행동은 신체적·정신적 건강 모두에 좋다.

불평의 반대는 감사라는 사실을 기억하라. 시간을 내서 매일 그날의 감사 목록을 작성하라. 삶의 좋은 점에 감사하면 잘못된 점에 집중할 시간이 생기지 않을 것이다. 캘리포니아 대학교 데이비스 캠퍼스에서 실시한 연구에 따르면 매일 감사하는 태도를 기르기 위해 노력한 사람들은 스트레스 호르몬인 코르티솔이 무려 23%나 감소했으며, 그 결과 기분이 좋아지고 활력도 생겼다고 한다.

"구덩이에 빠졌으면 구덩이를 더 파지 마라"는 옛말이 있다. 지금까지 삶이 원하는 대로 되지 않았다고 불평하면서 구덩이를 더 깊이 파지 마라. 21일 동안 불평 제로 챌린지를 유지하여 정복하라. 그러면 삶의 모든 측면이 좋아질 것이다.

다음 장에서는 불평 제로 챌린지의 영향력을 삶에서 직접 경험한 사람들의 이야기를 살펴볼 것이다.

울며 불평하는 자들의 말을 듣지 마라. 그들의 증상에는 전염성이 있다.

오그 만디노Og Mandino

11

불평 없는 이야기

* * *

불평하지 않는 사람은 결코 동정받지 않는다.
제인 오스틴

이번 장에서는 지금까지 불평 제로 챌린지에 도전한 1,500만 명이 넘는 사람들 중 일부의 사연을 소개하고자 한다.

이번 장을 읽으면서 공통된 특징을 발견하고, 이들의 경험에서 자신의 모습을 발견할 수 있는지 살펴보기를 바란다.

텍사스주 댈러스에서 열린 2022년 유아 교육자 협회 콘퍼런스에 참석할 기회가 있었는데, 그때 윌이 기조연설자 중 한 명이었어요.

그 자리에서 저는 곧장 보라색 밴드와 불평 제로 챌린지 등 윌이 연설하는 모든 내용에 집중하게 되었죠. 그리고 부원장에게 문자로 윌의 파워포인트 슬라이드 사진을 보내면서 "에리카, 우리 이걸 해야 돼"라고 말했어요.

그날 밤 호텔에서 윌의 오디오북을 다운로드하고 그의 페이스북 페이지에 접속해 불평 제로 그룹의 일원이 되었답니다. 제게 새로운 미션이 생겼고 어서 이 미션을 가족들, 그리고 동료들과 공유하고 싶었어요.

집에 돌아온 저는 남편과 딸들에게 불평 제로 챌린지에 대해 모조리 이야기했어요. 다음으로 선생님들과 전 직원 회의를 열어 나와 함께 불평 제로 챌린지에 동참하는 사람에게 큰 혜택이 있을 것이라고 말했죠. 모두 들뜬 표정으로 동참하겠다고 손을 들었다니까요! 다음 날 저는 밴드를 주문했고, 이 여정에서 더 많은 영감과 도움을 얻기 위해 윌의 오디오북을 계속 들었어요.

챌린지를 하면서 제가 평소 어떤 단어를 사용하고 그 단어가 어떻게 들리는지 점점 깨닫게 되었죠. 교통 체증에 대해 불평하거나 다른 사람이 우리 집을 어질러 놓았다고 화를 내는 일도 줄었고요. 불평이 심해지는 건 주로 직장에서였는데, 챌린지에 동참하는 사람들에게 모범을 보이려면 부모님이나 다른 선생님에 대해 불평하지 않아야 한다는 사실을 스스로에게 거듭 일깨웠어요. 한 손목에 찬 밴드를 계속 다른 손목으로 바꿔가면서요.

처음 3주는 무척 힘들었어요. 그래도 챌린지를 계속 이어나갔고 얼마 지나지 않아 불평 제로 챌린지가 자연스러운 일상이 되었죠. 2022년 6월 5일, 저는 공식적으로 불평 제로 챌린지를 완료했습니다. 『불평 없이 살아보기』를 다 읽었을 뿐만 아니라 아직도 주기적으로 책의 일부를 다시 읽고 있어요. 윌의 다른 책 『불평 없는 관계 만들기Complaint Free Relationship』도 종이책과 오디오북 버전으로 여러 번 읽었고요.

21일간 불평 제로 챌린지에 참여한 후로 뉴스 시청을 중단하고 대신 무엇이 저를 행복하게 또는 슬프게 하는지 집중하게 되었지요.

챌린지를 통해 인생은 단 한 번뿐이므로, 만끽하며 살아야 한다는 것을 배웠어요. 이제 남편과 딸, 그리고 나 자신과의 관계 모두 새로운 의미를 갖게 되었답니다! 저는 여전히 불평 제로 챌린지를 진행 중이고, 삶을 새로운 방식으로 바라보게 되어 감사하고 있어요.

웬디 밥콕 친절 버킷 브리게이드 창립자·연설가

불평 제로 챌린지는 제 삶을 모든 면에서 변화시켰어요. 네, 과장된 말로 들릴지도 모르지만 사실이에요. 처음 이 운동을 우연히 알게 되었을 때 저는 지역 병원에서 정규직으로 일하고 있었는데, 제 직업이 끔찍하게 싫을 정도였죠.

20년 동안 이 병원에서 일하면서 요즘처럼 매일 아침 문을 열고 들어설 때마다 두려움을 느낀 적은 없었습니다. 저는 최근 수석 의무 기록 관리자에서 의료 코더(임상 설명을 분석하고 표준화된 코드를 할당하는 작업을 담당함_옮긴이)로 직책을 바꿨어요. 변화에 적응하기 어려웠고 제게 잘 맞지도 않는 일이었지요. 직장 생활이 힘든 데다가 10년 전 폭력적인 결혼생활을 끝낸 후에도 계속 외상 후 스트레스 장애를 겪었지만, 더 나은 사람이 되기 위해 노력하고 있었죠.

그러다 팸 그리트의 오디오북을 듣게 되었는데 불평 제로 운동 이야기가 나오는 거예요. 오디오북의 일시 정지 버튼을 누르고 그 운동에 대해 곰곰이 생각해보았던 기억이 나네요. 불평 없는 세상이라고? 더 나은 미래를 창조하기 위해 삶에서 부정적 요소를 밀어내려 애썼던 수많은 방식이 떠오르더라고요. 그러자 불평을 멈추는 것이 제가 할 수 있는 최선의 방법이라는 생각이 들더군요. 삶에서 불평이 사라지면 어떤 효과가 있을지 궁금해졌습니다. 곧바로 구글과 소셜 미디어에서 이 운동과 창시자인 윌 보 웬을 검색해 보았지요. 이 운동이 이미 수백만 명의 사람들에게 미친 영향에 대해 읽었고 흥미를 느꼈습니다!

소셜 미디어에서 윌 보웬의 프로필을 찾아 그가 어떤 사람인 지 자세히 알아보았지요. 이 순간을 가히 운명적이라고 말하고 싶어요. 바로 그날 윌 보웬이 세상에 더 큰 영향을 미칠 수 있도 록 직접 '불평 없는 세상'에 대해 들려주고 가르칠 10명을 찾고 있다는 글을 올렸거든요.

미처 더 생각하기도 전에 지원한다는 이메일을 써 보냈지만 '보내기' 버튼을 클릭하자마자 멘붕이 왔죠. 현실이 날카로운 벽 처럼 제게 부딪혀 왔어요. "난 연설가가 아니잖아. 수많은 청중 앞에서 말하는 걸 싫어한다고!" 저는 혼자 중얼거렸습니다. 그 자 리에 앉은 채 도대체 왜 동기부여 연설가가 되기 위한 교육에 지 원했는지 자책하며 초조해하다가 내가 선택되지 않을 가능성이 매우 크다는 사실을 깨달았지요.

그런데 약 2주 후, 윌 보웬 팀의 멤버로부터 "불평 제로 공식 트레이너가 되고자 하는 여러분의 관심에 무척 기쁩니다! 여러 분과 인터뷰 일정을 잡으려 합니다"라고 쓰여 있는 이메일을 받 았어요.

스카이프 인터뷰 시간이 되자 저는 매우 긴장했지만, 화면 반 대편에 있는 젊은 여성이 환한 미소를 지으며 저를 반갑게 맞아주었어요. 그녀는 친근하면서도 활기차게 대화를 이끌며 저를 아주 편안하게 만들어 주었습니다. 그리고 저는 이 여성이 윌 보웬의 딸 아멜리아라는 사실을 알게 되었지요.

아멜리아는 제가 왜 이 훈련에 적합하다고 생각하는지 물었어요. 그때 저도 모르게 그동안 어떻게 수많은 역경을 극복했는지 털어놓으며 제 인생사를 들려주게 되었지요. 고통스러운 어린 시절과 가정 폭력, 양측 유방 절제술을 받은 경험까지, 긍정적인 마음가짐을 유지하고 삶을 치유하기 위해 사용한 모든 기술을 전부 이야기했습니다.

인터뷰가 끝난 후 영원처럼 느껴지는 시간을 기다리던 어느 날, 이메일을 받았어요. 그리고 제 인생을 영원히 바꿔놓을 한 줄을 마주하게 됩니다. "축하합니다, 선발되셨습니다!"

충격과 흥분, 혼란스러움과 기쁨, 그 밖에 여러 가지 감정이 한꺼번에 밀려왔습니다. 그들이 저를 믿어준 만큼 최선을 다해야겠다고 다짐했지요. 교육을 열심히 받고 좋은 모습을 보여야겠다고요. 그리고 저는 제 다짐을 지켰어요. 그해 여름, 남편과 저는 위스콘신주 중부에서 미주리주 캔자스시티까지 차를 몰고 가서 윌 보웬에게 공식적으로 불평 제로 공식 트레이너로 인증받았습니다.

윌의 가르침 덕분에 저는 곧 연설 일정을 잡게 되었어요. 몇몇 교회와 지역 학교, 여러 커뮤니티 그룹에서 연설했습니다. 발표를 마칠 때마다 짜릿한 기분이 들었어요! 무대에 서는 것이 점점 더 편안해졌고요.

그해 8월, 아버지가 세 번째 암 투병 끝에 돌아가셨어요. 당연히 우리 가족은 큰 충격에 휩싸였죠. 슬픔의 시간을 보내면서 인생은 나를 행복하게 하는 일 말고는 그 무엇을 하기에도 너무 짧다는 것을 깨달았습니다. 저는 직장을 그만두고 연설을 전업으로 삼는 문제에 대해 남편과 허심탄회하게 이야기를 나눴어요. 남편은 저를 무척 지지해 주었고, 제가 행복해하고 성공하는 모습을 보고 싶어 했습니다. 그래서 저는 빠르게 일을 진행해 가능한 한 많은 연설 일정을 잡았지요.

이내 여러 주에서 연설을 하게 되었어요. 정말 멋진 곳을 여행할 수 있었죠. 코로나19 팬데믹 기간에는 가상 공간에서 연설할 기회가 생긴 덕분에 호주와 영국을 대상으로 국제적인 연설을 진행할 수 있었습니다. 그리고 2021년 8월에는 TED 이벤트 연설을 했지요!

그래서 저는 진심으로 불평 제로 챌린지가 모든 면에서 제 인생을 바꿔놓았다고 말할 수 있어요! 마음가짐과 인간관계, 생활방식이 바뀌었을 뿐 아니라 삶을 바라보는 관점도 바뀌었죠. 지금은 인생이 제 뜻대로 풀리지 않을 때 불평하는 대신, "내 인생에서 좋은 점은 뭐지?"라고 스스로 묻고 항상 그 답을 찾게 되었답니다!

케니 헤르볼트 보험계리 및 재무 전문가

저는 스스로 불평하는 사람이라고 생각한 적은 없지만, 지속적인 자기계발에 관심이 많습니다. 그래서 팟캐스트에서 한 여성이 윌과 불평 제로 도전에 대해 언급하는 것을 들었을 때 꼭 자세히 알아봐야겠다는 생각이 들더군요.

특히 팟캐스트 진행자가 문제가 생길 때마다 불평하는 대신 그 문제를 해결할 수 있는 사람에게 직접 말하려고 노력한다고 언급했을 때 불평 제로 챌린지가 더욱 궁금해졌어요.

불평 제로 챌린지는 저를 멋진 자기 발견의 여정으로 이끌었어요. 이 챌린지는 다른 어떤 곳에서도 찾아볼 수 없는 강렬한 자기 인식 과정이었죠. 제가 완전히 깨달은 현자가 되었다고 주장하는 것은 아니에요. 하지만 자기 생각에 진심으로 귀 기울이고 그 생각을 소리 내어 말하기 전에 바로잡는 법을 터득하려면 높은 수준의 인식이 필요하며, 이러한 수준의 인식을 개발하기란 무척 어려운 것이 사실이에요.

불평 제로 챌린지는 이러한 수준의 자기 발견을 이루도록 도와줍니다. 저는 특정 단어와 대화 주제를 어휘에서 제거하는 습관을 기를 수 있었어요. 예를 들어, 대화할 때 험담하는 버릇과 저를 괴롭히던 불평조의 말투를 없애기 위해 열심히 노력했죠.

제 말을 오해하지 마세요. 아직도 집에 돌아와서 아내에게 누가 무슨 짓을 했는지, 어떤 멍청한 동료가 내 하루를 망쳤는지 이야기해야 하는 날이 가끔 있어요. 하지만 그런 일이 점점 더 줄어들고 있답니다.

그러자 다른 사람의 특정 행동이 제 기분에 어떤 영향을 미치는지 눈에 보이기 시작했어요. 특히 제가 '쓸데없다'고 생각하는 문제에 대해 아내가 불평하면 기분이 나빠진다는 것을 알게 되었죠. 아내가 불평할 때 제가 제대로 반응하지 못하면 아내가 저에게도 부정적인 반응을 보였기 때문에 끔찍한 저녁을 보내야 했고, 우리는 별 이유 없이 서로 짜증을 내곤 했습니다.

심지어 서로의 운전 방식이 마음에 들지 않을 때 차 안에서 소리 내어 불평하면 상대방이 운전을 더 제대로 할 거라고 착각하고 있다는 점까지 알게 되었죠.

21일 내내 단 한 번의 불평도 없이 운전할 수 있게 되기까지 거의 8개월이 걸렸습니다. 그 여정에서 저는 훨씬 더 인내심 있는 운전자가 되었어요. 하지만 가장 중요한 것은 제가 통제할 수 없고 삶에 큰 영향을 미치지 않는 다른 사람의 감정과 행동이 제 기분에 부정적인 영향을 미칠 때, 이를 알아차리는 방법을 배웠다는 점입니다. 이것만으로도 제가 바꿀 수 없는 것들을 받아들일 수 있었고, 인간관계와 삶 전반을 더 차분하고 긍정적으로 바라보게 되었죠.

앤디 하우스만 고객 성공 관리자

저는 삶을 개선할 수 있게 해주는 책이라면 모두 좋아하는데, 어느 날 월 보웬의 『불평 없이 살아보기』를 만나게 되었죠. 긍정적인 메시지에 큰 영감을 받아 책을 읽고 나서 21일 동안 불평제로 챌린지에 도전하기로 결심했어요.

챌린지를 시작한 지 며칠 만에 기분이 한결 가벼워지면서 행복해지기 시작했고, 무엇보다 아내 지나와 더욱 다정하고 효율적인 방식으로 소통하기 시작하면서 결혼생활도 개선되었어요. 더욱이 퇴근 후 집에 돌아왔을 때도 더 좋은 에너지를 얻을 수 있게 되었죠. 아들 브로디와 딸 벨라에게도 더욱 자상한 아빠가 되었고요. 아이들이 투정을 부려도 더 이상 불평하거나 화를 내지 않는답니다. 21일 챌린지에 참여하면서 가장 감사한 점 중 하나는 제 삶에 더 많은 긍정을 끌어들이는 방식을 배우게 되었다는 거예요. 제가 하는 말과 말하는 방식도 더 눈여겨보게 되었고요. 이제는 어떤 일이 생기든 본능적으로 반응하는 게 아니라 이성적으로 응답하게 되었죠.

다른 사람이 불평이나 비판, 험담을 할 때 거기에 휘말리지 않으려고 의식적으로 노력한다는 사실도 알게 되었습니다. 시간이 좀 더 지나자 직장에서 어떤 종류의 부정적인 대화에도 끼지 않게 되었지요. 지금까지 불평하지 않고 버틴 최고 기록은 13일이고, 21일째까지 성공적으로 마치기를 기대하고 있어요.

21일간의 도전은 제 삶에 매우 긍정적인 영향을 미쳤고, 매우 감사하게 생각합니다. 쉽지는 않지만 그 과정을 즐기고 있으며 앞으로도 정기적으로 도전할 생각입니다.

캐시 크루즈 건설 견적 담당자

2020년에 팬데믹이 닥치자 저 자신을 돌아볼 시간이 훨씬 더 많아졌습니다. 마침 집에서 할 일을 찾고 있기도 했죠.『불평 없이 살아보기』에 대해 들어본 적은 있지만 책을 읽어보지는 못했어요. 어느 날 인터넷 검색을 하다가 윌 보웬의 페이스북 페이지를 보게 되었습니다. 그때 윌의 불평 없는 삶 핵심 그룹에 가입하고 책을 구입해 보라색 밴드를 받았죠. 아직 21일을 채우기 위해 노력 중이지만 윌의 그룹은 제가 생각과 행동에 집중하고 현실을 깨닫게 해줘요. 전 제가 21일까지 해낼 수 있다고 믿어요!

불평 없는 삶 핵심 그룹에서 느끼는 소속감과 책임감, 응원이 무척 좋아요. 이 그룹은 매일 게시물을 통해 제게 긍정적인 격려를 해주고, 계속 진행하거나 1일 차부터 다시 시작할 때 서로 응원해줍니다. 영감을 주는 그룹과 함께하게 되어 매우 기쁩니다.

앞으로도 열심히 21일간의 불평 제로 챌린지에 참여할게요!

리즈 도쳇 스네든 기업가

2020년 11월, 불평 없는 세상에 대한 윌의 인터뷰를 처음 듣고 이 놀라운 개념에 흥미를 느꼈어요. 분명 제 관심을 사로잡았죠. 몇 주가 지났지만 제 마음은 여전히 그 인터뷰를 곱씹고 있었습니다. 그래서 저는 혼자 테스트해보기로 했어요. 불평 없이 과연 며칠이나 버틸 수 있을까?

그리고 이내 깨어 있는 시간 중 얼마나 긴 시간을 불평 없이 보낼 수 있는지 직접 확인하는 것이 가장 좋은 방법이라는 사실을 깨달았습니다.

저는 항상 제 자신이 긍정적인 사람이라고 생각했지만, 평소에 무슨 말을 하는지 알아차리고는 깜짝 놀랐어요. 많은 노력이 필요하다는 것을 깨달은 저는 윌의 책 『불평 없이 살아보기』로 개념을 흡수했습니다. 주변 사람들도 21일간의 불평 제로 챌린지에 동참하기를 바라는 마음으로 저를 위한 불평 제로 밴드에 더해 몇 개의 밴드를 추가 주문했어요. 다음으로 불평 없는 삶의 핵심 그룹에 가입했는데, 이 역시 강력한 도구임을 알게 되었지요. 21일간의 여정에서 어디쯤 와 있는지 매일 추적하고 보고하면서 태도를 유지하는 데 도움이 되거든요.

이 경험은 저 개인적으로도 놀라운 성장의 시간이었어요. 개념과 책, 그리고 불평 없는 삶의 핵심 그룹에서 받은 사회적 지원은 분명 제 성장에 큰 힘이 되었답니다. 21일간의 불평 제로 챌린지를 마치는 데 230일이나 걸렸지만 전 결국 해냈어요!

이제 저는 감사와 주변 사람들의 강점, 다른 사람들의 친절에 초점을 맞추고 챌린지를 할 때마다 가르침을 얻는 데 집중하고 있어요. 제 목표는 매일 한 사람이라도 웃게 만드는 거랍니다! 고마워요, 윌 보웬! 진심으로 감사하고 있어요!

린다 스타네스 퇴직 교사, 저스트 세이 후아Just Say Whoa 설립자

10여 년 전 윌 보웬의 『불평 없이 살아보기』를 읽은 후 처음으로 불평 제로 챌린지에 도전했고, 아이들을 위한 프로그램을 시작해야겠다는 영감을 얻었어요.

최근 윌 보웬의 매일 점프스타트 영상을 발견해 그의 책을 다시 주문하고, 불평 제로 챌린지에 도전하고, 불평 없는 삶 핵심 그룹에 가입하면서 그가 다시금 제 인생으로 돌아왔어요.

윌 보웬은 세상과 제 삶에 긍정적인 변화를 가져다주었습니다.

21일간의 불평 제로 챌린지는 우리의 마음을 바꾸어 긍정적으로 생각하고 감사하게 하며 다른 사람들을 돕고 싶다는 영감이 떠오르게 하죠.

이 프로그램 덕분에 저는 이제 다른 사람이 되었어요. 감사하는 사람이 되었고, 매일 긍정적인 사고방식으로 하루를 시작하게 되었지요.

바버라 윌로우 드링크워터 은퇴한 부동산 중개인

21일간의 불평 제로 챌린지에 참여한다고 선언하고 보라색 밴드를 착용하면서 제 삶이 긍정적으로 바뀌었어요.

주변 사람들이 제 변화를 가장 먼저 알아차렸고 덕분에 제 가방에 있던 여분의 밴드는 곧 그들의 손목에 채워지게 됐지요. 덕분에 주변 환경이 더 행복해졌어요! 제 딸도 "저에게 문제는 없고 할 일만 있을 뿐이에요!"라고 말하면서 모든 일을 새로운 시각으로 바라보더군요.

어느 날은 남편이 저녁 식사 자리에서 나온 말에 너무 화가나서 자리를 박차고 밖으로 나가더군요. 무슨 말이었는지 기억도 안 나지만, 잠시 후 남편이 돌아와 자리에 앉더니 자기 자신을 가리키며 "복도에서 만난 사람이 누구인지는 모르겠지만 이제 그 사람이 사라져서 기쁘지 않아?"라고 말했어요. 불평 제로 개념이 남편에게도 영향을 미치고 있다니까요.

이제 불평하기 전에 먼저 스스로를 돌아보고, 문제에서 해결책을 찾는 쪽으로 생각이 바뀌었어요. 불평 제로 챌린지를 통해 감사하는 법을 배웠고, 항해 용어로 비유하자면 제가 제 작은 보트의 선장이라는 것을 알게 되었답니다!

다니엘 리지 초콜릿 상점 주인

2016년, 아내 엘리아나가 브라질의 한 웹사이트에서 발견한 기사를 보내주어 윌 보웬의 활동을 알게 되었습니다. 당시 저는 불평을 많이 해서 어린 아들 페드로를 포함한 주변 사람들에게 부정적인 영향을 미쳤어요. 웹사이트의 기사는 포르투갈어로 번역된 윌의 책『불평 없이 살아보기』를 언급하고 있었습니다.

저는 그 책을 사서 21일 동안 불평 제로 습관을 기르는 방법을 배웠습니다. 윌은 어떤 것을 정복하는 데는 4단계가 있다고 설명합니다. 무의식적 무능과 의식적 무능, 의식적 유능과 무의식적 유능인데 저는 이 모든 단계를 거쳤어요! 정말입니다.

방법은 간단해요. 불평 제로 밴드를 손목에 차고 불평할 때마다 다른 손목으로 밴드를 바꿔 찹니다. 그리고 다시 첫날로 돌아가 시작하면 됩니다.

저는 밴드를 주문하고 불평 없이 지내는 210일간의 여정을 시작했습니다. 밴드를 바꿔 차며 21일간의 불평 제로 챌린지를 완료하기까지 2년 2개월 8일이 걸리더군요. 윌 보웬은 저에게 행복 증서Certificate of Happiness를 보내주었고, 이것은 지금도 제 책상 앞에 자랑스럽게 걸려 있죠.

챌린지에 성공하는 비결은 절대 포기하지 않는 것입니다. 그후 저는 월의 불평 생활 이너 서클에 가입했어요. 회원이 되면 불평하지 않는 날을 페이스북에 게시하여 자신과 다른 사람들에게 영감을 줍니다! 불평하지 않으면 우리는 피해자의 역할을 맡지 않고 매우 성숙한 방식으로 해결책을 모색하게 되죠. 이런 태도는 제 삶의 모든 영역을 바꾸었습니다.

저는 매일 이 챌린지를 계속하고 있으며 21일간 불평 없이 지내기를 여러 번 마쳤습니다. 그 결과 집중력이 향상되고 사업이 번창했으며 직원 및 가족과의 관계도 무척 좋아졌지요. 가장 중요한 점은 저 자신을 더 좋아하고 돌보게 되었다는 거예요! 심지어 상파울루 경찰서에서 경관이 되고 싶다는 평생의 꿈도 이뤄가고 있어요!

저는 불평하지 않는 것이 자유와 성공, 부와 같은 의미라고 믿어요. 그러나 여전히 매일 끊임없이 경계하며 훈련해야 하죠. 요즘은 불평하지 않는 것 외에도 타인을 험담하거나 남에게 나쁜 말을 하지 않도록 항상 스스로 주의 깊게 관찰한답니다.

또한 불평하지 않으면 뇌에 부정적인 생각이 전달되는 빈도가 줄어든다는 것을 배웠어요. 부정적인 생각은 말로 표현할 때만 뇌에 공급되기 때문이라고 하네요.

이런 경험을 하게 되어 큰 영광입니다! 무척 만족스럽고 흐뭇합니다. 또 행복은 선택의 문제라는 것도 배웠어요. 행복은 외부 요인에 좌우되지 않아요. 그저 행복해지겠다고 선택하면 됩니다. 그리고 저는 항상 행복하고 싶답니다.

제프 렌하트

2012년, 제가 사는 마을의 한 지역 회사 경영팀에서 일하면서『불평 없이 살아보기』라는 책을 소개받았어요. 경영팀 전부가 이 책을 읽고 적어도 30일 동안 불평 제로 챌린지에 도전해야 했지요.

당시 저는 동료들의 부정적인 반응과 제 자신의 부정적인 태도로 업무에 어려움을 겪고 있었기 때문에, 완벽한 시기에 이 모든 일이 이루어졌다는 생각이 들어요. 저도 모르게 하루 동안 얼마나 많은 불평을 하고 있는지 금세 깨달았거든요.

저는 온종일, 특히 직장에서 제가 하는 불평과 불만에 집중하기 시작했어요.

이듬해 크리스마스에, 윌 보웬이 페이스북 페이지를 통해 이벤트를 열었어요. 사연을 응모해서 선정되면 자신이 직접 방문해 무료로 강연하겠다는 내용이었죠. 당시 저는 다른 회사에서 일하고 있었지만, 여전히 부정적인 생각을 많이 했어요. 그래서 저는 윌에게 이메일을 보내 그가 아이오와주 더뷰크에 와서 연설하면 우리에게 큰 도움이 될 거라고 설명했지요.

놀랍게도 이틀 후 윌은 제 사연이 당첨됐다는 이메일을 보내왔어요! 저는 재빨리 '불평 제로' 위원회를 구성하여 윌의 방문일에 지역 사회 지도자들을 참여시키고 모든 사람에게 불평 제로 챌린지에 대해 알렸어요.

그 결과 학교는 물론 다른 기업과 단체도 참여했고, 지역 시의회에서도 특별한 '불평 제로의 날'을 선포하기에 이르렀어요!

윌이 이곳에 와서 연설한 지 10년이 지났지만, 사람들은 여전히 『불평 없이 살아보기』를 읽고 보라색 밴드 챌린지에 도전하면서 얼마나 큰 영감을 받았는지 이야기한답니다!

브라이언 마티스 피부과 전문의, 발명가,

『덤보이, 휴가를 구하다 Dermboy Saves Vacation』의 저자

저는 사람들을 돕기 위해 의사라는 직업을 선택했어요. 하지만 애석하게도 환자의 우려사항은 의료계에서 '주요 불만 사항'으로 간주됩니다. 이는 환자가 의사를 만나러 진료실에 오는 기본적인 이유를 평가하는 데 사용되지요.

따라서 월의 주장은 제 직업과는 대조적으로 보일 수 있어요. 하지만 제 머릿속을 맴도는 그의 목소리는 제 진료와 직업, 삶을 변화시키는 데 도움이 되었어요. 저는 직원 모두에게 『불평 없이 살아보기』를 한 권씩 사줬고, 월의 방법과 불평 제로 밴드를 활용하여 우리의 마음가짐을 바꾸는 데 도움을 받았어요. 월의 방식은 불평하거나 험담하는 대신 행동을 취해야 한다는 것을 깨닫도록 도와줍니다.

불평과 걱정은 사람의 현실을 개선하지 못해요. 행동해야 개선되지요. 이제 우리 직원(의료 보조원과 간호사, 의사 및 관리팀)은 완전히 새로운 방식으로 자신의 내면에 귀를 기울이고 있어요.

월 보웬과 불평 제로 운동에 감사드려요. 그의 말과 행동은 저희와 환자 모두에게 변화를 가져왔습니다. 그 사실에 진심으로 감사하고 있습니다.

마이크 핀켈슈타인 글로벌 스포츠 비즈니스 석사 프로그램 경영 책임자, 럿거스 대학교

스포츠 매니지먼트 분야의 사람을 떠올려보라고 하면 열심히 일하고 성공을 추구하며 다소 저돌적인 유형의 캐릭터가 생각날 수 있습니다. 영화 〈볼러스Ballers〉의 드웨인 존슨이나 〈제리 맥과 이어〉의 톰 크루즈를 떠올릴 수도 있지요. 돈이나 권력, 명성을 추구하는 사람 말이에요.

하지만 럿거스에서 스포츠 매니지먼트 프로그램을 시작했을 때 저는 다른 사람과 잘 협력하는 능력, 무엇보다 이 직업에 수반되는 많은 어려움을 견디고 힘든 시기에도 긍정적이고 유쾌한 태도를 유지하는 재능 등 많은 사람이 '소프트 스킬'이라고 부르는 것에 초점을 맞춰야 성공한다는 사실을 깨달았습니다.

2010년, 윌 보웬의 책『불평 없이 살아보기』를 읽고 21일 동안의 불평 제로 챌린지에 도전했어요. 정말 눈이 확 뜨였죠! 스포츠 매니지먼트 전문가가 되기를 꿈꾸는 이들에게 이런 커리큘럼이 필요하다는 것도 알게 되었고요.

그래서 저는 크리스마스 때마다 학생들에게 윌의 책을 한 권씩 나눠주고 21일 동안 불평 제로 챌린지에 도전하게 한답니다. 그리고 그다음 학기가 끝날 무렵, 각자 자신의 경험에 대해 글을 쓰도록 했죠. 그리고 학생들의 의견에 따라 매년 이 과목을 필수 과목으로 만들기로 결정했어요.

다음은 학생 몇 명의 의견입니다.

제 불평의 역사에 대해 솔직하게 말씀드릴게요. 저는 몇 년 동안 끊임없이 부정적인 태도를 보여왔고, 이를 극복할 방법을 찾을 수 있으리라고는 아예 생각도 못 했죠. 제 삶의 모든 측면에 대해 불평했습니다. 운동할 때는 "내가 속한 팀은 별로 좋지 않아. 다른 팀으로 옮겨야 해"라고 불평했지요. 학교에서는 "내가 졸업이나 할 수 있을까? 난 별로 똑똑하지도 않은데"라고 말했고요.

이처럼 온갖 부정적인 생각과 불평만 일삼다 보니 과거의 관계를 해치고 제 능력에 계속 의문을 품게 되었어요. 이런 상태가 끝날 수 있으리라고는 생각도 못 했고요.

대학원에 진학해 인생에서 큰 변화를 일으키겠다고 결심하던 차에 남은 인생을 긍정적인 길로 이끄는 데 도움이 될 첫 책을 읽다니 정말 놀라운 우연이에요. _ 로스 배런

지난 학기 말 교수님께서 우리에게 주신 책은 그저 단순한 책이 아니에요. 저는 이 책이 인생 지침서이자 살아가는 방법을 알려주는 책이라고 생각합니다.

이제 막 새로운 인생을 시작한 사람이나 이미 은퇴한 사람 등 누구나 이 책을 읽고 같은 효과를 얻을 수 있어요. 우리가 21일 동안 챌린지를 성공적으로 마치고 불평을 그만둘 수 있다면 이 세상은 더 살기 좋은 곳이 될 겁니다. _ 브랜든 로리

아버지가 말기 암 진단을 받았다는 소식은 우리 가족을 완전히 뒤흔들었고, 우리가 무엇을 소중히 여기고 우선시해야 하는지에 대한 관점을 바꿀 냉철한 깨달음을 주었죠. 제가 할 수 있는 일을 스

스로 통제해야 한다는 점을 상기하자 다른 사람이 절 어떻게 생각하는지는 좌지우지할 수 없고, 오직 나 자신의 반응과 감정만 책임질 수 있을 뿐이라는 사실을 새기게 되었어요. _ 제이미 모스케토

불평 없는 생활이 주는 혜택은 이 생활 방식을 계속 유지하게하는 주요 동기랍니다. "분노를 표출하는 것이 우릴 더 행복하게 만든다면, 가장 불평을 많이 하는 사람이 가장 행복한 사람이어야 하지 않을까요?"라는 윌의 생각은 불평하지 않음으로써 얻을 수 있는많은 이점과 그것이 제 삶의 목표와 어떻게 일치하는지 생각해보게 했지요.

제 목표는 행복해지는 거랍니다. 불평해서는 아무런 해결책도나오지 않고, 감정만 더욱 악화될 뿐이죠. 이 감정은 일주일 후면사소해지고 한 달 후에는 사라져 버릴 텐데 말이에요.

저는 짧은 시간에 머릿속을 정리하고 이제 더 긍정적인 관점을얻게 되었어요. 저 역시 보웬 씨처럼 더 행복해지고 불평 제로인 사람들에 둘러싸여 살고 싶습니다. 이 챌린지는 쉽지 않았고 많은 자제력이 필요했지만, 제 삶에 긍정적인 영향을 미치기 위해 스스로를 단련하고 있다는 사실이 자랑스러워요. _ 신디 로드리게스

인간은 자신의 불만보다 다른 사람의 불만을 훨씬 더 잘 알아차립니다. 이 책을 읽고 나니 다른 사람의 불평이 전보다 더 눈에

잘 띄기 시작했어요. 제 불평도 마찬가지였지요.

저는 불평 제로 21일을 실천하면서 불평을 표출하기 전에 미리 알아차리는 능력을 키웠는데, 이 과정이 부정적인 에너지를 다른 방향으로 전환하는 데 도움이 되더라고요. 불평을 분류하고 제 감정을 개선된 방식으로 다시 표현할 수 있게 되어 무척 뿌듯해요. 현재 저는 윌이 설명한 4단계 중 인내심을 발휘하고 말할 때 더 조심하는 의식적 유능 단계에 접어들었다고 생각해요. _ 라이언 로즈

『불평 없이 살아보기』는 객관성을 유지하는 방법을 가르치고 우리가 불평하는 근본적인 이유를 이해하도록 돕는답니다. 그리고 말과 생각이 삶에 미치는 영향에 대해 독자들이 더 많은 주의를 기울이도록 이끕니다. 이 여정을 시작하면서 많은 가르침을 얻었는데, 그중에서도 가장 큰 교훈은 저만의 방식에서 벗어나야 한다는 것이었어요. 이 책은 우리가 불평하는 이유와 불평하지 말아야 하는 이유를 가르쳐 주었고, 제가 가진 힘에 더 주의하면서 계획을 세우도록 해주었지요. _ 크리스털 화이트헤드

교수로서 윌의 책과 불평 제로 챌린지를 제 수업에 포함시켜서 학생들에게 지속적으로 긍정적인 영향을 미칠 수 있었다는 사실에 매우 감사하고 있습니다. 이 책과 챌린지는 앞으로도 계속 제 커리큘럼에서 중요한 부분을 차지할 겁니다.

얼마 전 남편과 하와이에서 휴가를 보냈어요. 밤에 산책하러 나가 손을 잡고 걸으며 우리의 삶, 그리고 서로 가장 좋아하는 점에 대해 이야기했죠. 제가 남편에게 저의 어떤 점을 좋아하냐고 물었더니 그는 '한결같이 긍정적인 태도'라고 대답하더군요.

그는 말을 이어나갔어요. "당신은 자기가 얼마나 긍정적인지 모르는 것 같아. 무슨 일이 있어도 좋은 점을 찾아내잖아. 에어컨이 고장 났는데 고칠 돈이 없으면 '융자를 받는다는 옵션은 있잖아'라고 말하지. 항공편 중 하나가 취소되었을 때는 '적어도 우리는 여기 함께 있어'라고 했고."

그는 내 손을 꽉 움켜쥐고 덧붙였습니다. "당신이 힘들지 않다는 게 아냐. 물론 당신도 힘들지. 하지만 당신은 상황을 감정적으로 받아들이지 않고, 항상 행복을 느낄 만한 무언가를 찾아낸다니까."

제 아빠가 윌 보웬이고, 아빠는 제가 아홉 살 때인 2007년 불평 제로 챌린지를 소개하셨으니 그럴 만도 하죠.

교회에 밴드 상자가 바닥부터 천장까지 쌓여 있었는데도 전이 운동의 규모를 온전히 이해하지 못했어요. 그저 여름방학에 아빠를 도우러 갔다가 지루해진 아이가 놀기 좋은, 상자로 만든 정글짐이라고만 생각했죠.

이 운동이 얼마나 큰 의미를 갖는지 처음 깨달은 것은 중학교 때, 반 친구들이 아빠의 인터뷰를 보기 위해 수업을 마다하고 오프라 쇼를 보러 갔을 때였어요.

이 책에 소개된 수많은 멋진 사연과 달리 저는 어느 날 갑자기 불평 제로 운동을 실천하고 제 삶을 바꾼 것이 아니랍니다. 불평 제로 운동은 아주 어릴 때부터 저를 지금의 모습으로 만들어 주었죠.

덕분에 불평이 사라져 제 삶이 얼마나 더 나아졌는지 설명하는 글을 쓰는 데 어려움을 겪고 있어요. 불평 없는 삶과 비교할 만한 다른 삶을 알지 못하거든요. 불평 없는 삶은 제가 기억할 수 있는 한 제 인생의 오랜 일부였을 뿐이에요.

하지만 어른이 되면서 주변 사람들이 저보다 훨씬 더 힘든 시간을 보내고 있다는 사실을 알게 되었죠. 그들에게는 항상 모든 일이 잘못된 것처럼 보이는 듯했어요. 어떤 일에서도 행복이나 성취감을 느끼지 못하는 것 같았고요. 열대 지방의 완벽한 낙원으로 휴가를 떠나도 혼란에 가득 차 있는 것 같고요. 하지만 저는 그런 기분을 느끼지 않아요.

한 발짝 물러서면 제 삶도 다른 이들의 삶과 똑같다는 것을 깨닫게 됩니다. 저도 고난과 좌절, 어려움을 경험해요. 다만 대부분의 사람이 겪는 것과 같은 무게로 체감하지 않을 뿐이죠. 저에게 문제가 생기면 대체로 지나가는 문제라고 생각하고 감사할 만한 점을 찾아낸답니다. 제 인생에서 일어나는 나쁜 일을 감정적으로 받아들이지 않고, 다른 사람들처럼 세상이 저를 골탕 먹이려 한다고도 생각하지 않아요.

불평 없는 사람이 되어서 느끼는 기쁨과 평화는 헤아릴 수 없을 정도로 크답니다. 가끔 좌절감이나 불안감, 어려움을 마주하지만, 어떤 일이 닥쳐도 불평하는 사람들보다는 훨씬 더 잘 대처할 수 있게 되었으니까요.

저는 누구든지 불평 없는 삶을 선택하면 자신의 삶을 영원히 바꿀 수 있다고 진심으로 믿어요. 불평을 멈추면 지금의 삶이 더 편안하게 느껴지고, 인간관계가 더 깊고 의미 있게 다가오며, 아무리 힘든 상황에서도 희망과 감사할 만한 일을 찾게 될 거예요.

모두 여러분의 선택에 달린 문제랍니다.

포도알은
다른 포도알을 보면서 익어간다

* * *

사람은 한 권의 책을 읽음으로써 인생의 새로운 시기를 만난다.
헨리 데이비드 소로Henry David Thoreau

수천 명의 사람들과 마찬가지로, 저는 제가 집중해야 할 방향을 바꾸기 시작했습니다. 보라색 밴드가 도착하기를 기다리는 동안, 제 손목에 다른 고무밴드를 착용하기 시작했습니다. 이 고무밴드는 저의 행동을 의식하게 해주었습니다. 일주일 정도 되자 거의 불평을 하지 않게 되었죠.

이 운동에 도전하면서 주목한 점은 제가 예전보다 훨씬 더 행복해졌다는 것입니다. 당연히 제 주변 사람들도 전보다 더 행복해졌고요(가령 제 남편). 오랫동안 매사에 불평하는 제 모습을 바꿀 수 있기를 바랐는데, 이 운동은 제 행동의 변화에 좋은 자극이 되었습니다.

밴드와 불평 없이 살아보기 운동은 많은 화제가 되었습니다. 많은 사람들로 하여금 자신이 얼마나 자주 불평하는지 깨닫게 했고, 더 나아가 예전과 다르게 행동하도록 유도했습니다. 하나의 거대한 파급효과인 것이죠. 불평 없이 살아보기 운동은 사람들이 그 개념을 들으면 들을수록 아주 광범위한 효과를 미칠 것 같습니다.

이 운동의 파급효과는 실제로 밴드를 차고 다니는 사람들의 범위를 뛰어넘는, 훨씬 더 큰 것입니다.

생각하는 것만으로도 참으로 멋지네요!

메릴랜드주 로크빌에서

진 라일리

당신은 인생의 새로운 시기에 들어섰다.

이 책에서 배운 개념은 당신의 의식을 변화시켰고 새로운 가능성을 열었다. 당신이 이것을 온전히 의식했을 수도 있고 아닐 수도 있다. 하지만 당신의 삶을 개선시키는 다양한 방법을 아직 전면적으로 포용하지 않았을 가능성이 높다.

이 과정을 계속해나간다면 구름에 집중하며 보낸 인생 뒤에서 밝게 빛나는 햇빛을 보게 될 것이다. 당신이 불만으로 괴로웠다면 평화와 즐거움을 찾게 될 것이다. 당신의 눈에 문제만 들어왔다면, 앞으로는 새로운 가능성을 발견하게 될 것이다. 당신의 인간관계가 불협화음을 냈다면 앞으로는 조화로움을 경험하게 될 것이다.

당신은 하나의 씨앗을 심었다. 그 씨앗이 그저 자그마한 도토리처럼 보일지 모르겠지만, 시간이 흐르면 위풍당당한 떡갈나무로 자라날 것이다.

당신의 인생은 변화하고 있다.

한 번 더 말하지만, 지금 그대로 계속한다면 당신은 불평하지 않는 사람이 될 수 있다. 인간은 습관의 동물이다. 오래된 습관을 새로운 것으로 바꾸려면 시간이 걸린다. 하지만 습관은 행동 하나하나로 만들어진다. 붓질 하나하나가 더해져 결국 아름다운 그림이 완성되듯 말이다.

내가 아이일 때 어머니가 읽어주셨던 책들 가운데 이런 것이 있었다. 제빵사와 구두쇠 상인, 그리고 어느 날 마을에 등장한 신

우리는 우리가 반복한 행위의 결과물이다.
따라서 탁월함은 행위가 아닌 습관이다.
아리스토텔레스Aristoteles

비한 이방인에 대한 이야기였다. 이방인은 마을 사람들에게 다가가 밤을 보낼 쉼터와 음식을 부탁했다. 구두쇠 상인 부부에게 도움을 요청하자 그 부부는 멸시하는 태도로 이방인의 청을 거절했다.

결국 이방인은 마을에서 유일한 제과점으로 걸어갔다. 제빵사는 몹시 가난하고, 빵을 구울 재료마저 거의 떨어져가고 있었다. 그럼에도 이방인을 맞아들여 자신의 빈약한 식사를 나눠주었다. 그러고는 자신의 소박한 침대까지 내주었다. 다음 날 아침이 되자 이방인이 일어나 제빵사에게 감사를 표하며 말했다. "어떤 일이든 아침에 처음 하는 일을 당신은 하루 종일 계속하게 될 것입니다."

제빵사는 이방인이 한 말의 뜻을 확실히 이해하지 못했으나 그리 신경 쓰지 않았다. 그는 하룻밤을 묵은 이방인에게 줄 케이크를 굽기 시작했다. 남아 있는 재료를 점검한 결과 계란 두 개와 밀가루 한 컵, 소량의 설탕, 그리고 몇 가지 향신료뿐이었다. 제빵사는 빵을 굽기 시작했다. 그런데 놀랍게도 재료를 사용하면 없어지는 것이 아니라 사용한 것 이상으로 계속 남아 있었다. 가령 제빵사가 두 개의 계란을 꺼내면 네 개의 계란이 남아 있었다. 제빵사가 밀가루 포대를 기울여 마지막 한 줌을 털어내면 포대는 다시 밀가루로 가득했다. 이런 행운에 너무 기쁜 나머지 제빵사는 있는 힘을 다해 맛있는 음식들을 잔뜩 구워냈다. 곧 마을 광장은 빵, 쿠키, 케이크, 파이가 내뿜는 맛있는 향기로 진동했다. 손님들은 제빵사가 만들어낸 빵과 과자를 사기 위해 긴 줄을 섰다.

그날 저녁, 돈이 넘쳐나는 계산대에 서 있던 제빵사에게 구두쇠 상인이 다가왔다. "아니, 어떻게 오늘 그 많은 손님들이 온 거야?" 구두쇠 상인이 다그치듯이 물었다. "마을 사람 모두가 자네한테서 빵이며 과자를 사간 것 같아. 어떤 사람들은 한 번 이상 들렀고." 제빵사는 자신이 재워준 이방인과, 그가 떠나기 전에 내려준 신기한 축복을 구두쇠 상인에게 말해주었다.

제과점을 뛰쳐나간 구두쇠 상인 부부는 마을 밖으로 이어진 길을 달려가 신비스러운 이방인을 찾았다. "아이고, 선생님. 부디 지난밤의 무례는 용서해주십시오. 선생님을 도와드리지 않다니, 저희가 정신이 나갔던 게 틀림없습니다. 부디 저희 집으로 돌아오셔서 선생님을 접대할 수 있는 영광을 주십시오." 상인 부부가 말했다. 이방인은 아무 말 없이 발걸음을 돌려 부부와 함께 마을로 돌아왔다.

상인의 집으로 돌아온 이방인은 좋은 와인을 곁들인 호화로운 식사와 고급 디저트를 대접받았다. 이방인은 두껍고 아늑한 거위 털 이불을 덮고 호화로운 방에서 밤을 보냈다.

다음 날 아침 이방인이 떠날 준비를 하자 상인 부부는 호들갑을 떨면서 마법의 주문을 내려주기를 기다렸다. 아니나 다를까 이방인은 감사 인사를 하면서 이렇게 말했다. "어떤 일이든 아침에 처음 하는 일을 당신은 하루 종일 계속하게 될 것입니다."

축복과도 같은 말을 들은 뒤, 상인의 아내는 이방인을 서둘러 문밖으로 쫓아냈다. 상인 부부는 외투를 걸치고 가게로 향했다. 엄청난 손님이 올 것을 기대하며, 상인은 빗자루를 들고 바닥을 쓸기 시작했다. 상인의 아내는 잔돈이 충분한지 확인하려고 서랍 속의 돈을 세기 시작했다.

상인은 바닥을 쓸고 상인의 아내는 돈을 세었다. 상인 부부는 그 동작을 하면 할수록 바닥을 쓸고 돈을 세는 일을 멈출 수가 없었으며, 그렇게 하루가 지나갔다. 누군가 가게에 들어왔을 때도 그들은 계속 바닥을 쓸고 돈을 세었다. 따라서 물건을 팔 수도 없었다.

제빵사와 상인은 모두 같은 축복을 받았다. 제빵사는 긍정적이고 자비로운 행동으로 하루를 시작해 커다란 보상을 받았다. 그러나 상인은 부정적이고 자기 잇속만 차리는 행동으로 하루를 시작해 아무것도 얻을 수 없었다.

축복은 중립적인 것이다. 일상생활을 만들어내는 당신의 능

> 비관론자는 바람에 대해 불평한다.
> 낙관주의자는 바람이 바뀌기를 기대한다. 현실주의자는 돛을 조정한다.
>
> 윌리엄 A. 워드William A. Ward

력도 중립적이다. 이 능력을 당신이 바라는 대로 사용하라. 뿌린 대로 거둬들일 것이다. 이 이야기는 우리에게 이기적인 모습보다는 인정 많고 너그럽게 다른 사람들을 대하면 큰 보상을 얻는다고 말한다.

이 이야기에서 얻을 수 있는 또 다른 중요한 교훈은 자기가 바라는 대로 이루어지길 기대하면서 하루를 시작하라는 것이다. 불평 없이는 하루도 지내지 못할 것 같다면, 아침에 일어나 얼마나 오래 불평 없이 지낼 수 있는지 살펴보라. 당신이 매일 첫 불평을 말하기까지 걸리는 시간이 점점 늘어난다면, 불평 없이 살아보기 21일이라는 목표에 훨씬 더 빠르고 쉽게 다가갈 수 있을 것이다.

컴퓨터 프로그래밍 용어 중 GIGO_{Garbage In - Garbage Out}라는 것이 있다. 입력이 나쁘면 출력도 나쁘다는 뜻이다. 컴퓨터가 제대로 작동하지 않는 이유는 일반적으로 컴퓨터에 뭔가 문제 있는 것이 입력되었기 때문이다. 입력이 나쁘면 출력도 나쁘다. 컴퓨터는 중립적이다.

항시 경계해야 하는 것이 자유의 대가다.

데스몬드 투투 주교Bishop Desmond Tutu

당신의 삶도 컴퓨터처럼 중립적이다. 그렇지만 입력이 나빠서 출력이 나쁜 경우보다 출력이 나빠 입력이 나쁜 경우를 당신은 더 많이 경험한다. 당신의 말은 파장을 일으키고, 말한 것 이상으로 당신에게 되돌아온다. 당신이 불평하면서 좋지 못한 것을 내보내면 당신 주변에 좋지 못한 것이 나타난다. 이건 그리 놀랄 만한 일이 아니다. 좋지 못한 말을 하면 좋지 못한 일이 벌어진다.

당신이 말하는 것이 곧 당신의 존재를 드러낸다. 부정적이고 불행한 경험을 자꾸 말하면 부정적이고 불행한 경험이 더욱 늘어난다. 감사한 일에 대해 말하면 더욱 긍정적인 에너지가 당신에게 몰려든다. 당신이 갖고 있는 습관적인 대화 방식이 당신의 사고방식을 드러낸다. 말하는 습관이 당신의 현실을 결정한다. 깨닫든 말든 당신의 말하기는 매일 당신의 노선을 계획해주고, 그 노선으로 당신을 데려간다.

우리가 세상을 개선하길 원한다면 먼저 우리 영혼 안의 불협화음을 치유해야 한다. 말을 바꾸면 궁극적으로 생각까지 바뀐다. 이런 변화가 일어나면 우리가 사는 세상도 바꿀 수 있다. 불평하는 것을 멈추면 부정적인 생각이 제거된다. 그러면 우리의 정신은 달라질 것이고, 우리는 더 행복한 사람이 된다. 부정적인 생각이 드러날 여지가 없어지면 정신도 그런 생각을 만들어내지 않는다. 당신의 입이 불평하면서 부정적인 생각을 표출하지 않는다면, 당신의 생각을 어둡게 하는 부정의 안개를 걷어내고 그 뒤에 숨어 있는 새롭고 행복한 생각을 발견하게 된다.

불평 없이 살아보기 21일에 성공한다면, 당신은 불평 중독자에서 환골탈태하여 불평 없는 사람이 될 것이다. 알코올 의존증 환자는 아무리 오래 술을 입에 대지 않았더라도 술 근처에서 시간을 보내면 곧 술을 마시게 된다. 당신 주변의 사람들이 불평하고 있다면 거기에 합류하지 않도록 경계해야 한다. 또한 부정적인 인간관계는 빨리 끊어내거나 아예 맺지 말아야 한다. 그러면 우주는 당신이 긍정적인 길을 따라가도록 도울 것이다. 기존의 부정적인 인간관계가 친구들과의 관계에서 맺어진 것이라면, 당신은 이제 그들이 내뿜는 부정적인 에너지를 넘어 긍정으로 다가가고 있음을 깨닫게 될 것이다. 부정적인 인간관계가 가족 구성원들과 맺어진 것이라면, 그들과 보내는 시간을 가능한 한 줄이는 것이 최선이다.

부정적인 사람들이 당신이 바라는 삶을 뺏어가도록 놔두지 마라. 습관을 형성하는 데는 21일이 걸린다. 21일의 도전에 성공해 불평하지 않는 습관을 들였더라도, 다시 예전의 행동으로 돌아가 21일간 계속한다면 좋은 습관은 사라져버린다. 그러니 당신의 주변 사람들을 의식해야 한다. 주변 사람들의 나쁜 습관을 당신이 따라할지도 모르기 때문이다. 유해한 불평꾼들을 멀리하도록 조심하라. 경계하지 않으면 당신은 그들에게 동조하면서 다시 불평의 수렁에 빠지게 된다.

다른 이들을 사랑하라. 이제까지 내가 본 '사랑'의 정의 중에서 최고는 데니스 웨이틀리Denis Waitley 박사가 말한 것이다. "사랑은 무조건적인 수용이며 선善을 찾고자 하는 것이다." 우리가 다른 사람들의 복잡한 상황들을 받아들이고 그 안에서 선을 찾는다면, 스스로 덜 불평하게 될 것이다. 다른 이들을 사랑하라는 것은 그들의 불평을 참아내라는 뜻이 아니다. 그보다는 당신의 집 앞을 먼저 깨끗이 청소하라는 뜻이다. 그것이 전 세계를 깨끗하게 만드는 가장 확실한 방법이라고 굳게 믿으면서.

불평 없는 사람은 겉으로 꺼낸 말보다 그 뒤에 깃든 에너지를 더 중요하게 여기며 경계한다. 아무리 사소할지라도 좋은 일이 생기면 그것을 당신이 끌어들였다고 생각하며 "역시 그렇지!"라고 말하라.

비 오는 날 가게에 들렀는데 가게 앞에 주차할 장소를 곧바로 찾았다면? "나는 늘 운이 좋아!"라고 말하면 된다.

주차하면 안 되는 자리인 줄 모르고 주차했다가 다시 돌아왔는데 와이퍼 밑에 위반 딱지가 붙어 있지 않다면? "이런 행운이 늘 벌어지네"라고 긍정하라.

우스울지 모르지만 이런 식으로 말하기 시작하면, 또 매번 겪는 경험을 이렇게 긍정적으로 표현하면, 당신은 더 나은 삶의 토대를 마련하는 단단한 벽돌을 쌓는 것이다.

당신과 수천만의 사람들이 지금 밴드를 바꿔 착용하며 불평 제로 운동을 벌이고 있으니, 현재 세상에 만연한 부정적인 태도가 곧 바뀔 것이라고 나는 희망한다.

언젠가 누군가와 이야기하면서 이런 희망을 피력했더니, 그 사람이 내게 말했다. "그건 헛된 기대 아닌가요?"

헛된 기대라? '헛된 기대'에 대한 이야기를 하나 해보겠다.

이 이야기는 2001년 7월 11일 오전 1시 10분에 시작된다. 나는 깊이 잠들어 있었고, 침대 옆에서 전화가 울리고 있다는 걸 깨닫기까지 몇 분이 걸렸다. 손을 더듬거리면서 수화기를 귀에 가져다대고 낮은 목소리로 약하게 "여보세요?"라고 말했다.

"형? 데이브야. 어머니께서 심근경색이셔. 상태가 좋지 않아. 빨리 와야겠어." 남동생이었다.

나는 침대에서 뛰쳐나와 가방을 꾸리고, 60킬로미터가 넘는 캔자스시티 공항까지 차를 몰고 갔다. 비행기에서 선잠을 자려고 했지만 너무 걱정되어 제대로 잠을 이루지 못했다. 사우스캐롤라이나주의 컬럼비아 공항에 도착하자 데이브가 나를 기다리고 있었다.

> 희망은 꿈과 상상력,
> 그리고 감히 꿈을 현실로 만드는 사람들의 용기에 달려 있다.
>
> 조너스 소크 Jonas Salk

병원에 가기 전에 우리는 작은 식당에 들러 빠르게 끼니를 때웠다. 데이브가 자세한 이야기를 해주었다. "어젯밤 8시 30분경에 어머니가 가슴과 등 쪽이 너무 아프다고 했어. 일반 의약품 진통제를 드셨는데, 나아지지 않더라고. 응급차로 어머니를 병원까지 데려갔는데 심한 심근경색이 왔다는 거야. 의사들은 헬리콥터를 불러서 어머니를 심장 전문 병원으로 데려갔어. 어머니가 깨어나긴 했지만 매우 고통스러워하셔."

15분 뒤, 데이브와 나는 심장병 집중관리실로 들어갔다. 친척의 도움을 받아 앉아 있던 어머니는 정신을 차리긴 했지만 헐떡이며 천천히 숨을 쉬고 있었다. 집중관리실 의료진은 우리에게 짧은 면회 시간을 주었고, 환자가 휴식을 취해야 하니 나가달라고 요청했다.

어머니는 깊이 잠들어 깨어나지 않았다. 초음파 심전도는 어머니가 심각한 심장병을 앓고 있음을 보여주었다. 한 의사는 이렇게 말했다. "심장의 상당 부분이 크게 부풀어오른 것 같습니다."

어머니가 다시 의식을 찾을 경우를 대비해, 나는 대기실에서 며칠 기다리기로 했다. 밤이 되면 수시로 치료실에 들어가 어머니의 상태를 확인해보았지만 여전히 혼수상태였고, 산소호흡기 덕분에 간신히 숨을 쉴 수 있었다.

의학 지식이 없더라도 생명 징후(사람이 살아 있음을 보여주는 호흡, 체온, 심장 박동 등의 측정치)를 보여주는 모니터에 연결된 환자 옆에 있다 보면 특정 지표가 호전되는 것을 파악할 수 있다. 어느 날 이른 아침, 나는 어머니의 혈중 산소 농도가 올라가는 것을 알아채고는 흥분해서 담당 간호사에게 전했다.

"헛된 기대는 가지지 마세요." 간호사가 동정하듯 미소를 지으며 말했다.

바로 그날 오후에 나는 병원을 떠나 샤워를 하고 옷을 갈아입었다. 병원으로 다시 돌아왔을 때, 예전에 대학생 사교 클럽에서 오랫동안 알고 지내던 친구를 만났다. 그는 마침 이 병원에서 수석 심장 전문의로 근무 중이었다. 나는 그에게 어머니의 차트를 봐줄 것을 부탁하며 솔직하게 진단해달라고 말했다.

한 시간 뒤 나는 커피 한 잔을 뽑아 들고 대기실로 돌아와 친구를 만났다. 친구의 표정은 침울했다.

"좋지 않아. 어머님 심장에 큰 손상이 있어. 이런 말을 듣고 싶지 않겠지만, 기계만이 생명을 연장하는 수단인 것 같아."

나는 의자에 푹 주저앉았고, 친구는 배려하듯 내 어깨에 손

당신은 내가 몽상가라고 할지도 모르지만 나만 그런 것은 아니다.
언젠가 여러분도 우리와 함께하길 바란다.
그러면 세상은 하나로 살아갈 것이다.

존 레논John Lennon

을 얹었다. 눈물이 내 뺨을 타고 흘러내렸다. 나는 더듬거리며 물었다. "그렇지만 어떻게 할 수는 없어? 생명 징후는 어떻게 된 거야? 일부는 좋아지는 것처럼 보이잖아. 그럼 된 것 아니야? 어머니가 회복하고 있다는 뜻이 아니야?"

친구는 어깨에 올린 손에 힘을 주면서 심호흡을 하고 말했다. "뭘, 그래. 몇 가지 징후는 약간 개선되는 것처럼 보여. 하지만 그게 중증 심근경색이라는 사실을 바꾸진 못해. 그 정도 미약한 개선으로는 불충분해."

친구는 잠시 뜸을 들였다가 다시 말을 이었다. "아까 어머님의 회복 가능성에 대해서 물었지? 내가 보기엔 15퍼센트 정도 될 거야."

"그래. 그래도 15퍼센트잖아, 아예 가망성이 없는 것보다는 낫지. 안 그래?" 내가 말했다.

친구의 동정 어린 시선이 갑자기 엄숙해졌다. "뭘, 헛된 기대를 붙잡고 있지 마. 어머님께서 회복하지 못하면 더욱 고통스러울 뿐이야. 그러고 싶지 않겠지만 현실을 직면해야 돼."

나는 친구에게 감사하고 싶었지만 말이 나오지 않았다. 우리는 잠시 포옹을 나눴고, 친구는 돌아갔다. 나는 조용히 앉아서 어머니가 돌아가실 거라는 생각에 몹시 슬퍼했다.

그날 밤 나는 대기실 바닥에 누워 어머니와 함께 즐겼던 멋진 시간들을 생각했다. 또 어머니가 손주들이 살아가는 모습을 더 이상 보지 못하겠구나 하는 생각도 들었다. 어머니에게 말하고 싶었으나 말하지 못한 일들도 생각났다. 내 마음은 칠판이었고, 어머니의 갑작스러운 와병은 칠판을 마구 긁어대는 손톱이었다.

나는 잠을 이룰 수 없어서 어머니의 용태를 살피려고 치료실로 들어갔다. 산소호흡기에서 반복되는 쉬이이, 후우우 소리가 병실을 산업 시설처럼 만들었다. 병상 옆 의자에 앉아 어머니의 손을 꼭 붙잡았다. 그리고 모니터를 보았는데, 아침에 비해 굉장히 많이 개선된 생명 징후가 보였다. 나는 어머니의 혈관으로 떨어지는 포도당을 교체하러 온 간호사에게 그것을 말해주었다.

모니터를 살펴보고 나서 간호사가 말했다. "어머님 상태가 좋아지고 계시네요. 그렇지만 헛된 기대는 마세요."

나는 화가 치밀어 몸을 부르르 떨면서 붙잡고 있던 어머니의 손을 놓은 뒤 씩씩거리며 빠른 걸음으로 복도를 지나 대기실로 왔다. 불을 켠 뒤 보고 있던 잡지를 한 장 뜯어 펜으로 크게 적기 시작했다. 최대한 글자를 진하게 하려고 겹쳐 쓰고 또 겹쳐 썼다. 그러고는 그 종이를 들고 어머니가 계신 치료실로 들어가 의료용 테이프를 뜯어 모니터에 붙여놓았다.

'헛된 기대라는 것은 없어!'

'기대'라는 단어는 '충족될 것이라고 확신하는 예상을 동반한 소망'으로 정의된다. 일어나길 바라는 일을 확신하는 한, 그 일은 결코 헛된 것이 아니다.

'헛된 기대'는 모순어법이다.

어머니는 그 병실에서 돌아가신 게 아니라, 그 후 10년을 비교적 건강하게 산 다음에 돌아가셨다. 어머니의 손상된 심장 주변에 실제로 새로운 동맥이 생겨났고, 혈류가 거의 정상 수준으로 돌아왔다. 우리 가족과 나는 어머니가 회복되기를 소망했고, 또 반드시 회복될 거라고 확신했다. 확신에 찬 소망보다 더 강력한 것은 없다.

나는 인류가 두려움과 부정에서 벗어나 믿음과 낙관으로 나아가기를 희망한다. 그런 희망에 당신이 동참해주기를 바란다. 불평 없는 사람이 되는 것은 그런 희망으로 나아가는 가장 중요한 발걸음이다. 한 사람이 변화하면, 그 사람은 아주 많은 사람들에게 영향을 미친다.

래리 맥머트리Larry McMurtry의 소설 『머나먼 대서부Lonesome Dove』 속 주요 등장인물인 거스 맥크래는 사이비 지식인 카우보이이고, 말을 빌려주는 사업을 한다. 그는 말 대여 사업을 알리는 간판 밑에 라틴어로 좌우명을 새겨 넣었다. 그 좌우명은 'UVA UVAM VIVENDO VARIA FIT'였다. 맥머트리는 이 라틴어 문구를 설명하지 않는 데다 실제로 철자도 틀렸다. 아마 이 카우보이의 라틴어가 형편없다는 것을 보여주기 위해 일부러 그랬을 것이다. 정확한 철자는 Uva Uvam Videndo Varia Fit이다 (vivendo가 아니라 videndo로 써야 한다는 뜻. vivendo는 vivo[살다] 동사의 동명사형이고, videndo는 video[보다]의 동명사 탈격 형태로서 '봄으로써'의 뜻_옮긴이). 포도알이 다른 포도알을 보면서 다르게 변한다는 뜻이다. 달리 말하면 하나의 포도알이 다른 포도알을 익게 한다는 의미다.

포도밭에서 익기 시작한 하나의 포도알은 파장, 효소, 향, 혹은 일종의 에너지를 발산하고, 곧 다른 포도들이 이를 받아들인다. 하나의 포도는 다른 포도들에게 변화할, 즉 익을 시간이 되었다고 신호를 보내는 것이다. 당신이 오로지 자신과 다른 이들에게 가장 좋은 것만 말하는 사람이 되면, 당신은 존재하는 것만으로도 다른 이들에게 변화의 신호를 보내게 된다. 심지어 시도조차 하지 않더라도 당신은 주변 사람들의 의식을 높은 수준으로 끌어올리게 된다. 그들은 당신과 동조하는 것이다.

동조는 강력한 법칙이다. 사람이 다른 사람을 포용하고 싶어하는 이유도 동조하고 싶기 때문이다. 심지어 잠시 동안이라도 서로 포용할 때, 우리 마음은 상대에게 동조한다.

우리가 뚜렷한 목적 아래 보람차게 살아가는 방법을 선택하지 않는다면, 남들처럼 어영부영 태만하게 살게 된다. 무리를 이끄는 지도자의 삶을 사는 것이 아니라, 생각 없이 무리를 따라가며 살게 되는 것이다. 사람들은 지도자들이 무엇을 하고 있는지 깨닫지도 못한 채 그들을 따라가게 된다.

아버지는 젊은 시절 할아버지가 소유한 모텔을 관리했다. 모텔은 중고차 매장 바로 건너편에 있었고, 아버지는 중고차 매장 주인과 일종의 협약을 맺었다. 저녁에 모텔이 한가해질 때면 아버지는 중고차 매장으로 가서 10여 대의 차들을 모텔 주차장에 옮겨놓았다. 그러면 곧 모텔은 유료 투숙객으로 가득 찼다. 모텔을 지나가는 사람들은 주차장이 비어 있으면 별 볼 일 없는 모텔이라고 생각한다. 하지만 주차장이 가득 차 있으면 좋은 모텔이니까 손님들이 저렇게 많이 들었다고 생각한다. 우리는 다른 이들을 따라 한다. 불평하는 사람이 주위에 많으면 불평을 따라 하게 된다. 그러나 당신은 이제 불평하지 않는 사람이 되었고, 세상을 평화와 이해와 풍요로움이 넘치는 곳으로 이끄는 사람이 되었다.

얼마 전, 새벽 3시경에 코요테(개과에 속하는 북미산 야생동물)들이 근처 초원에서 울부짖는 바람에 잠에서 깼다. 처음엔 코요테 새끼 하나가 홀로 울부짖더니 곧 무리 전체가 울부짖었다. 얼마 지나지 않아 우리 집의 개 두 마리도 울부짖기 시작했다. 곧이어 우리 이웃들의 개도 울부짖었다. 사방팔방으로 울부짖는 소리가

한 마리 개가 무언가를 향해 짖으면 나머지 개들은 그 개를 향해 짖는다.
중국 속담

퍼져나가더니 몇 분 지나지 않아 계곡의 모든 개가 울부짖었다. 얼마 지나지 않아 나는 사방 수킬로미터 내의 모든 개가 짖는 소리를 들었다. 코요테들이 파장을 만들어냈고, 이것이 퍼져나간 것이다. 이 모두가 한 마리의 작은 코요테 새끼로부터 시작되었다.

당신의 존재 자체가 당신의 인생에 영향을 미친다. 과거에는 당신의 불평 때문에 그 영향이 부정적이었을지 모르지만 이제 당신은 모두에게 낙관론의 표본이며 더 나은 세상을 보여주는 본보기로 살고 있다. 당신은 인류라는 거대한 바다에 일어난 하나의 파장이며 그 파장은 전 세계로 퍼져나가고 있다.

당신은 축복을 주는 존재이다.

감사의 말

영감과 지혜를 보여준 마야 안젤루 박사에게 감사한다.

21일 내내 불평 없이 지내면서 사람들이 불평하는 습관에서 벗어나도록 처음 아이디어를 제안한 에드웬 게인즈에게 감사한다.

불평 없는 삶의 맥락과 일치하는 연구를 제공해준 로빈 코왈스키, 저작권 대리인이자 친구인 레벨 5 미디어의 스티브 핸젤먼에게도 감사한다.

이 책의 가능성을 보고 수십 개 언어로 번역하여 각국에 출간해 준 전 세계 40여 개 출판사와 펭귄 랜덤 하우스의 변함없는 믿음과 지원에도 감사하다.

행복한 삶을 위해 새로운 틀을 기꺼이 받아들이고 그것으로 세상을 일깨우는 데 도움을 줄 이 책의 독자들에게 감사의 말을 전한다.

A COMPLAINT
FREE WORLD

불평 없이 살아보기

초판	1쇄 발행 2009년 4월 15일
	11쇄 발행 2010년 2월 10일
2판	1쇄 발행 2010년 11월 25일
	8쇄 발행 2014년 5월 30일
개정증보판	1쇄 발행 2014년 9월 15일
	14쇄 발행 2022년 3월 10일
개정증보2판	1쇄 발행 2024년 4월 15일

지은이 윌 보웬
옮긴이 이종인, 신예용
펴낸이 오세인
펴낸곳 세종서적(주)
기획·편집 정소연, 이다희, 김윤아
표지디자인 소요 이경란 | 본문디자인 김미령
마케팅 김연주
경영지원 홍성우

출판등록	1992년 3월 4일 제4-172호
주소	서울시 광진구 천호대로132길 15, 세종 SMS 빌딩 3층
전화	(02)775-7011
팩스	(02)776-4013
홈페이지	www.sejongbooks.co.kr
네이버 포스트	post.naver.com/sejongbooks
페이스북	www.facebook.com/sejongbooks
원고모집	sejong.edit@gmail.com

ISBN 978-89-8407-244-2 03840